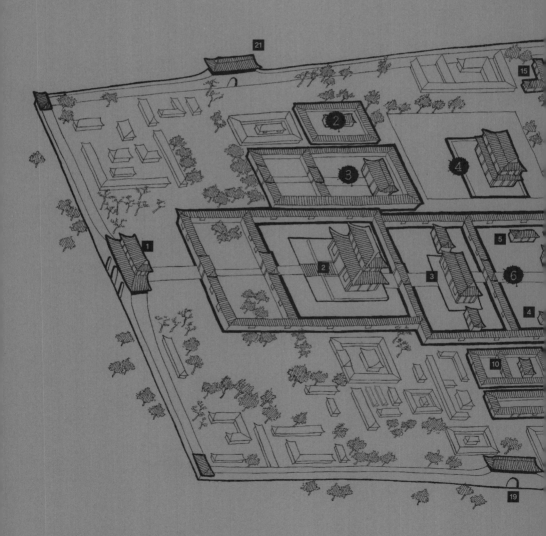

1 열상진원(첫 번째 살인이 일어난 곳)   4 경회루(네 번째 살인이 일어난 곳)

2 주자소(두 번째 살인이 일어난 곳)   5 아미산(다섯 번째 살인이 일어난 곳)

3 집현전(세 번째 살인이 일어난 곳)   6 강녕전(여섯 번째 살인이 일어난 곳)

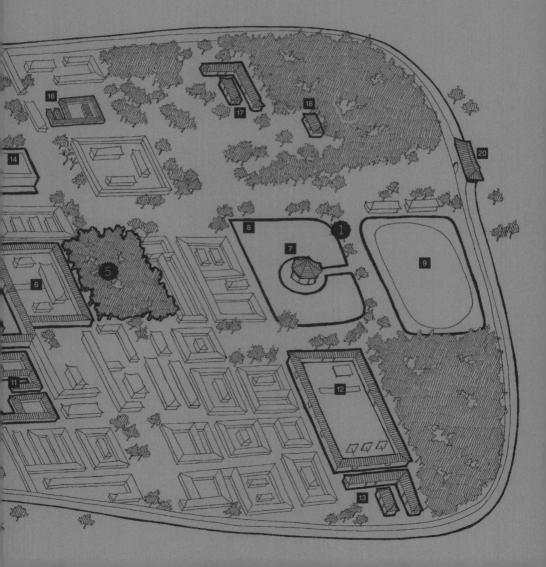

뿌리 깊은 나무 2

* 이 도서의 국립중앙도서관 출판예정도서목록(CIP)은 서지정보유통지원시스템 홈페이지(http://seoji.nl.go.kr)와 국가
자료공동목록시스템(http://www.nl.go.kr/korisnet)에서 이용하실 수 있습니다.
(CIP제어번호: CIP2015022059)

일러두기

1 이 글은 소설이다.

2 책 맨 앞 경복궁 조감도는 지금까지 남아 있는 실제 건물과 역사적 기록을 바탕으로 소설의 내용에 맞
게 저자가 다시 구성했다.

3 소설 내용 중 역사적인 사실은 〈조선왕조실록〉 중 〈세종실록〉에 바탕했으며 일일이 밝힐 수 없는 많은
연구자들의 저서를 참고하였다.

뿌리 깊은 나무

이정명 장편소설

2

은행나무

비서고_비밀의 표식 · 11

아미산_다섯 번째 죽음 · 105

1 음란서에서 죽음의 실마리를 발견한 채윤은 그림들의 연관관계를 통해
거대한 비밀의 한 자락을 엿보게 된다.

2 채윤은 소이의 거처를 찾지만 그곳에서 뜻밖의 인물을 목격하고
심한 배신감과 혼란으로 괴로워한다.

3 채윤은 비밀에 싸인 금서의 집필자를 밝혀낸다.
그리고 그 일이 나라의 흥망과 왕조의 운명을 뒤바꿀 수도 있는 엄청난 것임을 알게 된다.

4 채윤이 마방진의 숨은 뜻을 추궁하자 소이는 성삼문을 찾으라고 말한다. 성삼문에게 달려
간 채윤은 지금 궁궐 안에서 벌어지고 있는 학사들의 목숨을 건 비밀 계획에 대해 듣는다.

5 최만리는 주상과 신진학사들이 비밀리에 추진하는 계획이 가져올 엄청난 결과를 두려워
하며 분노에 치를 떤다. 소이는 주상에게 다가올 위험을 직감하고 근심에 휩싸인다.

향정원_비밀의 글자 · 151

1 〈고군통서〉의 행방을 안다는 익명의 전갈을 받은 채윤은
  혼자 아미산으로 향한다. 그곳에서 채윤을 기다리는 것은…

2 채윤은 소이에게서 믿을 수 없는 사실을 발견한다.
  배신감과 의혹으로 괴로워하는 채윤에게 소이는 모든 사건의 뿌리가 된 비밀을 털어놓는다.

3 삼문과 가리온은 새로운 세상을 만들기 위해 목숨을 내놓고 싸우는 학사들과
  이를 막으려는 자들의 이십 년에 걸친 경쟁에 대해 이야기한다.

겸사복청 사람들

강채윤 궐 안의 연쇄살인 수사를 떠맡은 말단 겸사복. 소심하고 여리지만 놀랄 만한 기지와 집착으로 사건을 끈질기게 추적한다.

정별감 부하를 방패막이로 삼는 기회주의자이지만 채윤의 열정과 순수함에 이끌려 자신의 부끄러운 과거와 이십 년 전의 비밀을 밝힌다.

궁궐 사람들

가리온 외소주간에서 도살을 업으로 하는 반인. 도살을 통해 배운 의술로 검안을 맡지만 그 자신이 거대한 비밀에 연관되어 있다.

소이 학사들과의 치정사건에 연루된 의문의 여인. 풀 수 없는 의혹을 던지는 그녀에게 채윤은 자신도 모르게 빠져든다.

무휼 내시로 왕을 지근거리에서 보좌하는 대전 호위감. 사건과 관련되어 채윤의 거듭되는 의심을 사지만 교묘하게 빠져나간다.

윤후명 금서를 보관하는 비서고를 지키는 장서관. 오랜 세월 금서를 통해 얻은 필적에 대한 놀랄 만한 지식으로 사건 해결에 기여한다.

집현전 사람들

성삼문 냉정하고 이지적인 집현전 수찬. 일련의 살인사건에 불안을 느끼면서도 채윤을 돕는다.

이순지 궁중 천문연구기관인 서운관 관원. 산학과 천문에 뛰어나 천문학을 이용한 놀라운 추리로 위기에 빠진 채윤을 구한다.

최만리 집현전의 초대 학사로 최고수장인 대제학에 오른다. 경학 위주의 보수적 학풍으로 전통적 권위를 지키려는 경학파를 이끈다.

정인지 집현전 부제학. 전통 경학보다는 천문, 기술, 농학, 의학 등을 중시하는 실용학파의 수장으로 최만리와 대립한다.

심종수 집현전 직제학으로 최만리의 뒤를 이을 경학파의 중간 거두. 시전 상인의 영수인 윤길주를 비호하며 최만리의 뜻을 실행한다.

강희안 자유로운 성격의 집현전 학사로 사건의 해결에 결정적인 역할을 하는 의문의 그림을 그린 장본인.

비서고_비밀의 표식

1

채윤은 삼문의 방에 걸린 의문의 그림에 숨겨진
비밀스러운 암시와 표식을 유추해내려 한다.

잘 짜인 바둑판 같은 궁궐 안에도 눈에 보이지 않는 세계가 있다. 근정전과 향원지와 경회루와 집현전…… 모든 전각과 연못 들은 비밀을 감추고 있다. 떨어지는 낙엽은 가을의 표식을 감추고 연못의 물무늬는 바람을 감추고 있다. 보이는 것은 보이지 않는 것들의 반영이며 나타나는 현상들은 나타나지 않은 진실의 그림자일 뿐이다.

"정초 대감이 지난밤 절명하셨습니다."

연구동 담벼락 아래 긴 화단을 따라 삼문의 방 앞에 다다른 채윤이 말했다.

"바깥 날씨가 쌀쌀하다. 들어오너라."

방문을 열자 향기로운 흙냄새와 짚 냄새가 났다. 아무런 장식 없는 방 안에는 서안 하나와 벽에 걸린 관복 한 벌이 전부였다. 그리고 작은 그림 하나가 눈에 띄었다.

세로 한 자(23.4cm), 가로 여섯 푼(15.7cm) 정도의 작은 그림이었다. 검은 암벽과 그 벽에 탄력 있게 늘어진 덩굴, 단단한 바위가 있는 화면 중앙

에는 턱을 괴고 있는 선비가 보였다.

　유유자적하게 물을 바라보고 있지만 그 졸린 듯한 눈빛이 날카로웠다. 계곡의 물은 조용한 듯하나 심연의 우르릉거림이 들려올 듯 내부로 꿈틀거렸다. 선비의 옷과 덩굴이 늘어진 허공은 담백하고 연한 먹의 번짐으로 흑백의 강약과 여백이 세련되게 나타나 있었다.

　"그림에 뜻이 있는 게냐?"

　삼문이 뚫어져라 그림을 보고 있는 채윤에게 물었다.

　"그림을 자주 접하지 않았으나 예사 그림이 아닌 것 같습니다."

　"인제가 직접 그려준 소품이다."

　"인제라시면 강희안 어른 말씀입니까?"

　그제야 채윤은 그림의 왼쪽에 찍힌 '인제(仁齋)'라는 낙관을 보았다.

"그렇다. 식년문과에 급제했으나 성정이 활달하여 관직도 마다하고 자연에 묻혀 그림만 그리는 풍류객이지. 꽃과 나무를 좋아해 〈양화소록〉[1]이란 식물백과를 썼으나 지금은 비서고에서 먼지를 뒤집어쓰고 있으니……시·서·화에 고루 뛰어남이 오히려 병인 양하다."

"어찌하여 그렇듯 신묘한 재주를 썩히고 계십니까?"

"천한 화공들이나 가까이하는 회칠을 일삼으니 경학파들의 눈에는 그 재주가 두서없는 환쟁이로밖에 더 보이겠느냐?"

채윤은 그림 속의 요소들을 머릿속에 새기듯 기억했다. 잔잔한 선비의 웃음, 척척 늘어진 덩굴, 조용한 물결…… 나른한 선비의 눈에는 섬뜩한 긴장과 용솟음치듯 강렬한 힘이 생동했다. 거대한 자연 속의 인간은 보잘 것없었으나 그 눈빛과 표정만큼은 보는 이를 강렬하게 빨아들이고 있었다.

"저 작고 고요한 그림에서 튀어나올 듯 격한 감정과 소용돌이치는 격렬함이 느껴짐은 저의 무엇 때문인지요?"

"이 그림이 혼을 얻기는 늘어진 덩굴과 깎아지른 절벽, 고요한 수면이 아니라 무아의 경지를 즐기고 있는 늙은 선비 때문이다. 자연은 뜻을 가진 인간이 사상을 펼치고 경륜을 뻗는 무대에 지나지 않는 법. 팔을 괴고 바위에 엎드려 수면을 응시하는 선비의 눈을 보아라. 조선의 세련된 문풍과 희안의 활달한 성정이 그대로 드러나 있다."

"평범한 화공은 사물을 모사하고 그 형상을 나타내는 데 급급하나 걸출한 화공은 사물의 내면과 본성을 그린다 들었습니다. 보이지 않는 것을 그리는 그림, 생각과 영혼까지를 담아내는 화풍이 그것이 아닌지요?"

---

1 養花小錄. 강희안(1417~1464)이 지은 목판본 원예기술서. 노송(老松), 국화, 매화, 연꽃 등 다양한 식물의 재배법과 화초에 얽힌 일화들을 곁들였다. 돌과 이끼, 풀을 섞어 장식하는 괴석(怪石)과 꽃꽂이, 화초 재배법도 소개되어 있다. 우리나라 원예학의 효시이며 일본까지 전해져 에도 학자들에게 널리 읽혔다.

학사들의 죽음 또한 그 이면에 드러나지 않은 곡절이 있을 것이었다. 그 보이지 않는 진실을 채윤은 죽도록 보고 싶었다.

"북송의 휘종 황제가 화공을 뽑는 시험에서 '봄꽃 나들이에서 돌아오는 말발굽마다 일어나는 꽃향기를 그리라[2]'는 문제를 낸 적이 있다."

"봄나들이에서 돌아오는 흥겨운 정경이야 모르지만 보이지 않는 꽃향기를 뉘라 그리겠습니까?"

"한 걸출한 화원이 있었으니 돌아오는 말 뒤에 나비가 쫓아오는 그림을 그렸다. 종일 꽃밭에 있다 돌아오는 말의 몸에 밴 꽃향기를 나비가 따르니 곧 보이지 않음을 그린 것이 아니냐?"

"강희안 나리는 조선이 알아주는 삼절입니다. 어찌 절친한 삼문 어른께 드리는 그림에 보이는 것만 그렸겠습니까? 저 그림에 숨긴 표식이 필시 있을 것입니다."

채윤이 나뭇가지를 부러뜨리듯 파고들었다. 그림 이야기에 빠져들었던 삼문이 허를 찔린 듯 난감한 표정을 지었다.

"보이지 않는 것을 보려는 자와 들리지 않는 것을 들으려는 자는 필시 세상의 표적이 된다. 너는 저 그림의 보이는 것만 보고 느껴지는 대로 감탄하기만 하면 될 일이다."

채윤은 무릎걸음으로 다가들며 깨물었던 입술을 열었다.

"범인은 어젯밤에도 오행을 따라 살인을 저질렀습니다. 목극토! 〈농사직설〉을 편한 정초 대감을 경회루의 대들보에 매달았으니 대들보는 나무, 즉 목이 아닙니까?"

삼문의 굵고 진한 눈썹이 꿈틀거렸다.

---

2 답화귀로마체향(踏花歸路馬體香).

"사건에서 물러나라 일렀는데 어찌 쓸데없는 말을 내뱉는 것이냐?"

노기 섞인 책망이었다. 채윤은 고개를 숙였다.

"소인이 미련하고 무지하나 맡겨진 일입니다. 다음 차례는 수에 해당하는 학사입니다. 그가 누구입니까?"

"그만두어라. 나또한 아는 것이 없다."

"나리께서는 알고 계십니다. 다만 아는 바를 말해주시지 않을 뿐입니다. 살인자 또한 다음 희생자를 잘 알고 있습니다. 정작 일을 막아야 할 소인만 모르고 있사오니 미련함을 탓할 뿐입니다."

"그런 헛된 말을 지껄이려거든 물러가라!"

서안을 쾅 내리치는 삼문의 이마에 굵은 핏줄이 돋았다. 눈앞에서 육중한 문이 닫히는 것 같았다.

2

채윤은 경회루에 숨은 비밀과
수수께끼의 여인 소이의 과거를 추적한다.

　　채윤은 경회루로 발걸음을 옮겼다. 정갈한 돌담이 높은 누각을 감싸돌고 있었다.

　　경회루를 찾은 것은 정초 대감의 죽음에서 미심쩍은 부분을 발견했기 때문이다. 살인자는 왜 학사동에서 실신한 정초대감을 굳이 옮겨와 경회루의 들보에 매달았을까?

　　열상진원, 주자소, 집현전과 마찬가지로 경회루에도 알지 못할 뜻이 숨어 있을 것이었다. 경회루를 지었던 도편수[3]를 만나야 했다.

　　궁궐 전각의 도편수들은 대부분 업적을 자랑삼아 궐 밖 양반들의 대가를 지어주는 것으로 부를 쌓았다. 하지만 경회루를 지은 도편수는 그런 수완과는 거리가 먼 고지식한 늙은이였다. 젊은 시절 자신이 지은 누각을 평생 돌보며 남은 나날을 보낸다는 것이었다. 어쨌건 그 늙은이를 만나야 했다.

3　궁궐의 전각이나 절 등 큰 건물을 지을 때 책임을 지고 일을 지휘하는 우두머리 목수.

허리춤에서 겸사복 호패를 보이자 중문을 막고 섰던 금군이 비켜섰다. 잔잔한 호수와 높은 누각이 눈앞에 펼쳐졌다. 네모난 연못 너머로 근정전의 웅장한 처마가 보였다.

채윤은 웅장한 누각 주변을 세심하게 살폈다. 허리춤의 세모필로 기둥의 수를 적기도 하고, 대충의 길이를 적기도 하고 단면의 모양을 그려보았다.

연못은 남북으로 삼백오십 보, 동서로 삼백사십 보 정도의 커다란 사각 모양이었다. 둘레에 축대를 쌓아올린 네모난 섬 위에 경회루가 서 있었다.

아래층은 돌기둥을 세우고 위층은 나무로 지은 팔작지붕[4]의 이층 누마루집이었다. 용마루 한쪽 끝은 입을 벌린 새머리, 다른 쪽 끝은 새 꼬리 모양의 기와로 마무리했다.

누각 주변에는 돌난간을 둘러치고 난간 기둥에는 상서로운 새와 짐승의 모양을 장식하였다. 동쪽으로는 육지와 연결된 돌다리가 운치 있게 호수를 가로지르고 있었다. 아래층에는 서늘한 맞바람이 통했다. 네모난 돌이 가지런하게 깔린 바닥은 바깥보다 안쪽이 조금 높았다.

채윤은 돌바닥을 살피며 이층 누마루로 이어진 계단을 올랐다. 밤 동안 미처 발견하지 못한 단서들을 발견할 수도 있지 않을까 하는 기대 때문이었다. 누각은 이미 깨끗이 닦이고 씻겨져 있었다.

"무엇하는 놈이냐? 여기가 어디라고 더러운 발을 올리는 것이냐?"

마룻바닥에 웅크리고 있던 노인의 목소리가 떨렸다. 채윤은 그 자리에

---

4 아래쪽은 네 방향으로 펼쳐지며 위쪽 옆이 단면으로 잘려 양쪽으로만 펼쳐지는 한옥 지붕. 대들보와 기둥을 짜 맞추기가 까다로워 궁궐 등 특별한 건물에만 사용되었다.

서 무릎을 꿇었다.

"소인은 겸사복 강채윤이라 하옵고 지난밤 변고의 실마리라도 얻을 수 있을까 하여……"

노인은 한숨을 내쉬며 새끼를 감아 만든 걸레로 누마루 바닥을 정성스레 훔쳤다.

"붕하신 상왕전하께서 누각을 지으시고 종친과 공신, 원로대신들을 불러 기뻐하며 경회루라 이름을 지으신 지 이십 년, 오늘같이 참담한 일이 일어나리라 누가 생각했는가."

노인의 중얼거림은 마침내 울먹임이 되었다.

"노인께서 이 전각을 지으신 도편수가 아닌지요?"

노인이 정성스런 걸레질을 멈추고 말했다.

"내 손으로 저 기둥목을 켜고, 대들보를 올리고, 마루를 대패질했다. 내 어찌 이 누마루의 판자목 하나, 기둥 하나를 몰라보겠느냐?"

노인이 처량하게 내뱉었다. 이 노인에게서 무언가를 더 알아내야 했다.

"연못 속의 인공 섬에 거대한 누각을 세우고 거대한 팔작지붕을 이렇듯 간결한 법식으로 떠받치니 그 기술이 더할 바 없습니다. 그뿐입니까? 이층 누에서는 인왕과 북악과 목멱이 한눈에 보이고 아래층에서는 호수의 물과 섬이 한눈에 들어옵니다."

"누각이 세워진 지 이십여 년이니 선대왕 전하의 치세 동안이다. 그러나 이 누각이 세워진 것은 주상전하의 노고와 골몰 덕분이었다. 당시 대군이셨던 주상전하께서는 손수 설계도를 그리시고 변변찮은 나를 도편수로 세우셨다."

머릿속으로 퍼뜩 스치는 것이 있었다. 하지만 그것이 무엇인지 정확하게 알 수는 없었다.

"주상전하와 노목수께서 그토록 공을 들였으니 다른 전각들과 구별되는 점이 있을 것입니다."

영감은 하얀 턱수염을 쓰다듬으며 도리질을 하고 다시 아무 일도 없는 듯 걸레질에 몰두했다.

"아서라. 나는 주상전하의 높은 뜻을 이루는 손발에 불과하거늘 어찌 너 같은 잡배에게 그 깊은 뜻을 나불거리겠느냐? 한순간도 지체 말고 누각을 내려 서라."

채윤은 미끼를 문 숭어처럼 거칠게 달려들었다.

"신성한 누각을 더럽힌 자를 찾기 위해서는 누각에 심으신 주상전하의 뜻을 알아야 합니다."

하얗게 센 노인의 눈썹이 꿈틀댔다. 채윤은 틈을 놓치지 않았다.

"경회루란 어찌하여 경회입니까?"

"기뻐하며 모인다 하여 경회라 하나 뜻이 통하는 바른 사람들이 모여야 경회라 할 수 있으리. 어진 왕과 슬기로운 신하가 덕으로써 만남이 아니겠느냐?"

일단 말을 꺼내는 데 성공했다.

"잠시 누각을 살폈는데 아래층의 민흘림 돌기둥 마흔여덟 개 중 바깥 기둥은 사각이고 안쪽 기둥은 둥근 모양입니다."

채윤이 그려온 쪽지를 꺼내 보였다. 노인이 대답 대신 주름진 눈을 지그시 감았다.

"그렇다. 하늘은 둥글고 땅은 모나니까……"

머릿속이 뜨끔해졌다. 천원지방. 향원지에 깃든 이치와 일치하는 의미였다.

"이 3단 누마루 바닥의 바깥이 가장 낮고 가운데로 갈수록 높아지는 데도 까닭이 있습니까?"

노인은 흐트러진 흰머리를 쓸어 올렸다. 날카로운 안광이 가슴을 서늘하게 했다.

"네놈이 어떤 놈인지 모르나 혼자 힘으로 세상에 대적하는 기개를 알겠다. 이리 올라와 중앙을 향해 삼배를 드리고 꿇어라."

채윤은 엉거주춤 누각의 정중앙의 가장 높은 기단을 향해 삼배를 한 후 무릎을 꿇었다.

"보다시피 이 누각은 정면 일곱 칸, 측면 다섯 칸의 서른다섯 칸 누각이다. 바닥 높이에 차이가 있는 것은 바깥부터 외진-내진-내내진을 형성하기 위한 것이다."

"각 진은 어떤 구별이 있습니까?"

"바깥 난간은 외진으로 멀리 북쪽의 백악, 서쪽의 인왕, 남쪽의 목멱을 누각 안으로 끌어들였다. 중앙 세 칸은 내내진이니 천, 지, 인 삼재를 뜻한다. 세 공간의 경계에는 젖혀 들어올리는 분합문[5]을 달았다."

"바깥쪽은 사각기둥이고, 안쪽은 원기둥이니 천원지방이 아닌지요?"

"그러하다. 맨 안쪽 세 칸을 떠받치는 여덟 기둥은 삼재와 오행을 합한 주역의 여덟 괘와 같다. 중간의 내진은 열두 칸으로 일 년 열두 달을 상징한다. 바깥쪽 외진을 받치는 사각기둥 스물네 개는 이십사 절기를 뜻한다."

거침없는 노인의 설명은 혼돈스러웠다. 그저 풍치 좋을 뿐인 이 누각에 숨은 그토록 많은 뜻을 받아들이기 힘들었다. 경이라기엔 신비스러웠고 호기심이라기엔 존경스러울 따름이었다.

---

5 필요에 따라 들어올리면 방이 하나가 되고 내리면 둘, 혹은 그 이상으로 공간을 나눌 수 있도록 한 문.

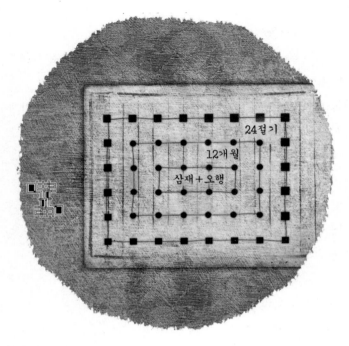

"이로써 경회루는 밖으로는 사방의 산봉우리를 끌어들이고 안으로는 둘러싼 호수를 안았다. 주상전하께서는 그 기둥의 수와 칸수, 기둥의 모양 하나에도 하늘과 땅의 이치를 담으셨다."

노인이 큰일을 마친 듯 긴 숨을 내쉬었다. 세모필 끝에서 노인의 말이 정연한 그림이 되어 나타났다.

채윤은 먹물이 마른 종이쪽을 품속에 접어 넣고 내진을 향해 세 번 큰 절을 올렸다. 아래층으로 통하는 계단을 내려서자 머릿속에 칡줄기처럼 얽혀서 떠오르는 생각이 있었다.

장성수가 죽은 열상진원과 향원지, 윤필이 죽은 주자소, 허담이 죽은 집현전 연구동, 정초 대감이 죽은 경회루…… 어떤 경위인지 모르지만 그 장소들이 예사롭지 않음을 채윤은 알 듯했다.

대전 시녀상궁[6]을 찾은 이유는 소이가 그녀의 수발을 들기 때문이었다.

채윤은 소이에 대해 아는 것이 없었다. 우선 그녀에 대해 티끌만 한 무엇이라도 알아야 했다. 그러자니 가장 먼저 찾을 곳이 그녀가 속한 시녀상궁이었다. 시녀상궁은 마흔 줄을 넘긴 단아한 여인이었다. 문서와 서책을 관장해서인지 학식과 지성이 엿보였다. 냉담한 눈빛에 주눅이 들었지만 일부러 큰 소리로 입을 열었다.

"마마님의 수발 궁인 소이 항아[7]에 대해 알고 싶어 찾아뵈었습니다."

시녀상궁은 느닷없이 들이닥친 초췌한 겸사복이 영 마뜩잖았다.

"무엇이냐? 바쁜 몸이다."

"말하지 못하는 처녀가 어찌 궁인이 될 수 있었으며 지밀 소속이 될 수 있었는지……"

"그 아이라면 대전 지밀 소속이나 따지자면 본방나인이니 나의 소관이 아니다."

"본방나인이라 하셨습니까?"

"본방이란 왕비의 사가를 뜻하는 말이니 곧 세자빈이 친정에서 데리고 입궐한 나인이다. 어린 몸으로 혼자 궁궐에 들어온 세자빈의 속옷을 빠는 일도, 아이를 낳을 때 옆에서 시중을 드는 것이 본방나인의 일이다."

"그러면 본방나인은 다른 궁인들과 다릅니까?"

"궁녀란 원래 공노비 중에 뽑아 올린 여종들이지만 본방나인은 세자빈의 사노비다. 대전 궁녀는 내명부 소속이지만 본방나인은 동궁 소속이니 궁녀를 총괄하는 제조상궁의 영향에서도 벗어나 있다."

---

6 지밀에 속하여 대전의 서책을 관장하고 문서를 낭독하며 글을 필사하는 상궁.
7 상궁의 호칭은 '마마님'이었고 나인들은 '항아님'이라 불렀다.

채윤이 난감한 듯 두 눈을 끔벅거렸다. 상궁, 나인의 조직과 업무는 내명부의 일이니 깜깜할 따름이었다.

"송구하오나 제조상궁은 어떤 분입니까?"

"이런 까막장정을 보았나. 아무리 사내라 하나 겸사복이 궐의 일에 이렇듯 깜깜해서야……"

혀를 차던 시녀상궁이 할 수 없다는 듯 궁녀들의 위계와 조직을 설명하기 시작했다.

"내명부에는 지밀[8]을 비롯해 침방, 수방, 세수간, 생과방, 내소주방, 외소주방, 세답방까지[9] 각 방에 속한 상궁, 나인들만 수십 명이 있다."

"그러면 소이 항아는 어떤 자리에서 어떤 일을 하는지요?"

"그 아이는 대전 지밀 시중상궁의 방자로 배정받은 생각시[10]다. 특별한 일이 맡겨지지 않았지만 일이 없다 함은 모든 일을 해야 한다는 말이기도 하지. 시중과 바느질, 자수, 음식, 청소, 빨래……"

"알 수 없는 것은 말 못하는 항아님이 동궁전에서 대전으로 옮겨온 까닭입니다."

시녀상궁이 경계의 눈빛을 보냈다. 채윤은 그 눈빛에서 더욱 이해할 수 없는 곡절을 발견했다.

---

8 지밀은 궁궐 안의 모든 의례를 관장하고 왕과 왕비를 지근에서 모신다. 궁녀들을 통괄하는 수장인 제조상궁 아래로 대령상궁은 대전 좌우에서 상시 대령하며 신하들의 대전 출납을 고한다. 시녀상궁은 지밀의 서적과 문방구들을 관리한다.

9 침방은 왕을 비롯한 왕실의 옷 짓기와 이불 바느질, 수방에서는 곤룡포의 흉배와 왕실 의상의 자수 놓는 일을 맡아 했다. 내소주방은 수라상 차림과 음식물을 맡았고 외소주방은 각종 연회와 잔칫상을 차렸다. 세답방은 옷가지의 세탁을 맡았다. 세수간은 세수수건과 세탁, 세숫물을 담당했다. 생과방은 수라와 다례에 올리는 과일이나 간식재료를 맡았고 퇴선간은 수라상을 물리고 처리했다.

10 궁녀들은 입궁 십오 년이 지나면 혼례 대신 관례를 올렸다. 관례를 올리지 않은 나인들 중 생이라는 머리모양을 한 각시를 생각시라 불렀다. 생은 두 가닥으로 땋아 내린 머리카락을 뒤꼭지까지 말아 올려 두개의 상투처럼 나란히 붙였다.

"내명부의 일이다. 하찮은 말단 겸사복 따위에게 그 연유를 고해바쳐야 한다더냐? 돌아가라!"

의심스런 눈초리를 알아차린 시녀상궁이 날카롭게 소리쳤다. 돌아가라고 하면 돌아갈 뿐이다. 그것이 궐 안에서 배운 어렴풋한 생존의 법칙이다.

"감사합니다. 마마님 덕분에 많은 것을 알게 되었습니다."

물러가라는 고함소리에 오히려 많은 것을 알게 되었다니? 무엇을 말해주었던가? 혹 말해서는 안 될 것을 말한 것은 아닐까? 시녀상궁은 오히려 당황스러웠다.

많은 것을 알게 되었다는 말은 거짓이 아니었다. 소이가 원래 대전의 소속이 아니라 세자빈의 본방나인이라는 것을 안 것만도 적지 않은 소득이었다. 어쨌든 물고 들어갈 하나의 실마리를 잡은 것이다.

실마리를 풀어줄 사람은 호조에 있었다. 지금은 해체되었지만 국혼을 준비하고 관장한 가례도감[11]의 제조. 영추문을 나선 지 두 식경 후 채윤은 소이에 대한 제법 많은 것을 알게 되었다.

지난 국혼의 가례도감에서 일했던 호조의 참찬 윤영걸은 타고난 달변이었다. 누구에게든 아는 것을 몽땅 까뒤집어놓아야 직성이 풀리는 자였다. 그는 느닷없이 찾아와 국혼에 대해서 묻는 낯선 겸사복에게 쉴 새 없이 떠들었다.

채윤은 스산한 바람이 스치는 영추문을 향해 걸으며 그가 정신없이 주워섬기던 이야기들을 머릿속으로 그림을 그리듯 떠올렸다.

---

[11] 국왕·세자·세손 등의 가례 업무를 총괄하던 임시기구. 국혼이 확정되면 설치되었다가 모든 행사가 끝난 뒤에 해체되었다.

3

최만리는 동궁 담벼락 아래에서
어린 세자와의 아름답고 오래된 인연을 회상한다.

소이는 처소의 툇마루 끝에 앉아 힐끗 처마 끝을 지나는 구름을 바라보았다. 멀리 동궁전의 자선당 처마 끝이 보였다. 최근 궁 안에 떠도는 엄청난 소문을 들어 알고 있다. 그렇듯 단정한 세자빈이 어찌 참담한 소문의 올가미에 걸린 것인가? 이 궁궐이 살벌한 곳이라는 것을 모르는 바 아니었지만 장차 국모 될 세자빈을 저잣거리의 창부보다 음탕한 여자로 둔갑시키리라고는 생각지 못했다.

먼 처마 끝을 지나는 구름자락이 문득 오래전의 따뜻한 날들을 떠올리게 했다. 그것은 세자빈이 아닌 한 여자의 몸종으로 행복한 시간이었다.

소이는 지금도 네 살배기 벙어리 고아였던 자신을 따뜻하게 품어준 미소를 기억한다. 그 미소를 통해 자신만의 세상에 갇혀 있던 벙어리 소녀는 세상을 향해 조심스럽게 손을 내밀 수 있었다.

소이는 아비에 대해 기억하지 못했다. 남촌 근처 대갓집을 돌며 똥장군을 져 날랐다는 것만 기억할 뿐이었다. 그러나 똥장군에 절은 사내에게 네 살배기 벙어리 여자아이는 견디기 힘든 짐이었다.

그때 아비가 드나들던 봉판윤의 집에서 다섯 살배기 여자아이의 몸종을 구한다는 풍문이 들렸다. 아비는 똥지게를 져 나르던 거친 손으로 아이를 안고 달려갔다. 아이를 본 봉판윤은 크게 기뻐했다.

"아이가 너무 말이 없고 음전하다"는 말에 아비는 어릴 때 집에 불이 나 어미를 잃은 후 말문이 막혔으니 곧 말을 할 거라고 둘러댔다. 아이는 경옥이라는 이름을 얻고 그 외동딸의 몸종이 되었다.

봉판윤의 딸 영인은 명석한 아이였다. 봉판윤은 여식에게 글을 가르치는 것이 허튼 일임을 알았지만 천자문은 떼도록 했다. 서당은 언감생심이었으니 알음알음 가난한 선비를 글 선생으로 들였다.

말 못하는 경옥이었지만 언니처럼 따르던 영인의 어깨너머로 몇 자씩 글을 익혀나갔다. 겉으로 내뱉지 못하고 속으로만 삭이던 경옥의 내면은 거대한 회오리처럼 지식을 빨아들였다. 그런 경옥을 봉판윤은 신통하게 바라볼 뿐이었다. 말 못하는 것이 아쉽기는 하나 오히려 쓸데없는 말 많음보다 나을 수도 있을 것이었다. 어쩌면 딸에게는 평생의 좋은 친구가 될 수도 있을 터였다.

언제부턴가 둘 사이에는 서로에게만 통하는 의사소통의 방법이 생겨났다. 경옥은 흰 백묵과 검은 나무판을 구해 간단한 한자어로 필담을 시도했다. 영인이 나직나직 이야기를 하면 경옥은 백묵으로 서툰 한자를 써서 의사를 표현했다.

그것은 훌륭한 의사소통의 도구였다. 보통 사람들이 이야기하는 법과 달랐지만 누구보다 깊은 속내를 나눌 수 있었다.

그러나 숨어서 익힌 도둑공부는 오래가지 못했다. 소학 이후로는 글 선생도 손사래를 치며 달아났다. 왕가의 공주나 옹주에게조차 글공부를 시키지 않는 것이 세상 법도였다. 정승판서도 아닌 집안에 글 선생을 두고 여식을 가르친다면 모두가 웃을 일이었다.

경옥과 영인, 점점 문미가 터지고 생각이 깊어지는 나이가 되었다. 그나마 배운 글로는 깊은 성정과 복잡한 마음을 전할 길이 없었다. 말하지 않으면서도 마음을 전할 새로운 방법이 필요했다.

그 단초는 이전부터 둘 사이에 통하던 약자를 이용한 방법이었다. 서필의 달인들이 휘갈겨 쓰는 초서체에 착안해 복잡한 획수를 줄이고 특징만을 취한 글씨였다. 가령 편안함을 나타내는 안(安)은 위의 갓머리 변만으로, 동쪽을 나타내는 동(東) 자는 흘려 쓴 초서체의 간단한 모양으로 썼다.

나아가 한자의 발음을 따서 우리말처럼 쓰기도 했다. 가령 아니오란 말은 '안이오(安二伍)'라고 썼다. 뜻을 전하는 한자로 소리를 전하는 방식이었다.

소리를 적을 수 있게 되자 소통은 기하급수적으로 늘어났다. 말이란 두 사람 사이를 흐르는 물 같은 것이다. 물은 흐르지 못하면 썩게 마련이다. 말 못하는 경옥의 가슴속에서 농익은 생각들은 격랑이 되어 영인에게로 흘러갔다.

영인의 나이 열여섯 나던 해 세자저하의 배필을 구하는 국혼이 있었다.

궁중에 가례도감이 설치되고 팔도에 금혼령이 내려졌다. 세자의 결혼 예식이 끝날 때까지 전국의 처녀들은 혼인이 금지되었다. 전국에서 고르고 고른 처녀단자가 올라갔다.

봉판윤의 북촌 집에도 내시부와 승문원에서 나온 관리들이 행차했다. 영인은 뜨다 만 수틀을 내려놓으며 혼잣말을 했다.

"무슨 일인지 연 이틀이나 관복을 입은 궐 사람들이 몰아닥치는구나."

"별일이야 있사오리까(別一二也 二斗四伍二可)."

영인은 자신에게 다가오는 운명 앞에 막연한 불안감과 두려움을 느꼈다. 사흘 후 관헌들은 봉영택 소생 영인의 이름이 적힌 처녀단자를 들고 궁궐로 향했다. 모든 단자가 모이면 간택의 절차[12]가 기다리고 있었다. 초간택 날짜가 다가오자 봉판윤이 더 들뜨고 초조해했다. 세자빈이 된다는 것은 장래의 중전이 되는 것. 뼈대 없는 집안은 아니나 그렇다고 정승판서를 누대로 지낸 명문가도 아닌 집안이 엄청난 거족이 될 기회였다.

입궐 날짜가 다가오자 영인은 새 옷으로 갈아입고 사인교에 올라앉았다. 사인교를 들 종자가 모자라 결국 하나를 사야 했다. 경옥은 두 손을 모은 채 가마 뒤를 따랐다. 북촌에서 궐로 이어지는 길 위에는 처녀들을 태운 화려한 가마들이 줄을 이었다. 대대로 정승판서를 지낸 대갓집 규수들이 화려한 사인교 안에서 국모가 될 꿈을 꾸며 흔들리고 있었다. 그 뒤로 몸종 서너 명과 하인 대여섯, 유모와 수모(미용사)까지 따르며 긴 행렬을 이루었다.

대궐 문턱에는 솥뚜껑이 걸쳐져 있었다. 이름을 불린 처녀들이 저마다 솥뚜껑 꼭지를 밟고 넘어 들어갔다. 사인교에서 내린 영인은 꿈속처럼 아득한 자신의 이름을 들으며 솥뚜껑을 밟고 궁궐 문턱을 넘었다.

어떻게 지났는지도 모를 시간이 지나고 점심나절이 되자 간택은 끝이 났다. 며칠 동안의 긴장과 하루 동안 이어진 피곤한 몸을 이끌고 영인과 경옥은 돌아왔다.

"긴 하루였다. 이런 고역, 두 번은 하고 싶지 않아."

그러나 보름 후 영인은 또다시 고역을 치러야 했다. 재간택이었다. 봉

---

12 간택은 삼간택(三揀擇)으로 치러졌다. 이삼십 명의 처녀단자 중 1차에서 여섯~열 명 정도로 압축되고 2차에서 세 명 내외, 그리고 마지막 3차에서 한 명의 세자빈을 간택하는 것이었다.

판윤은 다시 사인교를 빌리느라 바빴고 아녀자들은 바느질과 옷가지 준비에 바빴다. 돌아오는 영인은 빌린 사인교 대신 왕실에서 내리는 육인교를 타고 퇴궐했다. 달랑 경옥 하나만이 뒤따르던 행렬은 오십 명의 호송단으로 붙어 있었다.

다시 보름 후 삼간택이 있었다. 경합한 두 처녀는 금박 저고리에 금반지를 끼고 황금 노리개를 찬 대가의 규수였다. 영인은 자신이 초라하게 느껴졌다. 그러나 점심나절이 지나자 화려한 장신구로 치장한 두 처녀는 소박한 치마저고리 차림의 영인에게 큰 절을 해야 했다. 정일품 세자빈이 된 것이다.

그날부터 영인은 사가로 돌아오지 못했다. 궁궐 안의 별궁에 머무르며 궁중 법도를 익히고 혼례 순서와 행사를 연습했다. 경옥 또한 나인으로 별궁에 머물렀다.

상궁, 나인들 사이에서 말 못하는 아이가 어떻게 상궁이 될 수 있느냐는 볼멘소리가 나왔다. 그러나 궐의 법도는 세자빈의 몸종을 나인으로 받아들이는 것이었다.

두 달에 가까운 전국의 금혼령은 해제되었다.

그것이 소이가 기억하는 영인 아씨와의 행복했던 한때였다. 사악한 올가미들이 곳곳에서 가녀린 아씨를 노리는 것을 그때는 알지 못했다.

자선당은 근정전과 궁궐 동문인 건춘문 중간에 있었다. 궁궐의 동쪽에 있으니 동궁이요, 세자의 거처이니 세자전이었다.

자색 관복차림의 최만리는 동궁 밖 담 벽을 거닐었다. 긴 돌담을 따라 노란 국화 송이가 한껏 벌어지고 있었다. 십여 년 전 늦여름에 직접 심었던 초본들이다. 그때 최만리는 정인지와 더불어 세자를 가르치는 선생이었다.

어린 세자는 깐깐하고 엄격한 정인지보다 호탕하고 털털한 최만리를 더욱 따랐다. 세자는 스승에게 강호산인이란 호를 내렸고 최만리 또한 어린 제자를 성심으로 아꼈다.

마침내 세자가 열두 살 되던 해 최만리는 전임 시강관이 되었다. 그해 늦여름 최만리는 잡역 둘이 밀고 끄는 수레로 볼품없는 초본들을 동궁 담벼락 아래에 부렸다. 어리둥절한 세자를 최만리는 빙긋이 웃으며 바라보았다.

"사저의 국화 몇 포기를 캐왔사오니 다가올 가을 동궁의 적막함이 덜할 것이옵니다."

한창 뛰어놀아야 할 나이에 종일 서책에 묻힌 어린 제자가 안쓰러웠던 것이다.

"온 산천에 꽃이요, 온 들에 초목이오나 동궁 안에 국화를 심음은 그 꽃이 지닌 품성 때문이옵니다. 다른 꽃들이 모두 시드는 계절에 홀로 피니 곧 지조 있는 사대부의 마음이옵니다. 찬바람과 시린 무서리를 겁내지 않고 홀로 피는 꽃이니 세상의 바르지 못함을 탓하지 않고, 시절의 치움을 원망치 않으며 제 뜻을 피울 줄 아는 꽃 중의 영물입니다. 바라옵건대 저하께서는 군왕이 되신 후에도 시절의 혼돈에 뜻이 흔들리지 않는 이 귀한 꽃처럼 고결하소서."

세자는 현명한 스승이자 충성스런 신하이며, 꼿꼿한 사대부에게 깊이 허리를 숙였다. 국화는 해가 지나며 담을 따라 뿌리를 뻗었다. 담벼락 아래 화원이 점점 커지듯 두 사람 사이도 영원히 이어질 것 같았다.

스승과 제자 사이에 조금씩 틈이 생긴 것은 세자가 스물을 넘기면서부터였다. 그즈음 집현전에 모여든 비슷한 연배의 젊은 학사들은 세자에게 천문과 의술, 산학과 역사의 새로운 세계를 열어 보였다. 세자는 시강이나 서

연보다는 젊은 학사들과의 밤샘 토론을 즐겼다.

낭패감을 느낀 시강관 최만리는 잡학과 요서에 탐닉하는 제자에게 몇 번씩 간언하고 설복하였다.

"저들은 집현전에서도 주류에 들지 못하고 낭인 왈패들처럼 패거리를 지어 다니며 낯 뜨거운 언행을 일삼을 뿐이옵니다. 원컨대 일월처럼 밝으신 명철함으로 저들의 사술에서 벗어나소서."

최만리는 쿨럭쿨럭 깊은 기침을 토해냈다. 그러나 피를 토하듯 간곡한 설복도 새로운 학문에 빠진 젊은이의 뜻을 바꿀 수는 없었다.

"진리로 가는 길, 부국강병과 국태민안을 이루는 길이 어찌 경학에만 있겠소. 나는 가볼 것이오. 그 길의 끝이 어디에 가 닿든 가볼 것이오."

최만리는 고개를 떨구었다.

알고 있다. 모든 젊은이들은 무모할 따름이다. 그들은 반역하기를 좋아하고, 모르는 것에 몸을 던지기를 좋아한다. 그래서 모든 젊은이는 위험하다. 세자 또한 예외는 아니었다.

최만리에게는 세자가 모든 것이자 유일한 것이었다. 무릎 아래에 두고 기르듯 했건만 그 핏속에 흐르는 젊음은 한순간에 오랜 스승을 내팽개쳤다.

숭고한 경학의 도리를 정신의 준거로 삼은 군왕. 오랜 중국의 고전을 전범으로 삼으며 위로 대국을 받들어 국태민안케 하는 군왕. 사문난적을 퇴출시키고 잡설을 타파하여 티끌 하나 없이 순정한 치세를 일구는 군왕. 그런 군왕을 만들고자 했던 미련한 늙은 신하의 간절한 뜻은 모래성처럼 허물어졌다. 그것은 커다란 재앙이었다.

시강관을 고사하는 상소를 올린 최만리는 모두를 잃은 듯 좌절했다. 다만 해가 바뀌고 계절이 지날 때마다 어김없이 동궁 담 벽 아래서 피어나는 소담스런 국화송이들이 위안을 줄 뿐이었다. 노란 국화꽃 봉오리가 첫 송이를 피우는 날이면 최만리는 의관을 정제하고 동궁으로 향했다.

조용하고 적막한 시간 속에 탐스럽게 벌어진 국화 꽃송이를 바라보며 늙은 스승의 눈가는 젖어들었다. 운명은 두 사람의 관계를 점점 멀리 떼어놓으려 하고 있었다.

주상의 양위 하교가 있자 조정은 들끓었다. 문신들의 즉각적인 반대로 양위는 철회되었지만 주상은 첨사원[13] 설치를 하교했다. 세자에게 섭정을 맡기겠다는 강한 의지였다.

최만리의 가슴은 널뛰는 아낙처럼 쿵덕거렸다. 누구보다 세자의 섭정을 축복하고 경하해야 할 그였다. 십 년 가까이 가르쳤던 제자가 섭정을 맡음은 꿈의 씨앗이 현실에서 꽃피움이 아니던가?

그러나 낭패감이 최만리를 번민으로 몰아넣었다. 아꼈던 제자는 사악한 무리의 요설에 물들어 있었다.

세자의 섭정은 정학의 법도를 순식간에 무너뜨릴 것이었다. 하늘과 땅이 뒤바뀌고 군왕과 신하의 법도가 무너질 것이었다. 정학은 왜곡되고 반상은 뒤집어질 것이었다. 대국의 사상은 버려지고 조악한 향학이 득세할 것이었다. 서얼들과, 상놈들과, 난상들과, 요술을 일삼는 공인들이 득세할 것이었다. 바른 도리를 탐구하는 선비와, 평생을 학문에 정진하는 유생들과, 인간의 윤리를 지키려는 향교는 말살될 것이었다.

그것이 어찌 제대로 된 나라인가? 그것은 혼돈이고, 불안이고, 아비규환일 뿐이다. 신성한 집현전의 주춧돌을 지켜야 할 대제학이 어찌 불 보

---

13 詹事院. 세자의 섭정을 보좌하는 기관. 세종은 말년에 세자에게 결재권을 넘겨주는 섭정을 단행했다. 세자는 왕처럼 남쪽을 향해 앉아 조회를 받았고 국가 중대사를 제외한 모든 서무를 결재했다.

듯 뻔한 아비규환을 어찌 두고 볼 수만 있단 말인가? 최만리는 결정해야
했다.

사랑하는 제자의 길을 막는 것이 스승의 도리가 아님을 알고 있다. 그
러나 어쩔 수 없었다. 최만리는 눈물로 먹을 갈아 떨리는 손으로 한 자 한
자 상소문을 썼다. 제자를 탄핵하는 미욱한 늙은 스승은 스스로에게 모멸
감을 느꼈다. 스승과 제자는 이제 돌이키지 못할 길을 들어서고 있었다.

세자의 섭정을 반대하는 상소가 대전으로 전해졌다. 대가는 혹독했다.
그 일로 최만리는 집현전을 떠나 강원도 원주목사로 이임했다. 죽장을 짚
고 먼 초야에서 삼 년을 보낸 뒤에야 돌아올 수 있었다.

최만리의 가슴속이 저렸다. 동궁 빈터에 심은 볼품없는 초본 몇 뿌리
는 다른 꽃들이 시들어가는 이 가을에 화려하게 피어나 사대부의 지조를
침묵으로 말하고 있었다. 그러나 온 정성을 다해 동궁마마의 마음에 뿌린
씨앗은 어디로 가고 말았는가? 아름다운 정학의 이념을 심고, 보살피고,
길렀건만 지금 저하의 마음은 아…… 잡초처럼 무성한 잡설과 다북쑥처
럼 우거진 난학으로 어지러우니…… 그 아름다운 청년을 다시 날 수 없는
훌륭한 군왕으로 만들려던 것이 한낱 헛되고 헛된 꿈이던가?

최만리의 가슴이 아프게 저려왔다.

4

채윤은 정초 대감의 문집에 있는 그림의 정체를 알아낸다.
심종수에게 불려간 채윤은 오행과 이기론을 모두 담은 또 다른 그림을 본다.

이순지는 채윤이 펼친 종이를 보고 가슴이 철렁 내려앉았다. 그 표정을 채윤은 놓치지 않았다.

"이 도형이 어디서 났느냐?"

다급한 물음에 채윤은 순지가 무언가를 알고 있다고 확신했다.

"지난밤 피살된 정초 대감이 일기첩에 남긴 흔적입니다."

"그 그림이 그대로 보존되어 있더냐?"

"아닙니다. 앞장은 이미 누군가가 뜯어갔고 뒷장에 배어나온 먹선의 형태로 대강의 모습을 짐작했습니다."

이순지의 얼굴에 낙담한 표정이 드러났다. 재주 많고 명민하나 속마음을 감추지 못하는 순진한 선비였다.

"거북 등껍질 문양의 그림으로 보입니다. 각각의 꼭짓점에는 희미한 숫자가 있습니다. 도형과 숫자의 조합이니 마방진의 또 다른 형태가 아닐까 합니다만……"

순지가 눈빛을 반짝였다. 잠시 후에 고개를 든 순지는 결심한 듯 입을 열었다.

"지수귀문도(地數龜文圖)다."

"무슨 귀문도요?"

"벌집모양으로 이어진 육각형의 꼭짓점에 숫자를 써넣어 그 합이 같도록 하는 배열법이다. 아홉 개의 육각형에 꼭짓점이 서른 개니 1에서 30까지의 숫자를 써서 각 육각형의 합이 같아야 한다."

"그런데 어찌 하필이면 거북의 등껍질입니까?"

"마방진이 처음으로 나타난 낙서의 거북등과 관련 있지 않겠느냐?"

결국 처음으로 돌아와버리고 말았다. 며칠 동안 눈을 붙이지 못한 채 범인을 찾았지만 단서라고는 또다시 수와 도형의 조합으로 이루어진 수수께끼의 그림뿐. 그것도 맨 처음 살인현장에서 발견된 것보다 몇 배나 복잡하고 난해한……

낭패감이 채윤을 무력하게 했다. 그동안의 노고는 가뭇없이 사라지고 허탈감이 덮쳐왔다.

"까칠하구나. 머리털에 윤기가 없고 억세며, 광대뼈 위쪽에 거친 각질이 보인다. 입술은 바짝 말라 주름이 잡혔고, 숨소리에는 힘이 없고 걸음걸이 또한 느슨하구나."

순지가 딱한 표정으로 말했다.

"며칠을 제대로 자지 못하고 끼니도 챙기지 못해서 그렇겠지요. 약간의 어지럼증이 있고 입안이 깔깔한 정도이니 조금 쉬면 나아질 것입니다요."

"몸이 쇳덩이 같은 젊은 녀석이니 몸의 병이 아닐 것이다. 네 육신이 넝마처럼 피로에 절었으나 두 눈만은 또렷하고 물기에 젖어 있으니 그것은 마음의 병이 아니냐?"

"수사에 몰입하다 보니 그렇겠지요."

"그것이 아니다. 네 마른 입술이 붉은 기를 아직 잃지 않았고, 광대뼈 언저리의 붉은 기운이 더하니 그것은 필시 남모르는 연정이 아니냐?"

농 반 진담 반으로 넘겨짚는다는 것을 알면서도 채윤은 귓불이 뜨끈하게 달아올랐다.

"어떤 여자길래 목석같은 사나이를 저리 흔들어 피폐하게 하는 것이냐?"

"연정이 아니라 최근 집현전의 변고에 긴밀히 연관된 궁인을 주시하고 있습니다."

"장성수와 윤필과 삼각애사를 벌였다는 그…… 빌어먹을 벙어리 궁인 말이냐?"

"그 궁인이 일련의 사건에 연관되는 단서를 쥐고 있습니다. 하오나 그 여인이 두 학사와 애사를 벌였다는 것은 터무니없는 추론일 뿐입니다."

순지는 알 듯 말 듯한 미소를 지었다. 거친 전쟁터를 바람처럼 달리던 젊은 녀석이 고적한 궁궐에서 처음으로 연정을 품은 여인이 벙어리 궁인이라니……

알고 있다. 사람이 사람을 좋아하게 되는 데는 이유가 없다는 것을. 북변의 수자리를 돌던 필부라고 지엄한 군왕의 여자를 사랑하지 말라는 법은 없는 것이다. 하지만 그 사랑이 치러야 할 대가는 얼마나 크고도 아플까?

"윤아!"

순지가 나직이 채윤의 이름을 불렀다.

"예!"

채윤이 공손히 허리를 숙였다.

"사랑하되 빠져들지 말거라. 운명은 잔인해서 연모에 빠진 젊음에게 혹독한 대가를 요구하느니……"

딱한 순지의 표정을 일부러 외면하며 채윤은 물었다.

"나리께서도 천추각 쪽에 귀신이 산다는 말씀을 들은 적이 있습니까?"

순지의 얼굴에 당황한 기색이 스쳤다.

"궐 안이 해괴한 귀신의 소문으로 뒤숭숭합니다. 한밤에 종소리에 맞춰 귀신들이 깨어나고 활개를 치고 학사들의 죽음 또한 그 귀신들과 관련 있답니다."

"너 또한 그 소문을 믿는 것이냐?"

채윤은 대답 대신 초췌한 얼굴을 비볐다.

"네 몰골이 말이 아니다. 서운관 내 숙사에서 잠시 눈이라도 붙이거라."

순지의 핀잔을 뒤로하고 채윤은 터벅터벅 걸었다.

마음은 그러고 싶었다. 피로에 절은 몸뚱이를 어느 구석방 윗목에라도 누이고 싶었다. 무거운 눈꺼풀을 꾹 감아 따끔따끔한 마른 눈을 적시며 채윤은 걸었다.

"이놈아! 어딜 가는 게냐?"

건조한 순지의 목소리였다. 하지만 어디로 향하는지 알 수 없는 것은 채윤 자신도 마찬가지였다.

희미한 눈썹을 잔뜩 찌푸린 심종수는 채윤을 노려보았다. 채윤은 올 것이 왔다고 생각했다.

지밀에서 최고의 학사들이 죽어나간다는 소문은 은밀히 저잣거리로 흘러들었다. 한 궁녀를 사이에 둔 두 학사의 치정과 복수의 음담패설은 그럴듯하게 부풀려졌다.

사정이 그러하니 다급해진 사람은 직제학 심종수였다. 그는 집현전 살림살이와 내부 단속을 맡은 터였다. 마음이 급해진 심종수가 불러들인 사람이 채윤이었다.

정별감이 미꾸라지처럼 빠져나간 통발 속으로 채윤이 걸려든 것이다. 애초 이런 상황에서 모든 비판과 질책을 대신 받을 바람막이였으니······ 정별감은 채윤에게 일을 맡긴 덕을 톡톡히 보는 것이었다.

"사헌부와 사간원의 득달같은 상소로도 모자라 성균관 유생들까지 다투어 상소질이다. 범인을 잡아야 할 겸사복청에서 두 손 놓고 있으니 이 낭패를 어이할꼬?"

할 말이 없었다. 조아린 고개를 더욱 처박을밖에······

"삼사가 어떤 곳이더냐? 작은 티끌로도 능히 여럿을 죽이는 자들이다. 입속의 혀는 독을 품은 칼날이요, 들고 있는 붓은 날카로운 화살이다. 그들이 촉수를 뻗으면 닿지 않을 곳이 없고 칼을 뽑으면 살아날 자가 없다. 백성의 목소리를 대변하고 종사의 대의를 짊어졌으니 그 힘이 미치지 않을 데가 없다. 집현전뿐 아니라 주상전하께도 화가 미칠까 두렵다."

심종수의 말에는 틀린 곳이 없었다. 삼사라 하면 집현전이나 육조와 의정부뿐 아니라 주상도 함부로 하지 못하는 곳이다. 그런 그들이 문제 삼고 나섰으니 도대체 몇 모가지가 날아가야 화를 잠재울 수 있을까?

"심려를 끼친 소인의 미련함을 용서하소서."

심종수가 끙 소리를 내며 돌아앉았다. 그 틈을 놓치지 않고 채윤은 말을 이었다.

"하오나 실마리를 잡았으니 조금만 말미를 주시면 근심을 덜어드리고 허물 또한 씻기를 원합니다."

"실마리를 잡았다 했느냐?"

심종수의 두 눈이 빛났다.

"살인의 고리에 명백히 오행이 관여하고 있습니다. 또 살인들의 원인은 〈고군통서〉라는 서책이 관련되어 있습니다. 마지막으로 모든 피살자들은 모종의 비밀스런 결사에 속해 있습니다."

심종수의 표정에 흡족한 미소가 스쳤다.

"오행이 관여한다 함은 네가 오행의 이치를 알고 있다는 뜻이렷다?"

"소인이 아는 것 없고 미련하여 어깨너머로 주워들은 몇 가지 지식으로 유추했을 뿐입니다."

"어리석은 자로다. 오행의 이치가 관여한다면 그 이치를 먼저 파악하여야 할 터, 어찌 어깨너머로 그 깊고 오묘한 문미를 깨달을 수 있으리."

심종수가 누런 이를 드러내며 혀를 찼다.

"너 같은 상것이 가까이할 책이 아니다만 한시라도 빨리 변고를 해결해야 하니 특별히 내리는 서책이다."

채윤은 심종수가 내민 서책을 두 손으로 받았다. 표지에는 반듯한 글씨로 〈태극도설〉이라는 넉 자가 씌어 있었다.

"주렴계라는 송나라 성학이 오행의 근거라 할 태극의 원리를 단 한 장의 그림으로 설명하였다. 그러니 너 같은 까막눈에게는 안성맞춤이 아니냐?"

"소인이 미련하여 깨달은 바 없으니 깊은 학문의 이치를 어찌 혼자 깨우치겠습니까?"

그렇게 말하는 채윤을 심종수는 경멸하는 눈초리로 바라보며 혀를 찼다.

"천한 너를 두고 주렴계의 이론을 강할 시점이 아니나 한시라도 빨리 변고를 수습해야 하겠거니……"

심종수가 쩝 입맛을 다시며 말을 이었다.

"〈태극도설〉은 인성론과 우주론을 한 장의 그림으로 나타내고 설명을 곁들였다. 후대의 주희에 의해 이기철학의 원리로 공인되고 성리학의 모태가 되었지."

"그러면 태극이 무엇입니까?"

"우주 만물과 인간 존재의 궁극적 원리다. 오행도 결국 태극에서 발현하는 것이다."

머리가 두 쪽으로 쪼개지는 듯 찡했다. 오행을 낳는 무엇, 오행이 있게 하는 그 무엇, 그것을 왜 몰랐단 말인가?

채윤은 떨리는 손으로 표지를 젖혔다. 두 눈을 사로잡은 것은 의미를 알 수 없는 그림이었다.

도형과 글자가 조합된 그 그림은 가장 명료하고도 확실한 하나의 법칙을 드러내고 있는 듯했다. 마치 마방진이나 지수귀문도처럼 한 치도 어긋남이 없었다.

하나 더하기 하나가 둘이듯이 그 자리에는 어떤 다른 숫자나 문자로 대치할 수 없는 완벽한 구성이었다. 옆에는 그림의 원리를 설명하는 글자가 빽빽하게 적혀 있었다.

채윤은 눈을 까뒤집고 한 자 한 자 머릿속에 새기듯 읽기 시작했다.

> "무극은 태극이다. 태극은 움직여 양을 낳고 움직임이 극에 이르면 고요해진다. 고요해지면 음을 낳고 고요함이 극에 이르면 움직임으로 되돌아간다……"

그러나 채 석 줄을 읽지 못해 짧은 글 실력을 한탄할 뿐이었다. 도저히

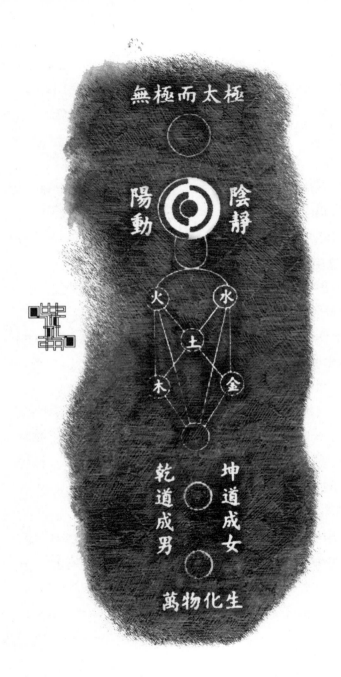

해독할 수 없는 글자들이 중간 중간에 암초처럼 버티고 있었다. 떠듬거리는 채윤의 난감한 표정을 심종수는 고까운 눈길로 살폈다.

천한 놈에게 고결한 주역의 가르침을 전하는 것이 못내 못마땅하였으나 사건을 마무리하려면 어쩔 수 없었다. 심종수는 긴 숨을 내쉬며 입을 열었다.

"〈태극도설〉은 무극에서 만물에 이르는 우주의 생성변화와 인간의 윤리도덕을 하나의 법도로 설명한 것이다."

"그것은 곧 자연과 인륜을 총체적으로 규명하는 원리가 아닙니까?"

"주희 선생은 만물을 일관하는 것이 하나의 태극이며, 일물은 각기 하나의 태극, 즉 리를 갖추고 있다 했다. 즉 태극을 만물의 보편적인 운행원리인 리와 동일시했다."

"태극을 리로 본다면 오행과 기는 어떻게 생성됩니까?"

"만물이 생생하여 변화가 무궁함은 기의 발현 때문이다. 태극은 음과 양의 이기로 나뉘고, 다시 수·화·목·금·토의 오행이 생겨난다. 음양오행은 기를 뜻하니 이것이 이기론의 발원이다."

"자연의 원리가 인간 존재의 당위성과 윤리도덕까지 아우른다 하심은 무슨 뜻입니까?"

"사람의 이성은 태극을, 선한 마음과 악한 마음은 음양을, 인·의·예·지·신의 오상(伍常)은 오행을 본뜬 것이다. 따라서 인간은 인식하는 힘과 도덕성을 갖추고 있다. 그러나 동시에 정욕을 피하기 어렵기 때문에 수양이 필요하다."

심종수의 양쪽 입 가장자리에 하얀 거품이 복닥거렸다. 평생을 유가의 학설과 성리학의 원리에 매달려 살아온 자였다. 주렴계의 태극도설은 단순한 학설이 아닌 그의 우주론이었다. 그의 하늘과 땅은 흙과 공기가 아니라 음과 양의 기운이고 사람 또한 뼈와 살이 아닌 오행으로 이루어져 있을 뿐이었다.

채윤은 다시 한 번 눈앞의 그림을 머릿속에 새기듯 골똘히 바라보았다.

5

심종수는 시전 대행수 윤길주에게 도움을 청하지만
재력을 바탕으로 조정 권력가들을 포섭한 그는 나라의 운명을 건 모종의 거래를 시도한다.

    사간원이나 사헌부 등 언관들을 제외하면 대부분의 관원들은 묘시 전에 입궐했다. 주상이 집번하는 아침조회라 할 상참에 참석하기 위해서였다. 해뜨기 전의 육조거리는 "물렀거라!"고 소리치는 갈도[14]의 고함소리와 가마의 행렬이 끊이지 않았다.

    주상의 치세 이십 년. 구습은 사라졌고 백성들의 세상살이는 눈에 띄게 좋아졌다. 거적때기를 깔고 구걸하던 거지 떼와 굶어죽은 시체가 즐비하던 것이 삼십 년 전. 그러나 시대는 변했다. 궁벽한 산촌이던 한양은 도읍이 되고 팔도의 백성들이 몰려들었다. 소작을 정리하고 무작정 올라온 자, 도적질을 저지르고 도망쳐온 자, 야반도주 해온 양반댁 규수와 종놈도 있었다.

    그들 모두는 새로운 땅에서의 새로운 삶을 원했다. 그곳이 한양이라면 불가능한 꿈이 아니었다. 아쉬운 대로 뒷골목에서 난전을 펼친다 해도 벌

---

14   喝道. 고위관리의 가마행렬 선두에서 소리를 질러 행인들을 비키게 하던 사람.

이가 되어 구걸은 면할 수 있었다.

시전은 육조거리의 당상관들과 관원뿐 아니라 모여드는 손들로 붐볐다. 웃고 떠들기 좋아하는 왈패들과 아낙들이 바쁘게 거리를 오갔다. 화려한 비단옷을 입은 자들은 금주령을 비웃듯 아침부터 취해 있었다.

육조거리 뒷길의 시전거리와 그 뒷골목이라 할 난전은 기회의 거리였고 욕망의 거리였으며 시대의 갈등을 그대로 간직한 거리였다. 난전 뒷골목 구석구석에는 지난밤 들이켠 밀주들이 토사물이 되어 나뒹굴고 있었다.

새로운 전각들이 하루가 다르게 들어서는 궁궐의 공사를 위해 허름한 차림의 목수들과 잡역들이 궐문을 향하고 있었다. 하루의 고된 일과를 마치면 그들은 또 어둠이 내리는 이 욕망의 골목으로 돌아올 것이었다.

시대는 분명 변화하고 있었다. 이제 조선은 더 이상 주저하지 않았다. 욕망하는 것은 이룰 수 있었으며 구하는 것은 얻을 수 있었다. 시대는 스스로 숨 쉬며 꿈꾸는 자들의 영감을 자극하고 있었다. 비가 오면 질퍽거리는 거리의 물웅덩이에서도, 깊게 파인 수레바퀴 자국 속에서도, 취기 어린 자들의 목소리에서도 활기가 느껴졌다.

심종수는 이 놀랄 만한 변화를 온몸으로 느끼고 있었다. 세상이 뒤집히고 있다. 경학의 이념이 냄새나는 육조거리의 오물바닥에 해진 짚신짝처럼 내팽개쳐지고 있다. 그것은 직제학 심종수에게는 참을 수 없는 모멸이었다.

이 타락하고 근본 없는 시대를 바로잡아야 한다. 양반, 상놈의 질서가 바로 서고, 위아래가 동요함이 없도록 어지러운 난전을 쓸어버려야 한다. 그것이 대제학 최만리와 어지러운 세상을 바라보는 사대부들의 뜻이었다.

심종수는 그 뜻을 맨 앞에서 행하는 갈도였다. "길을 비켜라!" "길을 비켜라!"고 우렁찬 목소리로 외치는 갈도였다. 그의 호통소리에 썩어빠진 사술과 냄새나는 난학이 혼비백산할 것이었다.

갓을 깊이 눌러쓴 심종수는 얼굴을 찌푸리며 시전거리 뒷길로 접어들었다. 시큼한 땀 냄새와 술 냄새가 거리 곳곳에 배어 있었다. 불결함과 낯선 배타심이 스멀스멀 기어 나와 발걸음을 재촉했다.

그가 만날 사람은 시전상인 윤길주였다.

장대한 기골에 살집이 좋은 중늙은이 윤길주는 개성의 벽란도[15]에서 잔뼈가 굵은 장사치였다.

한양이 새 도읍이 되자 그는 개성의 목재선 두 척을 이끌고 바닷길을 통해 한양으로 들어왔다. 새 궁궐 축조와 도성의 건설에 어마어마한 목재가 필요할 것을 미리 계산한 터였다.

목재선 두 척으로 개성에서 최상급의 목재를 실어 나르며 조정 관원들과 친분을 텄다. 수완이 뛰어난 그는 양반들만 사는 북촌 어귀에 대저택을 짓고 왕래하였다.

궁궐의 큰 형태가 갖추어지고 새 도성의 윤곽이 잡히고 사람들이 몰려들었다. 자연 갖가지 물품들이 통용되어야 했다. 선대왕은 육조거리의 양편에 긴 건물을 짓고 큰 장사치들로 하여금 도성민들이 필요한 물건을 팔수 있도록 했다. 시전[16]이었다.

---

15 碧瀾渡. 예성강 하류의 나루터로 고려 때부터 송, 원 등과의 교역물자와 외국사신이 출입하던 국제무역항.
16 市廛. 비단을 파는 선전, 면포를 파는 면포전, 명주를 파는 면주전, 종이를 파는 지전, 삼베를 파는 포전, 각종 어물을 파는 내외어물전 등이 있었다. 후대에 가서 이들 주요 품목은 육의전이란 이름으로 특별한 대우와 관리를 받기도 했다.

큰 상인들이 통랑을 차지하고 장사를 시작했다. 윤길주는 도성 축조에 기여한 공으로 가장 비싸고 거래량도 많은 선전과 면포전을 차지했다.

각 전은 시전에서 장사를 하는 대신 일정한 세금[17]을 대가로 내야 했다. 왕실과 관청의 수리를 위한 물목과 경비, 그리고 매년 몇 차례 중국으로 가는 사신의 수요품 조달이 그것이었다. 반대급부는 컸다. 조정에서는 시전을 흥하게 하기 위해 자금을 빌려주기까지 했다. 시전이 피폐해진다면 물품이 원활하게 공급될 수 없기 때문이었다.

각 전 상인들은 도가라는 창고를 갖춘 독자적인 집무관을 가지는 동시에 도중[18]이란 계로 뭉쳐 있었다. 도중의 윗자리는 도원들의 공평한 의견을 물어 다수가 지지하는 자가 되었다.

윤길주의 장사 수완은 거침이 없었다. 비슷한 규모의 시전 점포들을 하나하나 자신의 손아귀로 끌어넣었다. 마치 엄청난 식탐으로 먹이를 탐식하는 짐승처럼 윤길주의 점포는 날로 늘어났다.

사실상 시전상인들의 영수라 할 수 있는 대행수[19]가 된 그는 시전을 감독하는 경시서[20] 관헌은 물론 호조를 비롯한 육조 관원에게 선을 댔다. 경시서는 도량형을 감독하고 물가를 조정할 뿐만 아니라 국가에 필요한 물목을 각 도중에 하명했다. 윤길주는 경시서의 하명이 있기 전이라도 미리 각 전의 물목을 징수해 창고에 보관하였다가 신속히 납품하였다.

각 관청에 소용되는 물목을 신속히 납품한 윤길주는 더욱 승승장구했

---

17 납역은 그때그때 임의로 이루어졌으나 세종이 폐해를 지적한 후 시기와 비율을 정해 납입하도록 했다. 사신단에 납품하던 물목도 각기 규모와 능력에 맞게 조정하고 관부로 납품되는 물목 또한 그 값에 맞는 대가를 지불했다. 시전상인들을 통해 상업을 발달시키도록 한 조치였다.

18 都中. 도중의 계원을 도원(都員)이라 했다. 도원이 되기 위해서는 도중 회의의 엄격한 심사를 거쳐야 했다.

19 大行首. 아래로 도령위, 수령위(首領位)를 비롯한 하공원(下公員)을 거느리는 시전상인의 총수.

20 京市署. 물가의 조절 및 상인, 세금 감독, 도량형(度量衡) 관장을 맡아본 관아.

다. 마침내는 시전의 알짜배기 전을 모두 자신의 휘하에 거느린 상인들의 영수가 되기에 이르렀다. 그러나 윤길주의 욕심은 더욱 큰 곳에 있었다. 이미 모든 것을 가진 듯한 그였지만 끝 간 데 없는 물욕은 더욱 큰 욕망을 불렀다. 그것이 직제학 심종수를 만나는 이유였다.

"직제학께서 납셨사옵니다."

중문을 열고 달려들어온 종자가 아뢰었다.

"안으로 모셔라. 중문을 닫아걸고 종자를 배치해 잡인의 출입을 삼가라."

"예!" 무성한 구레나룻을 기른 건장한 종자는 말이 끝나기가 무섭게 중문을 뛰쳐나갔다. 윤길주는 건장한 종자들이 바쁘게 움직이는 너른 도가의 앞마당을 바라보며 흥흥 콧바람을 뿜었다.

도가의 내실은 본채에서도 가장 은밀한 칸에 있었다. 넓은 마당의 각 방향에는 여덟 명의 종자들이 번갈아 망을 보고 있었다. 내실 가운데에는 높은 책상과 네 개의 나무의자가 있었다. 원나라 때 만들어져 오십 년이 넘은 가구였다.

상석에 자리한 윤길주는 넙데데하고 불콰한 얼굴에 못마땅한 표정을 지었다. 심종수는 그 건방진 장사치의 턱을 갈겨주고 싶었다. 그러나 노회한 그의 눈매는 이미 심종수의 마음을 꿰뚫고 있었다.

"경시서 별감을 보내도 될 일을 직접 행차하신 것을 보면 긴한 이야기가 있는 모양이오."

윤길주가 두껍고 거무튀튀한 입술을 삐죽거렸다. 심종수는 치밀어오르는 구역을 애써 참으며 미소를 지었다. 이런 뻔뻔스럽고 무례한 장사치 놈에게 수모를 당하려 이곳까지 온 것은 아니다. 그러나 놈의 심기를 건

드러서 좋을 것이 없다. 서로가 서로에게 필요한 것을 취하면 그뿐.

"안부도 궁금한 데다 대제학 어른의 특별한 청도 있고 하여……"

심종수가 말꼬리를 우물거렸다. 윤길주의 핏발 선 두 눈에 힘이 들어갔다.

"또 상납 물품을 대달라는 게요? 아둔한 장사치에게 육조의 당상관들과 대제학까지 연신 찾아오니 물품을 대는 것도 벅찰 지경이오."

윤길주가 냉소적으로 말했다. 심종수의 뱃장에서 수모감이 울컥 치밀었다. 이놈이 누구 덕에 대행수가 되었는데 지금에 와서 배짱을 부리는가?

"대행수의 고충을 모르는 바 아니오. 하나 어차피 같은 배를 탄 몸이 아니오? 대제학과 조정 대신들이 돌보지 않으면 대행수 또한 고충에 빠질 것이오. 대행수가 제공한 물품은 모두 이 땅에 경학의 뜻을 세우고 동시에 대행수의 상업의 안정을 위해 꼭 필요한 자금이오."

윤길주는 실룩거리는 심종수의 입술을 살폈다. 육조의 관헌들과 대제학뿐만이 아니었다. 자신이 보낸 비단필로 지은 관복을 입지 않은 관헌이 몇이나 될 것이며 자신이 뒤로 건네준 쌀로 배 불리지 않은 자가 또 몇이나 될 것인가?

재물은 정직했다. 먹은 자는 말이 없었다. 마음만 먹으면 누구의 모가지라도 떨어뜨릴 수 있었다.

"물론 그럴 테지요. 내가 언제 대제학의 전표를 지키지 않은 적이 있었소이까?"

"대행수의 말씀을 대제학 어른께 반드시 전하겠소."

심종수가 상납 품목과 수량이 적힌 전표를 내밀었다. 윤길주는 스스럼없이 전표를 챙겼다.

"납품은 염려 마시오. 벽란도의 짐꾼으로 떠돌 때부터 지금 이때까지 신용 하나로 버티어온 몸이오."

윤길주가 검은 구레나룻을 쓰다듬으며 말을 이었다.

"그런데 시전상인들의 숙원은 언제나 해결되는 것이오? 이대로라면 머지않아 상납물자를 대는 일조차 힘들어질 것이 뻔하오."

윤길주가 어깃장을 놓았다. 심종수가 난감한 표정으로 입을 열었다.

"그 일이 제대로 풀리지 못하면 우리의 진영에 화가 되어 들이닥치는 것을 대제학께서도 잊지 않고 있소. 그러니 조금만 기다리시오."

"기다리라는 말을 믿고 기다려온 세월이 까마득하오. 하기야 아둔한 장사치들이 기다리는 것밖에 다른 방도가 어디 있겠소? 나랏일이야 훌륭한 관원님들과 학사님들이 알아서 하실 터이니…… 그러나 기다리는 데도 한계가 있는 것이 아니겠소?"

윤길주가 목청을 높였다. 심종수는 닫힌 창밖을 돌아보며 난감해했다.

"주상전하의 뜻이 워낙 강하오. 몇 차례 상소를 올렸지만 뜻을 거스를 수가 없소."

"말이 나왔으니 말이지 선대왕께서 세우신 시전을 이렇듯 거지 왈패의 소굴로 만들어버린 장본인이 지금의 주상이오. 난전을 허용한 것은 도무지 이해 못 할 일이오. 시전거리가 팔도에서 모여든 패악꾼들과 보따리 장사들이 우글거리는 소굴이 되어버렸단 말이오!"

심종수가 난감한 표정으로 턱수염을 쓰다듬었다. 윤길주는 관자놀이의 핏줄을 불룩거리며 목소리를 드높였다.

"그뿐 아니오. 권세가의 종놈들과 관아의 말단 관리, 심지어는 호위청 병졸들까지 장사에 나섰소. 이런 자들이 직접 만들거나 기른 물품들을 싸게 내다파는 난전행위를 하니 시전의 이문이 박해질밖에… 이것이 어디 시전이오? 온갖 패악쟁이들을 모아놓은 소굴이지……"

"대행수의 말이 틀린 바 없소."

"지난번 주전소에서 찍어낸 통보까지 통용되었다면 시전상인들은 이미 오래전에 장사를 접어야 했을 것이오. 그나마 결사적으로 통보의 유통을 막았는데도 이 정도니 원……"

윤길주가 쯧쯧 혀를 찼다. 심종수는 이런 장사치들을 구슬리는 법을 잘 알고 있었다.

"그래서 조정 문신들과 집현전, 성균관까지 나서지 않았소? 지금껏 기다린 것 조금만 더 기다리시오. 주상전하께서도 곧 금난전권[21]을 수용하지 않을 수 없을 것이오."

윤길주의 입가에 그제야 설핏 웃음기가 떠올랐다. "금난전권…… 금난전권이라……"

그것은 시전상인들에게는 전가의 보도였다. 난전을 허락한 후 몰려든 난상들이 이문을 얻어 성장하자 다급해진 것은 시전상인들이었다. 그들은 갖가지 경로를 통해 난전을 근절하는 것이 시급함을 호소하였다.

즉 마구잡이로 늘어나는 난전상인들이 상권을 침해하면 더 이상 납역을 하기 어렵다는 것이었다. 불미스런 사태를 막기 위해 금난전권을 보장해달라고 요구했다. 그 요구는 시전상인들과 긴밀하게 결탁되어 있던 조정의 문신들과 경학파 사대부, 성균관 유생들에게 전해졌다.

시전상인들의 몰락은 그들의 세력 위축과도 깊은 관계가 있었다. 그들 대부분이 시전상인들과 부적절한 이권관계를 맺고 있었으며 부당한 납역을 받아왔다. 그들은 같은 배를 탄 운명이었다.

조정 문신들은 돌아가며 금난전권을 주청하는 상소를 올렸다. 그러나

---

21 난전을 금하고 시전상인이 상행위를 독점할 수 있는 권리. 시전상인이 파는 물품을 파는 난전상인이 있으면 장사를 막고 물건을 압수하고 고발할 수 있는 권한. 압수된 물품이 적을 때는 팔십 대의 곤장을 때렸다. 몇몇 대행수에 의해 운영되는 도중의 완벽한 독점을 허용하는 법이었다.

주상의 뜻은 확고했다. 상업이 특정한 자에게만 허용되어서는 안 된다는 것이었다. 재화와 물자는 애초에 임자 없는 것이니 가장 싼값에 가장 좋은 물건을 파는 자가 이익을 얻어야 한다는 것이었다. 대신 시전상인들의 불만을 잠재우기 위해 공무에 값을 쳐서 지불하도록 했다. 시전상인의 특혜를 빼앗은 것이었다.

"조정으로서는 시전상인에게 특혜를 주고서라도 조달물품을 안정적으로 확보함이 나을 것이다. 그러나 몇몇 시전의 독점매매로 인한 폐해를 생각하라. 울며 겨자 먹듯 비싼 값으로 물건을 사야 하는 백성들, 장사에 수완이 있으나 기회를 얻지 못한 자들의 원망이 얼마나 클 것인가? 모든 백성이 차별 없이 공정하게 싼값에 좋은 물건을 내다판다면 사는 사람은 싼 값에 좋은 물건을 살 수 있어 좋고 파는 사람은 많이 팔 수 있어 좋을 것이다."

그렇게 십여 년을 상소와 묵살로 팽팽하게 맞서왔다. 그러나 윤길주를 비롯한 시전상인들의 공세는 집요했다. 난전을 탄압할 법을 만들기 위해 할 수 있는 모든 것을 다했다. 주상의 뜻을 알아차린 조정관원들이 머뭇거리자 그들은 사간원의 언관들과 성균관의 유생들까지 동원해 난전의 폐해를 아뢰는 상소를 올리도록 했다.

모두가 윤길주의 부적절한 상납 고리에 연루된 자들이었다. 윤길주가 자빠지면 그들은 모가지가 부러질 것이었다. 그들은 어느새 자신도 모르는 사이에 거대한 동맹을 맺은 운명공동체가 되어 있었다. 대제학 최만리 또한 그들 중 한 명이었다.

"금난전권, 그것이면 족하오. 그러면 어지러운 세상은 다시 추슬러지고 대제학께서 그렇게 간구하는 경학의 도리도 제 길을 찾을 것이오."

윤길주가 책상 위에 놓인 심종수의 손목을 덥석 잡았다. 심종수는 차가운 눈으로 따뜻한 미소를 지으며 늙고 노회한 장사치를 바라보았다.

이 더럽고 불결한 골목을 지나온 목적은 이루었다.

심종수는 만족스런 웃음을 지었다.

6

채윤은 학사들의 문신의 비밀을 풀고
윤후명은 야릇한 금서를 건넨다.

내각사를 지나자 낡은 비서고의 기와지붕이 보였다. 햇살이 비쳐드는 좁은 봉창 아래에서 서책에 탐닉하던 윤후명이 바퀴의자를 굴리며 다가왔다.

"호위감 어른이 빌려갔다던 몽골 야서를 볼 수 없을까요?"

윤후명이 누런 이를 드러내며 웃었다.

"젊음이 좋긴 좋구만. 이틀을 못 참고 다시 와서 야서를 내놓으라니… 하지만 이거 어떡하나. 그 야서라면 최만리 대감께서 가져가셨는데……"

채윤은 어깨를 늘어뜨렸다. 어떤 책이기에 윤필과 무휼과 최만리가 다 투어가며 보려는 것일까? 단지 음탕한 호색한들의 야서는 아닐 것이다. 그 서책 안에 무언가 특별한 단서가 있을지도 몰랐다. 그렇다고 대제학에게 쳐들어가 책을 강탈해올 수는 없는 일.

"이놈아, 그따위 음서에 마음을 두지 말고 네 일이나 열심히 하거라."

윤후명이 히죽 웃었다. 채윤은 앞섶에 튄 윤후명의 거품 침을 털어냈다.

"혹 산학이나 수학에 관한 서책들을 볼 수 있습니까?"

말을 마치기도 전에 바퀴의자는 저만치 굴러가고 있었다. 산학책은 줄지어 선 서가 맨 안쪽에 있었다.

"산학은 원대에 많이 저술되었다. 야만스런 오랑캐들인 데다 서역 오랑캐들과의 무역과 상술이 발달하였으니 산학의 필요성도 커졌겠지."

채윤은 쌓여 있는 서책들을 훑어보았다. 송나라 이래의 산학서와 고려 때 이후로 민간에서 조악하게 집필한 필사본들이었다. 도형의 면적으로 밭의 넓이를 재는 법, 밭의 소출량을 계산하는 법을 비롯한 산법들과 대나무 가지로 수를 계산하는 셈법도 있었다. 팔도의 농사꾼과 장사치의 몽매를 씻어줄 유용한 책들이 적요한 비서고에서 먼지를 뒤집어쓰고 있었다.

"까탈스럽고 꽉 막힌 산술과 계산법에 흥미가 있는 것이냐?"

채윤은 들고 있던 서책에서 눈을 떼지 않았다. 산학을 공부하려는 것은 아니나 수와 관련된 단서를 찾아야 했다. 지푸라기를 잡는 심정으로 뒤적이는 산학책이었다.

"소인이 흥미 있는 것은 산학이 아니라 마방진입니다."

순간 윤후명의 웃음소리가 크게 터졌다.

"하하하! 그렇다면 잘못 짚었다. 마방진은 산학이 아니라 점술에 속한다고 보는 것이 옳다. 숫자를 이용하여 점괘를 뽑는 일이 어찌 마방진뿐이더냐? 모든 점과 궤의 원천인 주역조차 수의 조합과 산술로 성립되는 것이니……"

윤후명이 바퀴의자에 매달린 긴 동아줄 하나를 당겼다. 남쪽 봉창가의 서가 하나가 우르르 하는 소리와 함께 다가왔다. 서가의 왼쪽 모서리에 인두로 지진 검은 글씨가 보였다.

점술. 괘술. 역술. 풍수.

"점술이야말로 사문난적의 우두머리다. 교활한 사술쟁이들은 주역까지 멋대로 해석하여 길흉화복을 점친다 하니 어찌 혹세무민이 아니겠는가?"

나란히 쌓인 서가의 서책을 펼친 채윤의 눈꺼풀이 뒤집어질 듯 휘둥그레졌다. 조악한 필사로 베껴 적은 그것은 다음과 같은 그림이었다.

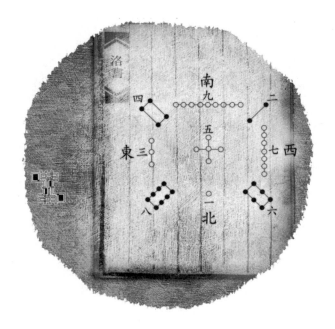

그 그림은 마방진이었다.

각각의 방향에 새겨진 그림들은 바로 죽은 자들의 몸에 새겨져 있던 바로 그 문신이었다. 그리고 무늬는 오행을 상징하는 숫자였다. 마방진은 오행의 이치를 완벽하게 표현한 그림이었던 것이다.

그림 옆에는 빽빽한 글씨들이 적혀 있었다. 채윤은 정신없이 그림 아래의 글자들을 읽어나가기 시작했다. 모르는 글자들이 중간 중간 섞여 있었지만 개천을 차고 달리는 말처럼 시선은 글귀 위를 달렸다.

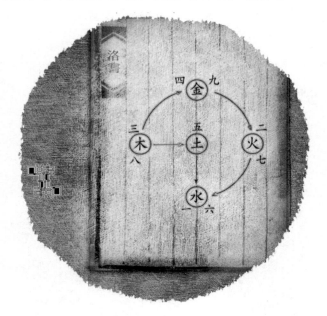

서둘러 다음 장을 넘기자 또 다른 그림이 눈에 띄었다.

거북 등에 새겨진 낙서라는 점은 정초 대감의 일기첩에서 발견된 지수귀문도와 상관관계가 있었다. 안개 속에 뿔뿔이 흩어졌던 단서들이 명확한 고리로 엮이며 뚜렷해지고 있었다.

채윤은 벌떡 일어섰다. 골똘히 표정을 살피던 윤후명이 덜컥 놀랐다.

"감사합니다요. 소인은 이만 가보겠습니다."

채윤이 비서고의 문을 향해 빠른 걸음을 옮겼다.

"잠깐 섰거라."

바퀴의자가 굴러왔다. 윤후명이 무릎 위에 노랗게 찌들은 서책을 건넸다.

"이놈아, 아무리 춘정에 들떠도 불쑥불쑥 격한 성정을 억누르지 못하면 어떡하느냐? 네가 찾는 그 음서는 없다만 이거라도 갖고 가거라. 최만리 대감이나 윤필이나 호위감 본 것보다 훨씬 음탕하고 춘정이 동하느니……"

"이것이 무슨 서책입니까?"

"남녀의 열띤 교합을 치밀하게 묘사한 그림도 많고 팔사파문자도 적으니 오묘한 운우지정을 읽기도 쉽다. 내 너의 들끓는 춘정을 헤아려준다만 글자 한 자, 그림 한 획도 필사하려 들지 말라. 허락 없이 서책이 나간 것이 들통 나면 나나 너나 제명에 못 죽는다."

채윤이 와락 엎어졌다.

"책을 주신다면 어떤 명도 따르겠습니다."

윤후명이 누런 이를 드러내며 싱긋 웃었다.

"네놈이 급하긴 급했던 모양이구나. 안달을 하는 것을 보니…… 히히히……"

주상은 들고나는 이 없는 텅 빈 근정문을 자꾸만 돌아보았다. 육조 관원들이 입시하는 대궐의 첫 관문이었다. 뜰에 깔린 돌들은 여린 가을빛에 따스한 온기를 뿜고 있었다.

"허허! 영실이 저 문으로 떠난 것이 정녕 믿기지 않는다. 지금이라도 불쑥 들어설 것 같은데……"

뒤따르던 정인지는 그 망극함을 알 만했다. 이틀 전 장영실은 관복 대신 흰색 바지저고리 차림으로 궁을 나섰다. 죄인은 마땅히 옥수레에 실려 북문으로 출궁해야 했지만 주상의 뜻으로 정문인 근정문으로 마지막 퇴궐을 할 수 있었다.

"나의 부덕이다. 그토록 훌륭한 신하를 지키지 못하고 이렇듯 허무하게 잃다니……"

날아갈 듯 호쾌한 근정문 추녀를 바라보던 주상은 용포자락을 쥐어짰다. 충녕군 시절부터이니 이십 년이 넘은 인연이었다. 신하라 하기에는 친구 같고, 관료라 하기엔 친형제 같은 사이였다. 지금도 보위에 오르던 그날 영실과 나눈 대화를 잊지 못한다.

"전하! 이제야 조선의 하늘을 다시 찾을 수 있겠사옵니다."

젊은 주상은 흡족한 표정으로 고개를 끄덕였다. 이제 영실이 곁에 있으니 조선은 온전히 그 하늘을 찾을 것이다. 그 하늘의 해와 달과 별들 하나하나를 다시 찾게 될 것이다.

그때까지 조선은 명나라 연경의 시간을 쓰고 있었다. 정초가 되면 명황제가 내리는 역서를 받기 위해 사신이 연경으로 가야 했다. 역서가 도착해야 날짜와 절기를 뽑고 일출, 일몰 시간을 계산하였다.

그러나 장영실은 명나라 역서가 조선의 땅과 하늘의 조화에 맞지 않음을 고했다. 명과 조선은 일출, 일몰 시간이나 절기 또한 달랐다. 명나라 역서 자체도 정확하지 않았다. 주상은 그 맹랑한 천민의 기와 재능을 믿었다.

보위에 오른 주상은 곧 조선의 달력과 시간을 만들겠다는 밀명을 내렸다. 그러나 그것은 만만한 일이 아니었다. 우선 천체 관측과 정확한 계산 기술이 있어야 했다. 관측을 하려면 정밀한 천문의기가 있어야 했고 잘 훈련된 천문학자들이 있어야 했다.

장영실은 이천을 비롯해 천문과 산학에 밝은 젊은 선비들을 천거했다. 총책에 장영실, 제작은 총괄에 이천을 우두머리로 서운대가 만들어졌다.

시급한 것은 역법과 천문에 대한 서책을 구하는 것이었다. 영실은 명나라로 가는 사신단에 학자들을 딸려 보냈다. 그들은 연경 바닥을 샅샅이 뒤져 역서와 산술서를 들여왔다. 다음으로 한양의 자오선 고도와 동·하지점의 위치를 측정해야 했다. 그러려면 정밀한 천문관측 기구가 필요했다.

삼 년 후 장영실과 남양부사 윤사웅은 명나라로 밀파되었다. 꾀죄죄한 몰골로 연경의 저잣거리를 돌기도 하고 중국 천문학자들을 포섭하기도 하며 역법 정보를 수집했다.

장영실은 어깨너머 첩간질로 모은 지식으로 수십 번의 실패를 거듭했다. 그리고 마침내 모든 천문의기의 기본이 되는 혼천의[22]를 만들 수 있었다. 주상은 혼천의를 마주했던 그날의 가슴 떨림을 아직도 잊지 못한다.

"혼천의란 무엇인가?"

"대지를 중심으로 천구가 그 주변을 도는 혼천설에 따른 우주의 형상이옵니다. 혼(渾)은 둥근 공을 말하는 것으로 그 표면에 일월성신의 운행을 설명할 수 있는 위치가 정해지옵니다."

"그러하면 혼천의의 원리는 어떠하냐?"

"혼천의는 물레바퀴를 동력으로 시계장치와 연결되어 천체의 운행에 맞게 돌아가옵니다. 큰 물 항아리의 물이 작은 항아리에 흘러들어가 채워져 바퀴를 쳐서 돌리옵니다. 여러 날에 걸쳐 물이 채워지고 비워지며 혼천의의 환이 일제히 움직이옵니다. 옆에 톱니바퀴를 설치하고 방울이 굴러 내리는 길을 만들어 시간을 알리옵니다."

"그렇게 복잡다단한 의기의 운행이 하나도 눈에 보이지 않는구나."

"모든 운용의 장치는 아래쪽에 숨겨 보이지 않게 하였사옵니다. 눈에

---

22 渾天儀. 언제나 북쪽을 가리키는 나침반처럼 우주의 위치와 방향을 결정하는 기구. 해와 달과 별의 위치를 표시하는 적경과 적위를 정밀하게 측정할 수 있다.

보이는 혼천의의 본체는 세 겹의 동심구면이옵니다. 세 개의 환이 어우러지는 조화로 해와 달, 하늘의 구석구석 별의 운행을 관찰하옵니다."

"이제야 우리 하늘의 해와 달과 별의 운행을 바로 알게 되었다. 더욱 정진하고 궁리하라!"

주상은 떨리는 목소리로 하교하였다. 일 년이 지난 후 영실은 다시 간의[23]를 만들어 바쳤다.

"기둥과 환이 많아 복잡하고 불편한 혼천의를 수정하고 개선시킨 간의이옵니다."

"혼천의와는 어떻게 다르냐?"

"혼천의가 해와 달의 운동으로 시각을 측정한다면 간의는 '적도수도(赤道宿度, 적경)와 '거극도(去極度, 적위)를 측정해 천체의 위치를 알 수 있습니다."

"이 의기라면 조선의 해와 달, 별의 운행에 따른 조선의 위치를 정확히 산출할 수 있으렷다?"

"조선의 역법을 편찬하기 위해서는 한양에서 태양이 뜨고 지는 시각과 북극 고도를 중심으로 한 해, 달, 별의 위치를 정확히 관측해야 하옵니다. 그 위치표가 역법을 편찬하고 천문도를 그리는 기준이 되옵니다. 간의는 단순하고 편리하여 이런 작업에 매우 유용하옵니다."

영실은 한양의 경위도와 동 · 하지점의 위치를 정확히 측정하여 우리 땅과 하늘의 기준을 세웠다. 한양 땅을 기준으로 얻은 천문상수들은 〈칠정산 내외편〉 계산의 바탕이 되었다. 머나먼 남의 땅에서 풍찬노숙하며

---

23 簡儀. 혼천의의 적도환, 백각환, 사유환을 따로 떼어 사용하기 쉽도록 만든 천체 기구. 간의를 더욱 작게 만든 소간의는 들고 다니며 관측할 수 있다. 적도환은 칠정(일월과 5행성)의 각도를 쟀고 백각환은 시각을 나타냈으며 사유환은 별을 관측했다.

어깨너머로 배운 도둑공부로 하늘의 조화를 궁리해낸 것이다.

궁리는 거기에서 끝나지 않았다. 간의에 이어 자격루가 만들어지고 간의대가 세워졌다. 그리고 앙부일구를 비롯한 천문의기가 전국 각지에 속속 배포되었다.

주상의 눈길은 여전히 영실이 떠난 텅 빈 근정문에서 떨어질 줄 몰랐다.

"지난밤 영실이 울면서 했던 주청이 아직 귓가에 맴도는구나. '전하! 칠정산이 지금에야 보잘것없는 산법책에 지나지 않으나 마땅히 중국의 역법을 뛰어넘는 '조선력'으로 불려야 할 것입니다. 소인은 궐을 떠나지만 어느 외딴 곳에서인들 이 땅을 비추는 하늘을 잊으리까?' 아, 내가 앞으로 오십 년을 더 살다 간다 해도 그 간절한 목소리를 잊을 수는 없을 듯하구나."

주상은 날아갈 듯한 근정문의 처마 끝을 뜨거운 눈으로 바라보며 혼잣말을 했다.

"하늘이 너무 높고 푸른가보이. 멀쩡한 눈에 눈물이 고이는 것을 보니……"

"전하, 소신 또한 눈물이 나니 가을바람이 제법 매워졌나보옵니다."

7

채윤은 윤필이 지녔던 활자의 필법을 분석한다.
후원 활터에서 최만리와 독대한 주상은 팽팽한 신경전을 벌인다.

根, 之, 木, 風, 亦, 源, 之, 水, 旱, 亦, 渴.

눈꺼풀 안쪽에 문신을 새긴 듯 눈을 감으면 글자들이 떠올랐다. 글씨의 매혹은 강렬했다.

"뿌리 근, 갈 지, 나무 목, 바람 풍, 또 역……"

더 이상 그 글씨들을 눈꺼풀 안 어둠 속에 묻어둘 수는 없었다.

실마리를 다시 찾아낼 곳은 비서고였다. 주인을 잃은, 존재의 이유를 잃은 책들의 무덤.

"비 맞은 중놈처럼 뭘 그리 중얼대느냐? 비서고 서책에선 그 활자를 찾을 수 없다 하지 않았느냐?"

드르르륵 바퀴 구르는 소리를 내며 윤후명이 미끄러지듯 다가왔다.

"학사 윤필의 피살 현장에서 나온 활자입니다. 이 글씨를 쓴 자가 누구인지, 어떤 까닭인지를 알아내야 합니다. 나리께서는 그 활자체에서 떠오르는 바 있으실 것입니다."

분에 맞지 않은 글을 어깨너머로 익혔지만 글씨에 대해서는 아는 바 없다. 활자 몇 쪽으로 서책의 행방을 좇는 것은 애초에 가능하지 않은 일이었다.

"내 음습한 궁궐 외딴곳에서 보는 바 케케묵은 서책이요, 듣는 바 산새소리뿐이다. 무엇을 듣고 보아 아는 바 있으리오?"

"서여기인(書如其人)이니 '글씨는 그 사람과 같다' 했습니다. 한 자의 글씨는 한 사람의 성정과 학덕, 나아가 심성과 충동까지 드러냅니다. 수결로 사람의 징표를 삼는 것 또한 이런 까닭이 아닙니까?"

윤후명이 그제야 고개를 주억거렸다.

"서법이란 글자의 의미와 추상을 드러내니 그럴 테지. 현침수로[24]니, 역입평출[25]이니, 잠두안미[26]니, 마제잠두[27]니, 하는 것들이 그것이 아니겠느냐?"

"그것은 글을 쓰는 기법이요 글씨의 모양일 뿐, 글 쓸 때의 심경 또한 글에 스며들지 않겠습니까?"

"절차고[28], 옥루흔[29], 추획사[30], 인인니[31]라 하는 것들이 모두 마음으로 쓰는 법도다. 사람을 선발하는 데 신언서판이라 한 것도 글씨로 그 사람됨을 짐작할 수 있기 때문이다."

"평생을 온갖 책을 대해온 나리가 아니면 누가 성정을 드러내는 글씨

---

24 懸針垂露. 세로획의 뾰족한 끝이 침을 매단 것 같아 현침이라 하고, 이슬이 맺힌 것 같아 수로라 한다.
25 逆入平出. 붓을 댈 적에 획이 나아갈 방향의 반대편에서 들어와 거침없이 나아가는 것을 말한다.
26 蠶頭雁尾. 한 일자에서 앞부분이 누에머리, 끝부분이 기러기 꼬리같이 생긴 데서 나온 말이다.
27 馬蹄蠶頭. 한 일자에서 처음의 모양이 마치 말발굽 같고 끝부분이 누에의 머리 같음을 말한다.
28 折叉股. 붓을 세우고 둥글게 비틀어 굽은 획을 긋는 법. 금비녀를 구부릴 때 둥근 모양을 뜻한다.
29 屋漏痕. 낡은 집 벽을 흘러내리는 물이 바로 떨어지지 않고 주름을 이루며 흐르는 생동감을 표현한 말.
30 錐劃沙. 모래 위에 글씨를 쓸 때 송곳을 누이면 획이 선명하지 못한 것처럼 붓을 바로 세워야 함을 뜻한다.
31 印印泥. 인주에 도장을 찍는 것처럼 붓을 댈 때 마음이 편하면 마음의 글자를 능히 쓸 수 있다는 뜻.

의 조화를 알겠습니까?"

윤후명이 못 이긴 척 의자 옆 서안 위에 쌓인 서책들을 치웠다. 맨 아래쪽에 반듯하게 펼쳐진 종이 한 장이 드러났다. 이틀 전 채윤이 맡겼던 활자를 찍은 종이였다.

"내 비록 세상일에 밝지 못하고 아둔하여 털 빠진 수탉 신세다만 미련퉁이는 아니다. 숱한 서책을 대하였기로 필치만 보고도 그 쓴 자의 심성과 학식을 어림짐작하지."

"이 글을 쓴 자에 대해 아는 것을 일러주십시오."

"아서라! 아무리 신묘한 재주라 하나 종이에 쓴 글자도 아니고 주조한 활자로 찍어낸 서체를 보고 무엇을 알아내라 하느냐?"

윤후명이 주름진 눈가를 움찔거리며 채윤을 노려보았다.

"활자란 뛰어난 옛사람의 글씨를 취하여 새기는 것입니다. 비록 그 세밀함을 모두 취하지 못하나 필법과 서체의 특장은 살아 있을 것입니다."

윤후명은 자글자글한 눈으로 서안 위의 글자들을 세심하게 살폈다.

"자체로 보아서는 예서[32]라 하겠다. 예서 중에서도 예기비(禮器碑)의 자체인가 하노라."

"예기비라굽쇼?"

"후한대에 세운 예기비는 노나라 재상 한래의 공적을 칭송했다 하여 한래비라고도 한다. 한래는 진시황의 분서갱유로 허물어진 공자 묘를 복원하고 그 자손에게 징병과 노역을 면해주어 진심 어린 예우를 다했다. 무도한 폭거에 의해 더럽혀진 의인을 복위한 덕을 새긴 비석이지."

32　隷書. 중원을 통일한 진시황이 공문서 작성을 위해 전서의 필획을 줄이고 단순화한 서체. 감옥살이하던 도예(徒隷) 장막(程邈)이 만들었기로 예(隷)자를 따서 예서라 했다.

"필획의 운용이나 필세는 어떻습니까?"

"바르다. 거스를 데 없고 법도에 맞지 않는 바가 없지. 바른 글씨는 바른 자세에서 나오느니 필법은 곧 검법과 다름이 없다. 선비가 붓을 잡음은 무인이 칼을 잡는 것과 같다. 칼을 잡으면 고쳐 잡지 말며 손목은 천년 고목처럼 굳건해야 한다. 이런 자세는 서너 살 어린 시절부터 몸에 배지 않으면 안 된다."

"그러면 이 글을 쓴 자는 명문 사대부가의 자제였다는 말씀이시겠지요?"

윤후명은 대답 대신 붙박은 눈으로 글자를 보며 말을 이었다.

"연한 호랑이의 입술 속에 감추어진 날카로운 이빨처럼 격한 반동이 있으니 다섯 손가락을 전부 써서 붓을 잡는 오지제력법(伍指齊力法)이다."

"그것을 어찌 알 수 있습니까?"

"엄지와 집게손가락으로 붓을 잡는 단구법이나 엄지, 집게, 가운뎃손가락 등 세 손가락을 쓰는 쌍구법으로는 이렇듯 용맹무쌍 뻗치는 운필을 구현할 수 없다."

"운필은 어떻습니까?"

"팔을 바닥에 대지 않고 쓴 현완법이다. 손목을 자유롭게 움직여 온몸의 기력을 붓끝에 전하는 활달한 필법이지. 그런데 한 가지 이상한 점이 있구나."

"무엇입니까?"

"이렇듯 작은 글씨는 왼손으로 붓을 잡은 오른 손목을 받치는 침완법이나 오른 팔뚝을 책상에 대고 쓰는 제완법이 예사이거늘 불편한 현완법을 썼다. 그럼에도 팔을 지면과 나란히 하고 손바닥을 세워 맷돌질 하는 듯한 완평장수(腕平掌竪)를 완벽하게 구현했다."

"그것은 어찌 알 수 있습니까?"

"획과 점 하나하나를 방정하게 구사하면서도 순간순간 거침없이 내달린 운필이다. 점 하나를 찍고 획 하나를 그음에 망설임 없으면서도 방정하다. 붓끝의 가고 멈춤과 느리고 빠르름과 가볍고 무거움, 모남과 둥 은 모순되는 마음에서 나옴을 알 수 있다."

채윤은 부리를 세우고 굼벵이에게 다가드는 수탉처럼 덥석덥석 말을 자르고 끼어들었다. 서체와 필적을 궁리하고 유추하는 것은 듣고 싶은 것이 아니었다. 채윤이 듣고자 하는 것은 서체와 관련한 그자의 성정이었다.

거침없는 윤후명의 설이 겨우 한숨을 돌렸을 때 채윤은 재빨리 다가들었다.

"말씀하여주소서. 이 글을 쓴 자의 학식, 그리고 성정과 행동 방식까지…… 하나라도 빠뜨리지 말고 설하여주십시오."

"그놈 성질 한번 급하다. 이 일은 어림으로 앞산을 한번 휘 둘러 살피듯 간단한 일이 아니다. 내 평생을 남들이 꺼리는 금서와 뒹굴어서 안다. 이렇듯 위험한 글을 쓰는 자들은 하나같이 제 목숨을 먼저 간수하려 드는 것이 보통이다."

"목숨을 간수하려 한다 하심은 무슨 말씀입니까?"

"금서를 쓴 자들은 자신의 글이 불러올 평지풍파를 미리 알고 있다. 집필자를 발색할 것도 알 터이니 자신의 필체를 그대로 사용하는 법이 드물다. 필체를 감추기 위해 일부러 다른 글씨체를 쓰기도 하지."

"그렇다면 이 글을 쓴 자도 자신의 필체를 숨겼단 말씀입니까?"

"그렇다. 이 글을 쓴 자는 왼손을 쓴 것 같다. 안쪽으로 휘어지는 세로 획의 떨림으로 보아 왼손으로 획을 당겨서 쓴 것 같구나. 보건대 이자는 나이 스물에서 스물다섯가량의 활발한 젊은이다. 용모는 반듯하고 손목의 민활함으로 보아 가는 골격을 지녔다. 명민하고 영리하며 학식이 놀랄만큼 깊은 듯하구나. 고관대작이나 명문가의 일원이며 침착하고 합리적인 성향을 지녔다. 이 글을 쓸 당시의 심경은 불안정하고 격하게 소용돌이치는 분노와 슬픔으로 뒤덮여 있었을 것이다."

윤후명이 점바치가 뽑아낸 점괘를 읊어대듯이 말했다. 채윤은 그의 말을 믿어야 할지 말아야 할지 알 수 없었다.

"너무 앞서가신 것 아닙니까? 나이와 성별을 유추하는 것은 모르지만 신분과 글을 쓸 때의 감정까지 말씀하심은……"

"서당에서 아이에게 글을 가르칠 때 어떻게 하더냐?"

채윤은 대답할 수 없었다. 서당에 다녀본 적이 없었기 때문이다. 그러나 어린 시절 아비에게서 논두렁에다 하늘천 따지를 쓸 때의 기억을 떠올렸다.

"하나의 큰 네모꼴을 그립니다. 그리고 그 가운데에 가로로 두 개의 선을 긋고 다시 세로로 두개의 선을 긋습니다. 그렇게 하면 큰 사각형은 아홉 개의 작은 사각형이 됩니다. 그 안에 글자를 연습하여 전체의 균형과 조화를 연습합니다."

윤후명이 기다렸다는 듯 채윤의 말을 받아 이었다.

"이 냄새나는 곳에서 이십 년 동안 책들을 들추며 나는 필적에 대한 몇 가지 규칙을 발견하였다. 네모를 아홉 구획으로 나눌 때 맨 위의 공간은 글 쓴 자의 이상, 꿈을 드러낸다. 가운데 공간은 그의 일상을 나타내고 맨 아래쪽 공간은 숨겨진 충동과 감추어진 본능을 드러내지. 마찬가지로 왼쪽은 지적인 특성과 지력을 나타내며 가운데는 신분을, 그리고 오른쪽 공간은 성격과 태도를 나타낸다."

"한 자의 글자에 어찌 그토록 많은 것이 내포될 수 있습니까?"

"내가 이곳에서 본 서책만 수천 권이다. 그 대부분은 불살라졌지. 서책을 쓴 자들은 의금부의 매질을 이기지 못해 죽기도 하고 능지처참을 당하기도 했다. 개중에는 내가 알던 자들도 없지 않다. 그들이 쓴 서책과 그들을 연관 지어 생각한바 나름대로의 규칙을 발견했다."

"서체와 성정 간에 어떤 법칙이 있다는 것입니까?"

"글자의 기울기나 점과 획의 조합법, 그리고 문장 속에서의 글자의 위치와 띄어 쓰는 간격, 글자의 크기도 중요한 근거가 되지. 예를 들면 글자를 힘 있게 시작하는 자는 자신감이 넘치고 관대한 성격이다. 좁고 긴 글자는 무언가 간절하게 원하지만 이룰 수 없는 자의 욕구를 드러내며 날카롭게 삐쳐 쓴 글자는 완고하고 공격적이다. 글자가 뚱뚱하면 낙천적이고 게으르며 획의 시작과 끝을 둥글게 공글리면 남을 속이려는 성향을 지닌다."

윤후명의 입은 망설임이 없었다. 곧이곧대로 믿을 수는 없으나 나름의 완벽한 논리와 근거가 있었다. 채윤은 종이 위의 서체를 물끄러미 바라보며 말했다.

"그러면 이 글을 쓴 자는 갈 데 없는 꿈을 지닌 이상주의자이면서도 현실을 도외시하지 않는 현실주의자라는 말씀이지요?"

윤후명이 고개를 끄덕였다.

"자기 앞의 현실을 냉정하게 바라보는 안목을 지녔다. 그러면서도 그 현실을 깨부수려는 욕망으로 들끓는다. 수많은 타인의 공격으로 상처 입었지만 그 자신 냉혹한 공격자의 호전성을 동시에 지녔다. 슬픔과 외로움을 가슴속에 감추고 있지만 그것을 드러내지 못하고 있다."

"그런 자가 어찌 이 글을 썼단 말이오?"

"낸들 알겠느냐? 내가 아는 것은 거기까지다. 나머지는 부처님께나 물어보거라."

윤후명이 머리를 절레절레 흔들었다.

후원을 가로지르는 갈림길에서 왼쪽으로 가면 건춘문(북문)이요 오른쪽은 활터였다. 넓은 활터의 기와지붕은 눈비가 와도 활을 쏠 수 있게 한 것이었다. 주상은 한 식경이 넘도록 화살을 날렸다. 엉킨 실타래처럼 답답한 가슴을 달래고 싶었다.

대전 내관이 고한 정초의 절명 기별에 뒷머리가 뻣뻣해졌다. 정초가 누구인가? 시와 때를 읽는 현묘함은 궁극에 달했고 입가의 웃음이 떠날 때가 없던 호인이 경회루 대들보에 목을 매다니?

주상은 훌쩍 말 등에 올랐다. 황망한 호위감 무휼과 두 명의 호위내시가 날렵하게 말을 몰아 뒤를 따랐다.

활터는 정적에 잠겨 있었다. 말에서 뛰어내린 주상은 달려나온 잡역들을 본체만체하고 사대로 다가섰다. 키 큰 잡역이 받쳐 든 맥궁을 빼앗듯 낚아채 시위에 화살을 먹였다. 한 순, 한 순, 또 한 순…… 분노와 회한과 억울함과 절규를 실은 화살이 푸른 가을하늘 위로 날아갔다.

한참 후에야 가쁜 숨을 몰아쉬며 활을 던졌다. 더 이상 시위를 당길 힘조차 남지 않았다. 오십 순을 가뜬히 쏘아올리던 체력이 채 삼십 순을 넘기지 못하고 소진된 것이다.

주상은 양쪽 팔을 부축하는 호위내시들의 손길을 난폭하게 뿌리쳤다.

"이 손을 놓아라."

주상은 화살이 날아간 먼 하늘을 바라보았다. 등 뒤에서 비단 관복이 스적였다. 돌아보자 낯익은 얼굴이 있었다.

"대제학이 이곳엘 어인 일이오?"

반백의 거친 수염을 바람에 날리며 늙은 신하가 허리를 숙였다.

"전하께서 이곳으로 납시었다는 말씀에 허둥지둥 따라왔사옵니다."

나지막한 목소리는 경건하게 들렸다. 주상은 눈길을 다시 산등성이의 과녁으로 돌렸다.

"내가 이곳에 있는 것이 경에게 그다지 중요한 일인가? 수십 년을 대척에서 겨루던 사람이니 경에게는 나쁜 소식이 아니질 않은가?"

불을 뿜는 두 눈이 늙은 신하를 노려보았다. 최만리가 흐트러진 수염을 쓸어내렸다.

"받잡기 민망하옵니다. 뜻이 다르고 뜻에 이르는 방도도 다르지만 나라를 위하는 한뜻입니다. 어찌 소신의 마음이 편할 수 있겠습니까?"

최만리의 눈 아래 처진 주름살이 움찔움찔 떨렸다.

"경의 눈 밖에 난 자가 어디 정초 대감뿐이겠는가? 장영실, 박연, 정인지, 신숙주, 최항, 강희안……"

어금니를 문 주상이 신하들의 이름을 차례로 부르며 부르르 떨었다.

"하오나 장영실은 주상전하의 안위를 위협한 죄로 탄핵을 받았으며 박연은……"

"경은 늘 중신들과 성균관 유생들의 상소를 앞세우지 않는가? 그래도 안 되면 팔도 향교의 유생들까지 동원하지."

주상이 격한 성정을 삼키지 못하고 소리쳤다. 그러나 곧 거친 숨소리를 삭이고 평정을 되찾았다. "경을 나무라려는 것은 아니오. 잠시 마음의 평정이 무너졌을 뿐……"

"마음의 상심을 날려보내기에는 시위를 당김만 같은 것이 없으니 맥궁을 잡으소서. 소신과 열 순을 날려보옵소서."

최만리가 단단한 맥궁을 쥐어들고 시위를 힘껏 당겼다. 주상 또한 팽팽하게 당겼던 시위를 놓았다. 바람소리를 내며 화살이 시위를 떠났다. 건너편 과녁 뒤에서 푸른 기가 올랐다.

"명중이옵니다. 전하!"

최만리가 누런 이로 웃으며 시위를 당겼다. 푸른 기가 올라갔다. 또 하나의 화살이 날아가고 푸른 기가 오르고 또 하나의 화살이 날아가고 푸른 기가 올랐다.

"세상에 나서 출사하여 집현전의 주추로 삼아주신 전하의 은덕이 소신의 가장 큰 복이었사옵니다."

주상은 대답하지 않았다. 바람이 스쳐 싸늘함이 느껴지는 이마맡에 송글송글 맺힌 땀을 닦아낼 뿐이었다.

"그날 그때로 다시 돌아갈 수 있었으면 하옵니다. 젊고 현명하신 군왕이던 전하의 손에 뽑히어 목숨을 다하던 집현전의 말단 학사가 되고 싶사옵니다."

그렇게 말하는 대제학도 주상도 그렇게 될 수 없음을 알고 있다. 돌아가기엔 너무 멀리 와버렸다.

8

점점 소이에게 매혹되는 자신을 어쩔 수가 없는
채윤은 믿을 수 없는 삼문의 정체와 비밀결사 작약시계에 대해 알게 된다.

전각 뜰에서 소이와 마주선 채윤은 엉긴 머릿속을 정리했다.

복잡함 이전으로 돌아가야 한다. 쉬운 문제부터 풀어야 하는 것이 산법
의 기본이다. 길게 숨을 들이쉰 채윤은 소이의 꼭 다문 입술과 발간 복숭
앗빛 볼을 슬핏슬핏 훔쳐보며 입을 열었다.

"마방진의 해를 구하는 해법을 알았소."

"何(어떻게)."

그녀가 발치에 썼다.

"보이는 것에서 보이지 않는 것을 유추했을 뿐이오."

채윤은 마른 땅 위에 마방진 바깥의 네 개의 사각형을 그려 숫자들을
이동시켰다. 소이의 발간 볼이 달아올랐다. 웃는가? 웃고 있는 것인가?
가슴서 신선한 피가 꿀럭꿀럭 용솟음쳤다.

"又有問?(또 다른 질문이 있소?)"

질문? 그렇다. 질문은 비밀을 캐는 유일한 도구다. 모든 사람들은 비밀
을 가지고 있고 비밀을 지키기 위해 기꺼이 죽기도 한다. 장성수, 윤필, 허

담, 정초…… 그들의 죽음은 바로 그들이 숨긴 비밀 때문이 아닐까? 그들은 비밀을 저승까지 거두어갔다.

이 여인 또한 알 수 없는 비밀을 지니고 있다. 채윤은 그 어둠의 끝을 쫓아가 숨어 있는 진실을 건져올리고 싶었다.

"하나의 해답이 또 하나의 질문을 낳는 것이 산학의 원리요. 당신은 그것을 잘 알고 있겠지?"

그녀의 눈썹은 초승달처럼 가늘고 길었다. 그 눈을 바로 보기에 청년의 가슴은 너무 여렸다.

그 눈 속에 비친 자신의 모습에서 채윤은 도발하면서도 두려워하고, 기대하면서도 배신당하고, 사랑하면서도 증오하는 자신을 보았다. 그녀는 감당할 수 없도록 빠져들기에 충분했지만 야멸치게 돌아서기에도 충분했다. 가지려면 가지려 할수록 달아나는 무지개처럼 그녀는 저만치에 있었다. 바라만 보기엔 그녀는 너무 교활했고 빠져들기엔 너무도 위험했다. 그것이 아름다움으로 위장한 음모이든, 영원히 손에 넣지 못할 환상이든 그 정체를 밝혀야 할 때가 되었다.

"당신은 하나부터 열까지 믿을 수 없소. 마방진의 비밀을 묻는 나를 가지고 놀았소."

말없는 그녀의 눈빛이 무슨 말을 전하려 했다. 채윤은 애써 그 눈길을 피하며 거칠게 소리쳤다. "당신은 숨쉬는 것 빼고는 모든 것이 비밀투성이요."

거친 감정을 뱉어내는 그 순간 이미 후회하고 있었다. 비록 사악한 여자라 할지라도 그 마음을 아프게 한 것만큼 채윤은 아팠다. 모든 것이 혼돈스러웠다. 어디서 어디까지가 진실이며 누가 자신의 편이고 누가 적인지를 알 수 없었다.

"我不願欺 (나는 속이기를 원하지 않소) 以見葉 知其根(잎을 보아서 그 뿌리를 알 뿐……)."

그녀는 반듯한 이마를 쓰다듬어 흘러내린 솜털을 가지런히 걷어 올렸다. 채윤은 생각했다. 이 여인은 이토록 짧은 글귀로 자신의 속 깊은 마음을 까보이고 있다. 어쩌면 이 여섯 자의 글자는 잎이요, 그 마음의 담은 뜻은 뿌리가 아닐까? 보이는 것으로 보이지 않는 이면을 미루어 알라는 뜻일 터다. 여섯 글자는 가슴을 지지는 뜨거운 인두 같았다.

"지금까지의 수사만으로도 당신을 의금부로 잡아 올려 문초할 수 있소. 강단 있다 해도 연약한 여자요. 한나절만 물고를 내면 모든 사실을 털어놓겠지."

채윤은 애써 매정하게 쏘아붙였다. 하지만 이 여인의 몸 어디에 젖은 몽둥이를 내리칠 것이며, 어디에 뜨거운 인두를 갖다댈 것인가? 보기만 해도 바스러질 것 같은 여인을 채윤은 안타깝게 바라보았다.

여인은 한 치의 흐트러짐도 보이지 않았다. 채윤은 긴 숨을 들이마셨다. 그리고 품속에서 꺼낸 지수귀문도를 내밀었다.

"지수귀문도를 모른다고 하지는 못할 것이오."

"何原(무엇을 원하시오?)."

"서른 개의 꼭짓점에 들어갈 숫자들을 일러주시오. 이 요사스런 수수께끼가 사건에 무슨 관련이 있을지는 모르지만 어떻든 그 답을 아는 것이 문제를 푸는 열쇠일 것 같소."

알 수 없었다. 어쩌면 살인의 공모자일지도 모르는 이 여인을 되풀이해서 찾는 이유를…… 그리고 사건과는 상관도 없어 보이는 방진과 이렇듯 집착하는 이유도…… 다만 그렇게라도 다시 이 여인과 마주하고 싶었다.

누군가 자신의 마음속을 들여다본다면 당장 의금부로 끌려가 모진 태형과 거열을 당해 마땅했다. 소이가 누구이던가? 대전 나인. 궐 안의 여자는 모두 왕의 여인이다. 왕의 여인을 넘본 것이 역심이 아니고 무엇이던가?

소이의 쓸쓸한 눈빛을 바라보자 가슴이 찌르르했다. 하지만 좋다. 역심이라 해도 마음속에 품은 연정을 감출 길은 없었다. 채윤은 죄책감에 목소리를 떨었다.

"소인의 지력이 얕아 이렇듯 복잡한 수식을 어쩌지 못하니 물리치지 마시오."

간곡한 눈빛을 도발적으로 바라보며 그녀는 허리춤의 세모필 뚜껑과 먹통을 열었다. 비어 있는 꼭짓점이 하나하나 채워졌다. 채윤은 세필모 끝에서 쓰여지는 숫자를 하나씩 되뇌었다.

26, 5, 4, 27, 21, 10……

여섯 개의 숫자들은 완벽한 육각진을 이루며 93이라는 숫자를 이루었다. 그다음 육각형도, 또 그다음 육각형도 서로 이어지며 또 다른 완벽한 육각진을 이루었다. 마침내 각각의 완벽성으로 존재하며 93의 합을 이루는 육각진은 이웃한 육각형과 함께 아홉 개의 완벽한 육각진으로 어우러졌다.

그것은 완벽한 개별성 위에 이루어진 완벽한 집단성이었다. 수가, 도형이 이렇게 아름다울 수 있다는 것을 채윤은 그때 처음으로 알았다. 수의 아름다움은 그녀의 아름다움과 묘하게 겹쳐졌다.

여인의 표정은 유혹하는 듯했다. 호기심과 불안이 반쯤 뒤섞인 맑은 눈은 무언가를 말하려 하고 있었다. 채윤은 그 눈빛을 피하고 싶었다. 진실을 맞닥뜨리기가 두려웠다. 의혹과 위태로운 감정이 공중에서 스쳤다.

"아름답군요." 채윤은 겨우 그 말을 했다. 그녀의 눈빛이 흔들렸다. "수의 세계란……" 채윤은 까마득한 낭떠러지 아래로 가라앉는 것 같았다.

그녀가 무슨 말을 하려는 듯 입술을 오물거렸다. 채윤은 간절히 그 입술에서 흘러나올 말을 기다렸다. 그러나 그것으로 끝이었다. 채윤은 가슴이 뛰었다. 사건의 실마리 따위는 머릿속에 없었다.

"아름답군요."

채윤은 다시 한 번 그 말을 반복했다. 소이는 알 수 있었다. 이 겸사복이 무엇을 아름답다고 말하는지……

"가겠소."

채윤은 돌아서 걸었다. 가책과 설렘이 몸속에서 격렬히 싸우고 있었다.

이렇게 나는 무너지고 말았다. 육각진의 비밀에 매혹되어, 정체 모를 여인의 요염함에 미혹되어 본분의 끈을 놓고야 말았다. 살인의 음모와 연관 있는, 어쩌면 살인자일 수도 있는 교활한 여인과 그 일당에게 눈이 감기고 말았다.

이제 이 죄를 어느 하늘에 빌어 사함 받으며 이 역심을 어느 구천을 떠돌아 용서 받을까?

삼문은 거친 숨을 헐떡이며 고삐를 잡은 손에 힘을 주었다. 역시 젊은 힘은 당해낼 수가 없는 것인가? 귀밑털이 희끗한 흰머리가 삐쳐 나오는 삼문은 거칠게 말을 달리는 채윤을 보며 생각했다.

아침나절 채윤을 매몰차게 쫓아 보낸 후 내내 마음이 깔깔하던 터였다. 미시가 조금 지난 시간에 내각사를 지나는 채윤을 붙잡아 무턱대고 격구장으로 향한 것이었다.

가을이 깊은 격구장에는 얼씬거리는 사람조차 없었다. 마구간에서 간자말(이마와 뺨이 흰 말) 두 필을 몰고 나와 격구채를 쥐어주었다. 양반들의 놀이인 격구를 낯설어하는 녀석의 등을 격구장 안으로 밀어 넣었다.

부끄럼 타는 숫처녀처럼 꽁무니를 빼던 채윤은 어느새 넓은 격구장이 좁은 듯 말을 달렸다. 눈빛은 승부욕에 들끓었고 말을 모는 동작은 날렵했으며 고함소리는 우렁찼다. 가슴속의 울분과 불안, 그리고 피로는 한순간의 승부와 땀으로 씻길 것이었다. 마음껏 말을 달리고 공을 몰아 쇠고랑 안으로 처넣는 채윤을 보며 삼문은 이곳으로 데려오기를 잘했다고 생각했다.

"저 혈기방장한 녀석이 적요한 궁궐 안에서 얼마나 답답했을꼬?"

순간 차가운 바람이 휙 스쳤다. 어느새 나타난 채윤이 격구채를 휘둘렀다. 말이 뜨거운 입김을 내뿜으며 질주했다. 삼문은 그제야 정신을 차리고 채윤의 뒤를 쫓았다. 두 마리의 말이 스산한 격구장을 줄달음쳤다.

또 한 점을 잃고 말았다. 숨이 턱까지 닿은 삼문이 몸을 기울여 격구채를 뻗는 순간 삼문의 말이 비칠했다.

삼문은 중심을 잃고 기우뚱하며 땅바닥으로 굴러떨어졌다. 놀란 채윤이 구르듯 말에서 내려 삼문을 일으켰다. 떨어지면서 짚은 왼쪽 팔이 뻐근하게 저려왔다.

채윤이 서둘러 소맷자락에서 작은 침쌈지를 꺼냈다. 한 손으로 삼문의 왼팔을 잡아 맥을 짚고는 조심스럽게 팔을 움직였다. 팔꿈치를 구부릴 때마다 뻐근한 통증이 느껴졌다.

"뼈가 상하진 않았습니다. 팔꿈치 안쪽 인대가 놀랐을 뿐입니다."

"네가 침을 아느냐?"

"통증을 다스릴 정도의 시침법은 가리온 어른의 어깨너머로 익혔습니다."

채윤은 말릴 틈조차 없이 소맷자락을 걷고 팔꿈치 인대가 통과하는 경혈에 가는 침 세 대를 꽂았다. 따끔한가 싶더니 곧 통증이 가셨다.

"급한 통증은 다스렸으나 인대가 놀랐으니 며칠은 조심하셔야 합니다."

"네 재주가 심상치 않다. 기막히게 통증이 사라졌으니 말이다."

삼문은 말고삐를 잡고 걸었다.

"죽은 자들의 몸에 예외 없이 새겨진 문신은 어인 까닭이며 그 뜻은 무엇이온지요?"

삼문은 침을 꿀꺽 삼켰다. 이 집요한 녀석은 한순간도 실마리의 끝을 놓으려 하지 않는다.

"난들 그것을 어찌 알겠느냐?"

"나리께서는 더 이상 소인을 희롱하지 마시고 사실을 말하여주소서."

"내가 너에게 무엇을 숨긴다는 것이냐?"

"나리께서 낙마하신 것은 소인이 일부러 나리의 말을 험하게 밀쳤기 때문입니다. 시침을 하면 소매를 걷어올릴 수 있을 테니까요. 소인의 생각대로 나리의 왼팔뚝에 분명히 검은 점 하나가 새겨져 있었습니다요."

삼문의 낯빛이 새하얗게 질렸다. 그제야 녀석이 오른쪽에서 심할 정도로 말을 밀치던 것이 격구공을 잡기 위한 것이 아님을 깨달았다.

"이놈! 어찌 사대부를 말에서 떨어뜨리는 무도한 짓을 하느냐?"

"격구 시합 중의 낙마였습니다. 게다가 먼저 속인 것은 소인이 아니라 나리가 아닙니까?" 삼문은 해맑게 웃는 맑은 눈을 보았다. 더 이상 이 청년에게 무언가를 숨기면 죄가 될 것 같았다.

"죽은 학사들의 문신은 낙서의 숫자인 듯합니다. 하오나 신체발부수지부모인데 제 몸을 상처내어 문신을 새김은 실용을 앞세우는 젊은 학사들이라 하나 쉬이 못할 일입니다. 단순한 문신이 아니라 곡절이 있을 것입니다."

비밀은 영원할 수 없으니 무언가를 알아야 한다면 이 청년이 알아야 하고 무언가를 말해야 한다면 이 청년에게 말해야 할 것이었다. 삼문은 지그시 감았던 눈을 뜨며 입술을 깨물었다.

"그것은 작약시계의 계원임을 의미하는 문신이다."

"작약시계라면 집현전 학사 누구나가 들고 나는 시계가 아닙니까?"

"겉으로 보기에 작약시계는 음풍농월하며 시나 읊는 한량들의 시계와 다를 바 없다. 그러나 그 속은 철저히 은밀함에 둘러쳐진 비밀결사다."

"비밀결사?"

"보통 시계가 좋은 날 풍경을 벗 삼아 풍류를 즐기지만 작약시계는 단순히 음식과 시를 나누며 풍경을 완상하는 모임이 아니다."

"시를 읊지 않는 시계가 무슨 시계입니까?"

"경학파에 의해 장악된 집현전 밖에서 다양한 잡학들 간에 활발한 토의가 진행되었다. 그러니 그것은 시계가 아니라 시, 서, 화와 천문, 지리, 역사, 의술, 점술을 망라한 온갖 학문이 뒤섞이는 토론장이었다."

"도대체 무엇하는 선비들이기에 그렇듯 수많은 학문을 논합니까?"

"계원 중에는 집현전 학사뿐 아니라 서운관과 주자소, 봉상시 관원과 심지어는 전각을 짓는 목수까지 있다. 신분과 반상을 떠나 자신만의 전문적인 기술과 학문에 천착한 자들이다."

"모임을 이끄는 자는 누굽니까?"

"작약시계 운영과 모든 계원들의 면면을 나 또한 모두 알지 못할 정도로 은밀하다. 다만 집현전 학사 계원들의 구심점은 학사 최항이라 할 것이다. 부제학께서는 모임마다 참여하지 않으나 정신적으로 물질적으로 계원들을 보살피신다."

"그렇다면 그 시계를 언제, 누가 시작한 것입니까?"

"그것 또한 명확치 않으나 최만리가 대제학이 되던 즈음이다. 원주목사로 갔던 그가 대제학으로 복귀한 것은 실사구시와 경세치용을 집현전에 발붙일 수 없게 하려는 권문과 문신들의 계략 때문이었다."

"집현전의 격물과 궁리가 제약을 받게 되었군요. 부제학과 젊은 학사들은 벼랑 끝에 몰렸고……"

"새로운 계기가 필요했다. 정인지 대감은 천문을 연구하고 기물과 의기를 발명하는 서운관과 악학을 궁리하는 봉상시 등 집현전 밖의 인재들을 찾아나섰다. 여기저기 흩어져 있던 학사들과 장인들을 모아 정보를 나누고 궁리를 넓히기 위해서였다."

"한때 집현전에 몸담았다가 잡학을 일삼는다 하여 내쳐진 인사들이 많겠군요."

"장영실과 이천, 박연 등이 초대 계원으로 부제학과 뜻을 같이했다. 그후 최항, 신숙주, 이석형, 이개 등 젊은 학사들이 속속 합류했지."

"그런데 어찌 문신의 모양이 각기 다른 것입니까?"

"각 문신의 모양은 숫자를 나타낸다. 낙서의 숫자는 곧 수화목금토의 오행을 뜻하지 않느냐?"

그러고 보니 알 것 같았다. 장성수의 문신은 두 개의 점이었으니 2였고 2는 화를 뜻했다. 마찬가지로 4개의 점을 새겼던 윤필은 금, 3점 문신의 허담은 목, 5점 문신의 정초는 토를 뜻했다. 그리고 삼문의 팔뚝에는 점하나가 선명하게 드러나 있다.

"작약시계의 위기는 곧 부제학의 위기이며 더 넓게 본다면 주상전하의 위기가 아닌지요?"

"작약시계를 이끌던 거두들이 하나하나 쓰러지고 학사들이 죽어나갔지만 그것이 끝이 아니다. 저들이 선택한 다음 희생자는 세자빈이었다."

"세자빈을 공격한다고 저들이 얻을 바가 무엇입니까?"

"세자빈의 사가 부친 봉영택은 부제학과도 교분이 두터운 데다 경세치용을 신봉하는 사려 깊고 합리적인 사람이다. 세자빈이 간택되자 젊은 학사들은 큰 힘을 얻은 것이 사실이었다. 세자저하 또한 젊은 학사들의 수장이라 할 만큼 작약시계에 열심이었으니…… 세자저하 내외분이 금슬 좋은 내외로서뿐만 아니라 궁리를 나누는 동학으로 젊은 학사들과 어울렸다."

"세자저하 섭정이 이루어졌으니 궁지에 몰린 것은 저들이겠군요."

"이 싸움에서 지면 영원히 밀리고 만다는 절박감이 그들을 앞뒤 가리지 않게 했을 것이다. 최만리는 그런 인간이다. 하겠다면 하고 마는 물불을 가리지 않는 성정이다."

"그런데 어찌 하필이면 세자빈입니까?"

"세자빈은 가장 효과적인 먹잇감이었다. 먼저 변변한 가문도 아닌 처지에 정인지를 따르던 꼴사나운 봉영택에게 치명타가 될 것이었다. 그와 같은 통속이 되어 있는 건방진 젊은 학사들이나 생각 없이 그들과 어울리는 세자저하께 본때를 보일 수 있을 것이었다. 저자의 천한 종놈도 집안 간수를 제대로 하지 못해 두 번씩이나 내자를 내친 군왕을 바른 눈으로 보지는 않을 것이 아니냐? 마침내는 실사구시라는 허울로 오랜 가치를 흔드는 주상전하의 마음을 돌이키는 계기가 될 것이었다."

삼문은 마른 두 눈을 지그시 감았다. 칼날이 어디서 날아올지 알 길이 없다. 누구에게 날아들지도 알지 못한다.

다만 할 수 있는 일은 지금의 자리를 지키는 것. 뜻을 굽히지 않는 것.

9

가리온은 궁궐로 들이닥친
의금부 관원들에게 체포된다.

가리온은 오후의 옅은 빛이 드는 외소주간 도축간에 앉아 있었다. 소의
도살을 금하는 어명으로 수라상에 소고기가 오르지 않은 지 오래다. 농사
일에 써야 할 소를 한 끼 끼니를 위한 고기로 없애서는 안 되기 때문이었다.

주상 또한 고기반찬을 물리고 푸성귀 수라를 받았다. 궐 안에서 소의
도살이 금지되었으니 가리온의 일 또한 돼지와 닭, 꿩과 작은 산짐승을
잡는 데 불과했다. 가리온은 자연 도살보다는 검안 일이나 신분 낮은 나
인 무수리의 크고 작은 병을 돌보았다.

가리온이 검안 일을 맡았을 때 삼사와 의정부에서는 강력한 성토의 소
장이 올라갔다. 어찌 죽은 시신을 만지던 손으로 수라상에 오를 고기를
만질 수 있는가? 생각만으로도 끔찍스러운 불경이었다. 그러나 주상은
입을 다물라는 한마디로 날아드는 상소장을 물리쳤다.

그 정육의 기교가 남달라 사람의 시신까지 거두는 최고의 반인이 아니
면 누가 임금의 수라를 감당할 수 있을 것인가? 라는 것이었다. 대신들은
정 그럴 양이면 가리온에게 검안을 금지하자는 소장을 올렸으나 그것마

저도 반려되었다. 누구도 시신을 가까이 하려 하지 않으니 가리온 아니면 누가 억울한 죽음의 연유를 캘 것인가 하는 것이었다. 이래저래 반인 가리온은 대신들의 눈총을 받지 않을 수 없게 되었다.

도축간은 외소주간에서도 가장 후미진 뒤켠에 있었다. 가리온 외에는 시종 하나 근처에 오가지 않는 외딴곳이었다.

외소주간 사람들은 가끔씩 도축간에서 혼자 중얼거리기도 하고 고함을 지르기도 하는 가리온의 목소리를 들었다. 아, 으, 이, 가, 거, 사, 소…… 알 수 없는 소리를 주문처럼 외쳐대는 그를 사람들은 점점 피하게 되었다.

가리온은 밤사이 덫을 놓아 족제비와 작은 들짐승들과 꿩과 토끼를 잡았다. 가끔은 멧돼지도 걸려들었다. 그때마다 가리온은 목과 배를 따서 한나절이나 그 속을 골똘히 들여다보곤 하였다. 그리고 그 생김새와 내장의 형상을 그림으로 그리곤 하였다.

오후의 햇살이 서쪽 하늘로 기울어지며 길게 고깃간 안으로 비쳐들었다. 외소주간 쪽에서 저벅저벅 다가오는 발소리가 들렸다. 의금부 나졸들의 칼자루가 갑옷에 스치는 소리였다. 가리온의 신경이 예민하게 곤두섰다. 이 지엄한 궐 안에 의금부 나졸들이 어쩐 일인가?

가리온은 그리고 있던 참새의 해부도를 서둘러 접어 고기가 걸린 시렁 위에 얹었다. 바깥에서 우렁찬 목소리가 들려왔다.

"죄인 가리온은 오라를 받으라!"

가리온은 올 것이 왔다고 생각했다. 밖으로 나서자 낮게 비쳐드는 햇살에 눈이 부셨다. 예닐곱 명의 나졸들이 재빠른 동작으로 가리온을 둘러서며 칼과 창을 겨누었다.

"반인 가리온을 집현전 학사 4인을 살해한 죄목으로 체포한다. 네 죄가 백일하에 드러났으니 의금부로 가서 사실을 토설하라."

힘 좋고 덩치 큰 사령 셋이 양팔을 비틀고 목덜미를 꺾고 손목에 오라를 감았다. 가리온은 말없이 고개를 떨구었다. 절그렁절그렁 쇳소리를 내며 사령들은 가리온을 묶은 오라끈을 잡고 도축간을 빠져나갔다.

의금부 문초장은 찬바람이 휘돌아 먼지를 일으키고 있었다. 이리저리 쏠리는 낙엽이 스산한 느낌을 더해주었다. 문초대에 묶인 가리온은 이마가 터지고 옷이 걸레처럼 찢겨 있었다. 그렇게 건장하고 힘 좋던 가리온도 거듭되는 매질을 견디지는 못했다. 오후를 지나자 거의 탈진에 이르렀다.

"저 천하의 간악한 백정 놈을 옥에 처넣어라."

높은 대청마루에서 금부도사 장영휘가 두 눈을 부라리며 소리쳤다. 어차피 놈은 모든 것을 실토했다. 물론 아무것도 긍정하지 않았지만 완강한 부정 또한 하지 않았다. 모진 매질이 효험이 있었던 것이라고 장영휘는 생각하며 점점 심해지는 모래바람을 피해 방으로 들어갔다.

뜨뜻한 방 안의 서안 앞에서 장영휘는 아침나절의 황망한 일을 되씹었다.

아침상을 물리자 찾아온 전갈은 병조판서 조만식이 보낸 자였다. 그렇게 이른 시간에 판서가 직접 호출하는 일은 드물었다. 장영휘는 급하게 의관을 정제하고 헐레벌떡 병조로 들어갔다.

장영휘가 안내된 곳은 은밀한 내실이었다. 날카로운 뱀눈을 지닌 병조판서는 곧 궐 안으로 들어가 죄인을 체포하라고 명했다. 영문을 모르고 두 눈을 끔벅이자 판서는 "가리온이라는 반인이 인두겁을 쓰고는 하지 못할 잔악한 죄악을 저질렀으며 모든 증거를 병조에서 확보하고 있다"고 말했다.

장영휘가 할 일은 놈을 잡아들여 일체의 범행을 자백 받는 것이었다.

장영휘는 그 특별한 명이 썩 내키지 않았다. 의금부도사가 궐 안의 죄인을 포박한다는 것이 쉬운 일이 아니기 때문이었다.

그러나 그것이 누구의 명령인가? 판서는 금부도사의 모가지를 좌지우지할 수 있는 사람이었다. 게다가 병조에서 이미 죄인에 대한 모든 혐의와 증거를 확보한 상황이었다.

그럼에도 주저주저하자 판서가 길고 가는 눈을 날카롭게 반짝이며 손짓했다. 장영휘는 엉거주춤 무릎걸음으로 판서에게 다가갔다. 판서는 장영휘의 귀에다 몇 마디를 소곤거렸다. 두 눈이 휘둥그레진 장영휘는 허리를 숙이고 비실비실 병조를 빠져나왔던 것이다.

장영휘가 안도의 한숨을 내쉬려 할 때 문초서를 받쳐 든 문초관이 들어왔다. 장영휘는 아직 먹이 채 마르지 않은 문초서를 읽어 내렸다.

반인 가리온은 외소주간에 소속되어 궁에서 소용되는 정육과 도살을 담당하는 자로서 시월 스무닷새 날 의금부도사 장영휘에 의해 문초되다. 이 불경한 반인은 장안의 파락호로 싸움질과 술주정을 일삼았으며 불법과 탈법을 자행했다. 놈은 얄량한 정육의 기교로 성균관 유생들에게 접근하였다. 이를 위해 잡과에 급제하지 않고는 행할 수 없는 사술을 의술로 속여 행했다. 또한 환관으로 출세하려는 자의 헛된 욕망을 이용하여 금지된 거세술을 행하였다. 급기야 관료들의 추천으로 입궐하여 외소주간 일을 맡은 후에도 나인 무수리들을 진료한다며 사술을 행하였다. 뿐만 아니라 귀한 외소주간의 육축을 임의로 해부하고 그림을 그리는 등 요사스런 행위를 자행하였다.

이 같은 사술은 짐승의 시체를 주물러 그 혼을 부르는 치를 떨 음행에 이르렀다. 급기야 이 사악한 도적은 제생원 의원들조차 기피하는 사람의 시신에까지 탐닉하게 되었다. 놈은 의문사의 연유를 캔다는 명분으로 자진해 수많은 시신을 해부하고 주물렀다. 사람의 몸은 그 운용이 신묘하고 혼이 깃드는 소중한 곳인데도 이자는 시신에 칼을 대고 배를 가르는가 하면, 목을 따고 그림을 그리는 요사스런 행동을 하였다. 이 같은 사실은 외소주간의 궁인들의 술한 증언을 통해 밝혀졌다.

급기야 이 반인은 죽은 시신이 아닌 살아 있는 자들을 죽음에 이르게 하여 살아 있는 자가 죽음에 이르는 것을 관찰하기로 마음먹었다. 그리고 그 대상을 현현한 집현전의 학사들로 정했다. 놈은 집현전 학사 장성수를 물로 죽이고, 윤필을 불로 죽이고, 허담을 쇠뭉치로 쳐서 죽이고 정초를 대들보에 매달아 죽이는 등 갖가지 방법으로 사람을 죽이고는 그들이 어떻게 죽어가는지를 관찰했다.

이 어찌 인간의 거죽을 쓰고 할 짓인가? 천지에 천한 백정의 몸으로 성균관 학사들의 바라지로 입신하였으면서도 갖가지 방법으로 현학들을 주살하니 사람이 할 짓이 아니다. 현학을 죽임은 진리를 죽이고 그 심오한 지식을 어둠 속으로 가라앉게 만드는 일. 어찌 용납할 수 있으랴? 한을 품고 죽어간 현자들의 넋을 위로하고 잔악한 자의 악심을 수십 배 수백 배로 응징하는 데는 수십 조각으로 찢어 그 뼈를 발라 가루를 내고 그 살로 지나는 들쥐에게 던져도 모자라도다.

이미 죄인의 자백이 있었고 모든 죄상이 백일하에 드러났으니 거열하여 그 죄를 물음이 타당하다.

장영휘는 흡족한 표정으로 문초보고서를 말아 들었다. 자신의 임무는 거기까지였다. 이제 보고서를 병조판서에게 전하는 일만 남았다.

"이 길로 병조로 달려가 판서께 조서를 전하겠다. 행차를 준비하라!"

장영휘가 짙게 쌍꺼풀진 두 눈을 희번덕거리며 소리쳤다.

부리나케 병조로 달려간 장영휘는 긴 안마루 끝에 있는 내실로 안내되었다. 장영휘는 침침한 실내를 두리번거렸다. 방 안에는 판서와 날카로운 눈을 가진 또 한 명의 사내가 장영휘를 기다리고 있었다. 이해할 수 없는 것은 신분을 알 수 없는 사내가 병조의 깊은 내실의 상석을 차지하고 있다는 것이었다. 병조판서라면 삼정승 다음의 품계다. 그런 판서가 상석을 내주어야 할 인물이 도대체 누구란 말인가?

"인사 여쭈어라. 집현전 직제학 심종수 어른이시다."

판서의 말에 장영휘는 화들짝 놀란 장영휘는 무릎을 꿇었다. 사내는 장영휘가 엉겁결에 내민 문초서를 훑어보고 책상 위에 내려놓았다.

"이제 모든 범인이 잡혔으니 궐 안은 잠잠할 것입니다."

판서가 흡족한 미소를 머금고 말했다. 장영휘는 아직도 나이든 판서가 훨씬 어려 보이는 사내를 깍듯이 우대하는 영문을 알 수 없었다.

"수고했소. 큰 뜻을 위해서라면 건방진 궐 안의 잡놈 하나가 아니라 열을 잡아도 무슨 상관이겠소?"

판서는 그 예리한 직제학의 판단력과 행동력이 위기에 처한 이 나라 권신들의 위엄을 살려놓을 거라고 굳게 믿었다. 경학파 대부라는 최만리 대감이 있으나 그는 평생 집현전 물을 먹은 학자에 불과했다. 그의 우유부단함과 원칙주의 때문에 실용학파라는 날파리 같은 자들이 득세하고 있는 것이다. 목적을 위해서라면 물불을 가리지 않는 심종수가 오히려 이십 년 동안이나 지루한 싸움만을 되풀이해온 최만리보다 백 번 나을 것이었다.

"이 참에 앞뒤모르고 날뛰는 승냥이 같은 겸사복 놈도 잡아들일까요?"

"기다리시오. 물불 가리지 않는 그놈의 재주를 좀 더 이용해야 하니까……"

"궁궐 구석구석을 돌아다니며 파헤쳐대는 놈을 이용하다뇨?"

"그놈이 우리의 손발이 되어 우리가 찾는 것을 찾아줄 것이오."

"〈고군통서〉 말입니까?"

심종수가 히죽 웃었다. 사고의 기민함에 그를 따라갈 자가 없었다.

10

정별감을 추궁하던 채윤은
그의 비밀스런 과거와 금서에 얽힌 이십 년 전의 비밀을 듣는다.

　가리온이 의금부 나졸들에게 체포되었다는 소식을 들은 채윤은 숨이
막혔다. 결국 무휼의 범행을 밝히지 못한 것이 원인이 되었던 것인가? 수
침할심법에 가장 뛰어난 자가 바로 가리온이었으니 말이다.

　의금부에서는 정초 대감의 죽음을 부른 그 침법을 쓰는 자로 가리온을
지목했을 것이었다. 얼굴이 하얗게 질린 찬모에게 소식을 들은 채윤은 미
친 듯 말을 몰아 의금부로 내달렸다. 두 명의 수문병사가 옥문 앞을 막았
으나 겸사복 호패를 보이자 길을 열었다.

　옥문 사령은 죄인 가리온이 이미 모든 범죄 사실을 토설하였으니 거열
을 면키 어려울 것이라고 전했다. 흉악범은 면회를 엄격히 금한다는 사령
에게 통사정을 한 다음에야 잠시만이라는 조건으로 가리온을 만날 수 있
었다.

　"사건을 담당한 겸사복이라니 매정하게 청을 물리칠 수도 없고…… 며
칠 동안 고생께나 했네만 우리 의금부에서 범인을 잡아들였으니 자네 입
장도 딱하게 되었네. 하지만 임의로 죄인을 대면케 했음을 금부도사께서

아시면 경을 칠걸세. 모가지가 걸린 일이니 빨리 끝내게."

옥사 안에는 퀴퀴한 냄새가 들어차 있었다. 차가운 냉기와 축축한 습기가 온몸을 휘감았다. 흙벽에 어른거리는 횃불이 땅굴같이 어두컴컴한 실내를 밝혔다.

맨 안쪽의 춥고 어두운 방, 짚풀이 깔린 옥방에 붉은 핏자국이 선연한 흰 바짓가랑이가 보였다.

"가리온 어른, 어른……"

채윤이 무너지듯 창살로 달려들었다. 가리온은 그때서야 슬그머니 고개를 돌렸다. 눈두덩은 터지고 입술은 찢어졌으며 깨진 이마에서 흘러내린 피가 얼굴을 적시고 있었다. 앞섶이 풀린 저고리는 피범벅이었고 상투가 풀어진 머리카락이 어깨까지 흘러내렸다. 주리질에 시달린 두 다리는 엉거주춤 벌린 채였다.

"의금부가 도적을 잡고 풍기를 단속하는 곳이 아니라 사람 잡는 백정들이 모인 곳이랍디까?"

가리온은 퉁퉁 부어오른 눈두덩 너머로 채윤을 보았다.

"너에게 의혹과 상심만 안겨주다가 결국 못 볼 꼴을 보이고야 말았구나."

찢어진 입술에서는 말소리조차 제대로 나오지 않았다. 동정과 의혹은 이 반인을 볼 때마다 느끼는 두 개의 상반된 감정이었다. 배신감과 분노와 측은함과 모호함이 거대한 덩어리가 되어 채윤을 괴롭혔다.

채윤은 진실을 확인하는 것이 두려웠다. 사실이 아니라 해도 가리온이 상처 입은 팔을 치료해주던 사람 좋은 반인으로 남아 있기를 원했다. 그러나 더 이상 미룰 수 없었다. 그 반인의 실체를 확인해야 했다. 고통스런 현실을 받아들이고 싶지 않지만 언제까지나 달콤한 거짓에 안주할 수도 없다.

"문초서에 쓰인 것이 모두 사실입니까?"

그렇게 묻는 채윤의 마음은 간절하게 외치고 있었다.

'아니라고 말해주오. 모두가 거짓이라고…… 매질에 못 이겨 수긍한 것뿐이라고 말해주시오……'

가리온은 말없이 고개를 숙였다. 그토록 빗나가기를 소원했던 예감이 맞아떨어지는 것인가? 결국 이 반인은 사람 좋은 너털웃음 뒤에 야차의 광포함을 숨겨온 살인마인가? 가리온이 눈살을 찌푸리며 찢어진 입술을 다시 열었다.

"생명을 살리고자 하나 죽여야 했고, 병을 고치고자 하나 주검마저 훼손해야 했다. 의원이 되고자 하나 백정이고 왈짜가 되고자 하나 궁궐에 매인 몸이었다. 그것이 나란 자다. 신분의 올가미에 걸려 옥살이 또한 여러 번을 해야 했다."

채윤의 두 눈이 커졌다. 그토록 사람 좋은 가리온이 옥살이라니…… 가리온은 결심한 듯 말을 이었다.

"비천한 반인이라 하나 성균관을 드나들며 유생들의 어깨너머로 〈천자문〉과 〈동몽선습〉을 익혔다. 짐승을 잡으러 들어간 성균관에서 유생들을 치료해주고 얻어온 헌 서책을 몇 날 며칠을 걸려 읽었다. 모르는 것은 천 번을 읽고, 지력이 가 닿지 못하면 유생들에게 말린 육포를 몰래 건네며 익힌 도둑공부로 의원이 되는 잡과에 급제할 실력을 쌓았다. 그러나 중인 축에도 끼지 못하는 반인이 잡과인들 치를 수 있을까보냐? 반촌 언저리에서 부랑질과 싸움질로 평생을 늙어갈 수밖에 없었다."

"하지만 그렇게 흘려보내기엔 어른의 재주가 아깝고 어른의 꿈이 너무나 큽니다."

간곡한 어조에 가리온은 터진 입을 비틀며 피식 웃었다.

"재주를 닦았으나 쓸 곳이 없었다. 글 읽는 재주도, 셈하는 재주도 아니라 살아 있는 생명을 죽이는 재주였으니…… 시절을 욕하며 단도를 품고 왈짜가 되어 저자를 헤맬밖에…… 술을 퍼먹고 왈패들과 칼부림을 하고 난장을 치며 나이를 먹었지. 저자 뒷골목에서 가리온이란 이름을 모르는 자가 어디 있더냐? 우는 아이들도 가리온 하면 울음을 뚝 그칠 정도였다."

"그렇다고 옥살이를 했다는 말은 무슨 뜻입니까?"

"궁에 들어오기 전 심한 옥사를 치른 적이 있다. 포도청에 압송되어 사흘 동안 볼기를 맞고 죽기 직전에 거적때기에 싸여 반촌 입구에 버려졌다."

"금지된 거세술을 행한 때문인가요?"

"내관이 되려는 젊은 아이들의 불까기를 해준 적이 있었다. 하루하루 입에 풀칠하기 바쁜 빈농의 자식들에게 내관이 되는 것은 유일한 호의호식의 기회였다. 그러니 기근이라도 들면 불알을 까고 궁궐로 들어가기를 꿈꾸는 자들이 늘어났다."

"내시가 되는 길은 내관 댁 양자로 들어가거나 고자가 되는 길뿐입니다. 부귀영화를 꿈꾸는 자들이 이를 악물고 불에 지진 칼날에 사타구니를 맡긴다는 소리를 들은 적은 있어도……"

"기근에 죽지 못한 자들이 비밀리에 나를 찾아와 사정했다. 반촌에서도 이름난 도살꾼에다 온갖 육축의 신체구조와 내장구조까지 안다고 소문이 났으니…… 불까기를 해주지 않으면 죽어버리겠다고 자신의 목을 그어대는 자도 있었다. 막무가내의 청을 어쩔 수 없어 칼을 든 적이 있었다."

"꼭 그것 때문만은 아니었겠지요?"

"물론 다른 욕심이 없지 않았다. 내심 돼지 불알이 아닌 사람의 불까기를 통해 사람의 생식구조를 알고 싶은 욕망이 불붙듯 타오른 것도 사실이다."

그때서야 매듭이 풀리듯 하나의 의문이 풀리는 듯했다.

"혹 무휼 호위감의 거세술도 가리온 어른이 한 것이었습니까?"

가리온은 대답하지 않았다. 가리온의 대답 없음은 곧 수긍을 의미한다는 것을 채윤은 오랜 경험으로 알고 있었다.

"금지된 의료행위를 이해하지 못할 바 아니나 생살을 잘라내는 무도한 일을 어찌 하였단 말입니까?"

"희망 없이 신분의 굴레에 묶여 닥치는 대로 살던 젊은 날의 실수였다."

채윤은 그 멍들고 터진 입술이 꼴 보기 싫어졌다. 지금껏 아비처럼 받들고 친형처럼 따랐던 자가 입에 담기도 더러운 짓을 자행하던 왈짜였다니…… 배신감과 분노가 눈물이 되어 죽죽 흘렀다.

"하릴없이 육축의 살덩이를 주무르던 중 실낱같은 빛이 비쳐든 것은 서른이 가까워서였다. 외소주간에서 고기를 잡고 손질할 자가 필요했으니 반인 중에서도 뛰어난 자여야 했다. 떠돌이 왈짜로 살아오던 내게 궐 출입이란 있을 수 없는 은전이었지."

"궁궐에 들어와서도 술과 도박에 탐닉한 건 타고난 천한 성정을 버리지 못해서였나요?"

"궁으로 왔지만 그저 육비린내 나는 고기나 썰어대는 비천한 반인 신세였다. 차라리 문미를 깨치지 못했다면 돼지의 멱을 따며 평생을 살아갈 수도 있었겠지. 아! 쥐꼬리만 한 지식의 덧없음이여!" 가리온이 탄식했다. "알게 모르게 하는 도둑진료가 유일한 기쁨이었으나 그마저 들통 나 도제조 영감에게 불려가 초죽음이 되었다."

"그것을 견디기 힘들어 술을 입에 대고 몸과 마음을 망가뜨렸습니까?"

"그나마 배워먹은 칼솜씨 때문에 출궁을 면할 수 있었다. 모멸 어린 눈초리를 받아가며 궁에 머물고 싶지도 않았지만…… 묘지처럼 쓸쓸한 도축간을 지킬 때마다 소주를 들이켰다.”

“그렇게 망가질 거라면 오히려 시전 왈짜가 낫겠지요. 취한 모습이 하루 이틀이 아닌 데다 이제는 술이 없으면 손을 떨고 말을 더듬을 지경이니……”

“나는 이루지 못한 꿈을 술로 달랬다. 외소주간에서 가져온 소주는 검안보다는 나 자신을 위해 쓰곤 했다. 끊고자 해도 이미 인이 박인 술을 멀리할 수가 없었다.”

멍들고 찢어진 얼굴로 가리온은 고통스런 삶을 고백했다. 죽어가는 사람을 살리는 의원이 되기를 그토록 염원하던 그가 살아 있는 사람을 죽인다고? 아니다. 다른 모든 죄에 할 말이 없는 미치광이라 해도 가리온이 살인을 저지를 위인은 되지 못함을 알고 있다.

가리온을 압송해온 의금부는 형조 산하의 조직이다. 궐 밖의 법에 대해서는 의금부가 관장하고 궐내의 풍기나 규범 단속은 겸사복청이 맡는 것이 보통이었다. 궁 안의 일이라면 겸사복이 나서야 당연한 이치다. 그런데 어찌하여 의금부가 궐내의 일로 가리온을 잡아갔는가?

물론 학사들의 연쇄적인 죽음이 궐내의 일만으로 그칠 일이 아니었다. 성균관 유생들이 당장 겸사복 별감의 모가지를 자르라는 상소를 올리고 의정부까지도 범인 색출을 독려하는 지경이니 의금부가 나선다 해도 무어라 할 말도 없었다. 그러나 용의선상에조차 오르지 않았던 가리온을 막무가내로 잡아들인 것은 지나친 처사였다. 게다가 가리온은 네 학사의 초기 검안을 실시했던 장본인이 아닌가?

무언가 사전에 입을 맞추고 급조한 냄새가 났다. 의금부도사와 사령들이 들이닥쳤다는 것은 이 일이 병조를 비롯한 육조에서 비롯되었음을 말해주었다. 어쩌면 그 위로 의정부가 관여했을지도 모른다.

"윤아! 이 일을 어찌할꼬. 나는 두렵다."

가리온의 몸은 온통 멍 자국과 피딱지로 얼룩져 있었다. 얼마나 매질을 해댔으면 천하의 가리온을 두려움에 떨게 하는고…… 채윤은 어느새 가리온의 결백을 굳게 믿었다. 고문에 견디지 못해 모든 것을 토설하였다 해도 그는 죄가 없었다. 아니 그렇게 믿고 싶었다.

"천한 몸 죽는 것은 겁나지 않으나 저들의 간교한 꾀와 모진 고문을 견디지 못할까 두렵다. 모든 죄를 나 혼자 안고 가면 다행이나 놈들의 표적은 내가 아니니까 말이다."

가리온이 찢어진 입으로 들릴 듯 말 듯 우물거렸다.

하기야 그들이 노리는 것은 한낱 외소주간에서 짐승을 잡는 천한 백정 하나가 아닐 것이다. 자신들의 책임소재도 아닌 궐 안의 사건에 나서서 천인 하나를 잡는다고 의금부의 위상이 높아질 일도 아니었다. 오히려 궐 안의 사정에 쓸데없이 나선다 하여 비난을 받게 될지도 모를 일이었다. 그런데도 무리하게 일을 만든 것을 보면 그만한 위험부담을 감수할 만한 모략이 있음이다.

"그들이 원하는 대로 진술하였다. 평소부터 죽은 짐승과 시체에 탐닉하여 네 학사를 내가 죽인 것으로 했다. 그러나 그것으로 끝나지는 않을 것이다. 나를 사주한 윗선을 추궁할 것이다. 내가 고문에 굴복하고 말면…… 순지 어른도 삼문 어른도 모두 위험하다. 아! 일이 어찌 이 지경이 되고 말았던고……"

깨지고 불어터진 가리온의 탄식에 채윤의 얼굴은 눈물과 콧물로 범벅이 되었다. 측은함과 배신감이 가슴속에서 뜨거운 물과 찬물처럼 소용돌이치며 섞였다.

"그러고도 너털웃음 몇 번 지어주는 것으로 순진한 북관 촌놈을 교묘히 속였군요!"

채윤은 말을 맺지 못하고 흐느꼈다. 가리온이 멍들고 부푼 눈두덩을 찌푸렸다. 채윤은 겨우 마음을 진정하고 마지막 질문을 던졌다.

"밀실의 그 흉측한 사체들은 어찌된 연유이며 서랍 속의 괴기스런 그림들은 또 어찌 그런 겁니까?"

가리온은 대답 대신 채윤의 젖은 두 눈을 바라볼 뿐이었다. 그 눈은 밀실 속 야차의 눈빛이 아니라 부러진 팔에 광목천을 감아주던 따뜻한 그 눈길이었다. 그 눈빛을 믿고 싶었다. 채윤은 흐느끼며 신음소리와 습기가 유령처럼 감도는 옥사를 뛰쳐나왔다.

겸사복청 뜰에 당도했을 때는 이미 어둠이 내리고 있었다.

"나리, 가리온 어른이 의금부에 하옥되었습니다."

"죄 있으니 옥에 들어간 것이다."

내실 방문이 홀쩍 열리며 정별감이 끄응 하는 소리를 냈다.

"가리온은 이 사건의 범인이 아닙니다. 저대로 두면 모진 문초에 살아남지 못할 것입니다."

울음 섞인 목소리였다. 그러나 납빛으로 굳은 정별감은 동요하지 않았다.

"죄 없는 자를 함부로 문초하는 의금부가 아니다! 죄 없음이 밝혀지면 어련히 방면하지 않겠느냐?"

정별감이 손을 뻗어 문고리를 끌어 닫았다. 채윤은 맨 바닥에 엎드려 흙더미를 움켜쥐고 읍소했다.

"죄 없는 자가 억울하게 죽어간 것이 어찌 한둘입니까?" 목소리가 거칠게 갈라졌다. 안에서는 아무런 기척도 들리지 않았다. "나리께서는 이십 년 전 억울하게 죽은 사문난적의 일을 잊었습니까?"

기척 없던 내실 문이 벌컥 다시 열렸다. 정별감의 두 눈이 불을 뿜었다.

"마당 바닥에서 무슨 해괴한 소리를 주절거리는 것이냐? 썩 들어와서 고하지 못할까!"

채윤은 무릎과 손바닥의 흙을 털고 대청 위로 올랐다.

"이십 년 전의 사문난적이 어찌 되었다고? 네놈의 입방정이 허무맹랑하거늘 네 입을 찢어놓겠다."

정별감의 관자놀이에서 불뚝거리는 핏줄은 예감이 틀리지 않았음을 말해주었다.

"〈고군통서〉의 옥사에 연루된 자들은 저지르지 않은 죄로 인하여 죽었습니다. 그 혼이 귀신이 되어 밤마다 깨어나 궐 안을 돌아다니지 않습니까?"

정별감의 분노는 곧 두려움으로 변했다. 퀭한 두 눈에 어린 두려움을 채윤은 놓치지 않았다.

"그…… 그 귀신이 이십 년 전의 사문난적임을 어찌 아느냐?"

"귀신들이 떼로 돌아다닌다 하니 떼죽음을 당한 자들이 아닙니까? 귀신이 나타난 후 비서고의 〈고군통서〉가 감쪽같이 사라지고 〈고군통서〉를 둘러싼 학사들이 죽어나가고 있습니다."

"허튼소리 말아라! 그들이 스스로 죄 있다 자백하였은즉 나의 탓이 아니다."

정별감은 겁에 질려 있었다. 이 늙은 기회주의자는 이제 채윤의 손바닥 위에 올라앉은 셈이었다. 그러나 채윤은 늙은이가 미끼를 문 낚싯대를 서둘러 당기지 않았다. 천천히 줄을 풀고 감으며 밀고 당겨야 할 것이었다.

"물론 나리의 탓이 아닙니다. 그러나 막무가내 매질로 죄인 된 자가 한 둘이겠습니까? 소인은 단지 진실을 알고 싶을 뿐입니다."

채윤은 별감의 표정 하나하나를 세밀하게 살폈다. 두려움과 공포, 지난 날에 대한 후회, 진실을 바로보지 못하는 미련, 자신의 과오에 대한 회한, 앞날에 대한 두려움…… 수십 가지 심경들이 일그러진 얼굴 위로 떠올랐다.

연신 울대를 불룩거리며 침을 삼키던 정별감이 결심한 듯 입을 열었다.

"이십 년 전의 일을 다시 꺼내 무엇하겠느냐만 이제 와서 감추고 덮을 것은 또 무엇이겠느냐?"

정별감의 눈빛은 더 이상 기세등등하지도 헛된 자만심에 차 있지도 않았다. 숨겨왔던 이십 년을 고백하는 참담한 눈빛이었다.

"당시 겸사복조장이던 나에게 장안의 젊은이들을 그르치는 금서를 쓴 자를 찾아내라는 임무가 떨어졌다. 나는 물불을 가리지 않고 맹렬하게 금서를 추적하고 필사한 자들을 추달했다. 젊은 선비들이 굴비 두름 엮이듯이 줄줄이 끌려왔다. 책을 빌린 자, 빌려준 자, 필사한 자뿐만 아니라 책을 구하려 했으나 구하지 못한 자, 읽으려 했으나 읽지 못한 자까지 잡아들였다. 한 놈이 잡혀오면 두 놈의 이름을 대야 문초를 멈추었으니 몇몇은 있지도 않은 일로 친구의 이름을 대기도 했고 어떤 자는 자신의 시계 계원들의 이름을 줄줄이 토설하기도 했다."

"그러면 서책을 구경도 못 해본 자들도 잡혀 들어와 곤욕을 치렀을 것입니다. 어찌 그런 무모한 수사를 하셨습니까?"

정별감은 잠시 눈을 감았다. 돌이키기 싫은 부끄러운 과거를 그는 아프게 떠올렸다.

"너는 내가 왜 십 년째 궁궐의 겸사복 별감을 지내고 있는지 아느냐? 그것은 그 자리가 내가 올라갈 수 있는 최고의 자리라는 의미다."

"그것은 어찌하여 그렇습니까?"

"기억도 나지 않는 어린 시절부터 나는 정안군 사저의 하찮은 사노비였다. 대궐 담 근처에도 얼씬거리지 못할 내가 별감까지 된 것은 상왕전하의 크신 은덕 때문이다. 정확히 말하면 보위에 오르기 전의 정안군 이방원 어른이라 해야겠지."

뒷목이 뻣뻣해졌다. 권문세가는 아니나 겸사복 별감이라면 아주 뼈대 없는 집안은 아닐 것으로 생각했다. 행실이 막무가내고 무도하다 생각하였으나 천한 노비 출신이라고는 상상조차 하지 못했다. 정별감은 힘없는 목소리를 이었다.

"어려서부터 몸이 날렵하고 근력이 강한 것은 하늘이 천한 내게 내린 복이었다. 정안군 나리께서는 나에게 여남은 명의 사병을 맡겼다. 나는 놀라운 완력으로 사병들을 장악해나갔다. 결국 지금은 입에도 담을 수 없는 박포의 난[33] 때 나는 왕자 방간의 집에 난입했다. 보위에 오른 전하께서 나를 말단 겸사복으로 뽑아 올려주신 것이다."

"믿을 수 없습니다. 별감께서 어찌……"

"나는 그날의 혁명으로 권좌에의 탐욕으로 얼룩진 이 나라의 사직을 바로 세웠다고 뼛속 깊이 믿고 있다. 그날 왼쪽 어깨와 오른쪽 허벅지에 칼을 맞고 옆구리에 두 발의 화살을 맞으면서도 선두에 나서지 않았다면 상왕전하의 용체는 어떻게 되었을지……"

정별감은 문득 두 발의 화살이 남겨놓은 왼쪽 옆구리의 깊은 상처를 슬쩍 쓰다듬으며 그날의 무용을 가슴 저릿하게 되새겼다.

"나는 그 일이 나의 삶을 바꾸어놓을 처음이자 마지막 기회라는 것을 알았다. 어떻게든 천한 팔자를 면하고 싶었다. 왕후장상의 씨앗이 따로

---

33 1400년 1월 왕자 방간과 방원이 세자 자리를 놓고 벌인 무력 충돌 사건. 치열한 전투 끝에 왕위를 놓고 반목하던 형 방간의 병력을 치열한 전투 끝에 물리친 방원은 세자로 책봉되어 그해 11월 왕위에 올랐다.

있지 않음에야 사람이 태어나면서 노비였겠으며 태어나면서 고관대작이
었겠느냐?"

"하오나 출세와 영달을 위해 죄 없는 선비들을 잡아들여 그렇듯 모질
게 고문하셨습니까?"

채윤의 목소리가 분노로 갈라졌다. 정별감의 얼굴이 참담하게 일그러
졌다.

"당시의 나는 범인을 잡아야 한다는 생각뿐이었다. 그것만이 나의 삶
을 밑바닥에서 건져내는 유일한 방법이었으니까. 하지만 나는 철저한 꼭
두각시일 뿐이었다."

"사건을 맡은 겸사복이 누구의 꼭두각시가 될 수 있습니까?"

"저들이 나에게 사건을 맡긴 것은 처음부터 철저히 계획된 것이었다.
천한 사노비 출신 겸사복이니 신분상승에 대한 욕구 때문에라도 권력을
좇을 거라고 판단했던 것이지. 사건을 처음 맡았을 때만 해도 나는 어떻
게든 이 나라 선비들의 정신을 좀먹는 못된 서책을 쓴 자를 찾아내겠다는
일념으로 가득했다. 그것은 내가 악해서가 아니라 무지했기 때문이었다.
저들의 의도를 알게 된 것은 얼마 지나지 않아서였다. 저들에게는 애초
서책의 내용이나 범인은 중요한 일이 아니었다. 다만 그 서책을 읽는 젊
은 선비들을 잡아들여서 물고를 내고 그 세력을 완전히 일소하는 것이었
다. 그 일을 추진하는 데 나 만한 도구가 없었던 것이다."

정별감이 갑갑한 듯 방문을 밀쳤다. 서늘한 가을바람이 방 안으로 쏟아
져 들어왔다.

"그래서 그 범인을 색출했습니까?"

"수많은 필사본들을 면밀히 검토하고 원본을 찾아냈다. 요서의 초판이
궁내에서 저술되었다는 심증이 있었으나 수사는 난관에 봉착했다. 한편

저들은 매일 사람을 보내와 수사의 진척을 묻고 범인을 찾아낼 것을 종용하였다. 나는 매일 저들의 독촉과 압력에 시달렸다. 실제로 저들은 범인을 찾아낼 경우 그에 합당한 보상을 노골적으로 약속하였다. 나는 갈등하였다. 범인을 찾지 못하면 모든 노력이 물거품이 되고 영원히 비천한 겸사복 나부랭이로 늙어갈 수밖에 없었다. 나는 다급해졌다. 어떤 놈이든 엮어서 범인으로 만들어내야 할 판이었다."

정별감의 두 눈이 비열한 빛을 뿜었다. 채윤은 섬뜩했다.

"나는 이전부터 대전 내시부의 명행이라는 내시를 주목하고 있었다. 비록 천한 근본이었지만 지식과 학문적 소양이 뛰어났다. 그러나 그 뛰어난 지력 때문에 대간들과 삼사의 원성을 사던 터였다. 저들이 잡기를 원하는 바로 그 사냥감이었다. 나는 정교한 올가미를 만들었다. '역적 명행은 심온과 내통한바 심온이 주살당하자 곡필로 심온의 입장을 두둔하는 서책을 궁 안팎으로 통용시켜 앞길이 창창한 젊은 사대부들의 전도를 망가뜨리고 강건한 성정을 흐리게 만들었다.' 나는 겸사복 일개조를 이끌고 내시부로 쳐들어가……"

정별감은 마지막 말을 얼버무렸다.

"명행은 범행을 스스로 자백했습니까?"

굳이 대답을 들을 이유는 없었다. 심온 대감에게 거짓 자백을 내뱉게 한 모진 매질과 문초였으니……

아미산_다섯 번째 죽음

왕비의 침전인 교태전 뒤쪽에 경회루의 연못을 판 흙을 쌓아 만든 작은 산으로
교태전의 후원이다. 석축을 쌓고 그 위에 다양한 석조물을 배치하여 화초들을 심었으며
남쪽에는 교태전에서 연결된 육각형의 굴뚝을 세웠다.
굴뚝의 각 면에는 아름다운 무늬의 부조를 조각했다.
1917년 일본인들이 교태전을 헐어
그 재목으로 불타버린 대조전을 재건하였으므로 지금은 굴뚝만 남았다.

1

음란서에서 죽음의 실마리를 발견한 채윤은
그림들의 연관관계를 통해 거대한 비밀의 한 자락을 엿보게 된다.

채윤은 향원지 기슭의 돌축대에 기대어 품속에서 때에 절은 서책을 꺼
냈다. 윤후명이 건네준 서른 갈피 정도의 얄팍한 몽골 책이었다.

책장을 펼치기도 전에 가슴이 뛰었다. 어쩔 수 없는 젊은 피가 빠르게 온
몸을 돌았다. 한 장, 두 장…… 책장을 넘길 때마다 두 눈은 휘둥그레졌다.

옷가지 하나 걸치지 않은 맨몸의 남과 여가 기괴하게 얽혀 있었다. 야
릇한 글귀와 시구들이 아랫도리를 찌릿찌릿하게 했다. 한 자 한 자가 살
아 움직이는 나신의 여인과 교성이 되어 꿈틀거렸다. 책장을 덮어야 한다
고 생각했지만 자신도 모르게 다음 갈피를 넘기고 있었다.

채윤의 눈이 책갈피의 어느 한곳에 멈추었다. 흘려쓴 한자들 사이에 꼬
불꼬불한 낯선 기호가 보였다. 굼벵이나 지렁이가 기어가는 것 같기도 하
고 허물 벗은 뱀이 지나간 자국 같기도 하였다.

채윤은 알 수 없는 기호들을 뚫어지게 들여다보았다. 교합하는 남녀의
모습은 가뭇없이 사라졌다.

"허허…… 지밀한 궐내에서 야릇한 음서를 뒤적이는 자가 누구인고!"

채윤은 화닥닥 책을 접어 품속에 감추고 앞섶을 여몄다. 사람 좋은 팔자 눈썹을 늘어뜨린 이순지가 달빛 아래서 장난스럽게 웃고 있었다.

"방정한 샌님인 줄로만 알았더니 뜨거운 춘정은 어쩔 수 없나보구나. 어스름 달빛 아래 질펀한 야서를 뒤적이고 있으니 말이다."

순지가 다시 장난스럽게 웃으며 채윤을 놀렸다. 채윤이 몸 둘 바를 몰라 하며 말을 더듬었다.

"소인은…… 다만…… 사건의 관련자들이 찾고 있는 몽서를……"

설명하려 들수록 말은 점점 꼬였다.

"그렇겠지. 품행방정한 윤이가 남녀교합에 달뜬 음서라니 말이 되는가 말이야."

순지의 입가에는 장난스런 미소가 그치지 않았다.

"그래, 그 서책에 찾는 단서가 있기는 하더냐?"

"별다른 실마리를 찾지는 못했습니다. 다만…… 한자들 사이의 뜻 모를 기호들이 무엇이온지……"

채윤이 조심스레 품속에서 서책을 꺼내 펼쳤다. 질펀한 그림에 눈이 휘둥그레진 순지가 침을 삼켰다.

"팔사파문자가 아니더냐. 망해먹을 몽골 서책이니 그 문자를 쓴 것도 이상한 일이 아니다."

"팔사파문자라구요?"

"그렇다. 원대에 잠시 쓰였지만 지금은 사라진 문자지."

순지가 대수롭지 않은 듯 말했다. 순간 머릿속을 번개처럼 스치는 생각이 있었다.

"어쩌면…… 윤필과 무휼과 최만리 대감은 이 야서의 남녀교합과 상열지사를 탐한 것이 아닙니다."

"야서에서 구할 것이 그것 말고 무엇이더냐?"

"팔사파문자…… 어쩌면 이 문자가 죽음의 실마리일지 모릅니다."

채윤의 목소리는 들떠 있었다.

"그만 되었다. 네 집요함이 몸을 해칠까 걱정이다."

순지는 어떻게든 채윤의 집착을 사건에서 떼어놓고 싶었다. 채윤은 잠자코 서책을 품속에 넣고 달빛 부서지는 호수로 시선을 던졌다.

"귀한 서책이 아니더냐? 잘 간직하여라."

"그런 말씀 마소서."

채윤이 얼굴을 붉혔다.

"네 싸움터를 헤매느라 장가가 늦어 그렇지 매일 밤을 불태울 나이다. 청년의 춘정을 어찌 탓하랴?"

"지금껏 혈혈단신이었으니 소인은 이대로가 편합니다."

순지가 정색을 했다.

"남녀가 어울리고 교합함은 하늘이 정한 이치다."

문득 밤이 깊어 달이 높이 떠오른 것을 알아차린 채윤이 벌떡 일어섰다.

"죄송합니다요, 나리. 급히 가야 할 곳이 있어……"

말을 마치기도 전에 채윤은 집현전 쪽으로 달렸다. 혼자 물가에 남겨진 순지는 어둠 속으로 멀어져가는 채윤의 뒤통수에다 대고 소리쳤다.

"태극도설에도 건(乾)의 이치는 남자가 되고, 곤(坤)의 이치는 여자가 된다 했다. 두 기가 서로 얽혀 만물을 낳고 낳아 변화가 끝이 없다 했거늘…… 하하하!"

순지의 호탕한 웃음소리가 달빛 어린 수면을 미끄러졌다.

학사동 삼문의 방은 텅 비어 있었다. 툇마루를 구르듯 달려내려온 채윤은 군불 빼던 잡역에게 달려들었다. 강철 같은 다부진 몸매에 눈꼬리가 날카로운 잡역은 뚱한 목소리로 지껄였다.

"나리가 방을 나서신 건 두어 점 전일세. 달 밝아 좋은 밤이니 높은 곳에 올라 달구경이나 해야겠다더구먼……"

궁궐 안의 높은 곳이라면? 아미산[34]이다. 역시 예상대로였다. 아미산은 조그만 언덕에 불과했지만 궁궐 안이 한눈에 들어오는 높은 곳이다. 채윤은 뒤도 돌아보지 않고 중문을 박차고 달음박질쳤다.

달빛 아래서 아미산 능선의 은빛 그림자가 어둠을 가르고 있었다. 채윤은 정신없이 산 위로 기어올랐다. 한때 웃자라던, 하지만 가을바람에 시들어버린 화초와 검불들이 옷자락을 스적스적 스쳤다.

"삼문 나리, 나리! 어디 계십니까!"

거친 목소리가 텅 빈 어둠 속을 울렸다. 순간 마른 잎이 버석거리는 인기척이 등골을 서늘하게 했다. 검은 그림자 하나가 검불 사이를 날렵하게 스치고 굴뚝 뒤로 사라졌다. 채윤이 허리에 찬 육모방망이를 뽑아들고 다가섰다.

획! 번개처럼 돌축대를 뛰어내린 그림자가 내각사 쪽으로 달아났다. 엄청나게 빠른 발놀림이었다. 몇 발자국을 떼던 채윤은 문득 뒤쫓기를 포기하고 허겁지겁 토산을 올랐다.

"삼문 어른! 삼문 어른!"

엎어지듯 달려든 채윤은 미친 듯 두 손으로 흙더미를 긁어내며 울부짖

---

34 원래 아미산은 명의 화타가 살았던 산동성의 명산이다. 여기서의 아미산은 경회루 연못을 파낸 흙을 쌓아 돋운 경복궁의 작은 토산이다. 토산은 석축 기단을 네 층으로 쌓고 낙하담, 함월지라는 연못 이름을 새겨 넣은 돌을 세워 조경을 대신했다. 낙하담은 노을이 떨어지는 웅덩이, 함월지는 담을 머금은 연못이란 뜻이니 연못과 기암과 화초가 어우러진 작은 세계였다. 기슭에는 육각형의 교태전(交泰殿) 굴뚝을 세우고 각면에는 봉황, 귀신의 얼굴과 십장생, 사군자 등을 새겼다.

었다.

"삼문 어른! 삼문 어른. 조금만 기다리소서……"

얼굴은 이미 땀과 눈물과 흙으로 뒤범벅이 되었다. 잠시 후 아직 온기가 식지 않은 삼문의 이마가 손에 닿았다. 미친 듯 흙을 걷어내자 삼문이 입 안 가득 문 흙더미를 뱉어내며 기침을 토해냈다.

"저렇게 밝은 달빛을 다시 볼 줄 몰랐다. 어두운 땅속에서 홀로 죽는 줄로만 알았는데……"

흙더미에서 나오고 나서도 한참 뒤에야 삼문은 겨우 정신을 차렸다. 웃옷을 벗어 흙을 털어내고 얼굴에 묻은 흙 얼룩을 닦아내도 몰골이 말이 아니었다.

"그런데 내가 여기서 변을 당할 거란 걸 어떻게 알고 찾아왔느냐?"

"다섯 번째 상극은 토극수. 오늘 밤에 살인이 일어난다면 바로 아미산일 거라고 예상했습니다."

"그것은 어떤 까닭이냐?"

"궁궐에서 흙이 가장 성한 곳이라면 경회루의 흙을 퍼다 쌓은 토산이 아닙니까?"

"그러면 내가 희생자가 될 거라는 것은 어찌 알았느냐?"

흙더미 속에서 자신의 이름을 부르는 아련한 목소리를 떠올리며 삼문이 물었다.

"나리께서 수를 의미하는 학사라고 생각했습니다. 격구장에서 본 나리의 팔에는 하나의 점, 곧 물의 숫자가 새겨져 있었으니까요."

삼문은 채윤의 앞에서 늘 움츠러드는 자신을 느꼈다. 오랜 관직에서 보아온 탐욕과 이기의 군상들. 가진 자는 더 가지려고 남의 것을 빼앗고 가지지 못한 자들은 가진 것을 지키기 위해 싸웠다. 그러나 이 겸사복은 물처럼 차고 맑았다.

"하온데 그 고사관수도 말씀입니다. 그 그림은 혹 낙서에 연관된 것이 아닌지요?"

등에 밴 땀이 식기도 전에 채윤이 물었다. 고지식하고 집착이 끝 간 데를 모르는 녀석이다. 밤공기가 토산을 타고 오르며 마른 풀 소리가 스적스적 가슴을 쓸었다.

"우임금 시대는 모든 치세가 이르러야 할 궁극의 이상이니 희안 어른의 그림이 그 뜻이 아닐는지요?"

"고사관수도에서 낙서를 유추함은 박식한 유생들도 쉽지 않거늘 네가 그 이치를 깨쳤구나."

"희안 어른께서는 어찌 나리께 낙서의 고사를 그림으로 선물하셨습니까?"

삼문의 눈빛이 당황한 듯 흔들렸다.

"자유로운 희안의 기벽을 내 어찌 짐작이나 하겠느냐? 희안의 서화 솜씨야 안견에 비할 바 아니니 재주 많은 친구 덕에 좋은 그림 하나 얻어 챙긴 것이 아니겠느냐?"

채윤은 그 농지거리에 설핏 비치는 불안의 그림자를 보았다. 채윤은 확신했다.

그는 무언가를 알고 있는 것이 분명하다. 다만 말하지 않을 뿐…… 말하게 해야 한다. 말하게 하겠다.

"우왕은 낙수에서 낙서를 등껍질에 새긴 거북을 보았사온데 고사관수도의 선비는 잔잔한 물을 보며 무엇을 기다리는 것입니까?"

"우왕이 기다리던 바로 그것을 그 선비 또한 기다렸겠지."

삼문은 진한 단내가 풍기는 마른 잎을 씹으며 나직이 말했다. 꿀꺽 채윤의 목울대가 들썩였다.

"낙서 말입니까? 곧 거북의 등에 새겨진 글자……?"

삼문은 그 눈빛 앞에서 무장해제당한 기분이었다. 가진 것 없이 순수함에서 나오는 그 명민함과 추론의 정확함을 피해갈 길이 없었다.

"그렇다. 널리 세상을 이롭게 하고 인간을 복되게 할 새로운 글자……"

채윤의 머릿속은 찬물을 끼얹은 듯 서늘해졌다. 거북 등의 글자라면 마방진. 마방진 속에는 또 다른 비밀이 있다.

그 비밀의 열쇠를 가진 사람을 채윤은 알고 있다.

2

채윤은 소이의 거처를 찾지만 그곳에서 뜻밖의 인물을 목격하고
심한 배신감과 혼란으로 괴로워한다.

내각사에는 그림자 하나 얼씬거리지 않았다. 가끔 순라 중인 금군들이
두리번거리며 지나갈 뿐이었다. 채윤은 도둑고양이처럼 달빛을 피해 담
벼락을 따라 걸었다. 소이의 전각이 저만치 보였다. 차가운 밤공기가 가
쁜 숨을 가라앉혔다.

역시 장성수의 마방진은 낙서가 아니었다. 그 기호에는 다른 의미가 있
었다. 소이는 그 기호의 비밀을 알고 있을까?

비밀은 이제 막 자락을 드러내려 하고 있었다. 가슴이 두근거렸다. 어
쩌면 그 초조함은 소이의 전각이 가까웠진 때문일지 몰랐다.

중문 쪽으로 다가서자 담벼락 안에서 발그스름한 불빛이 퍼져나왔다.
시릴 듯 차고 흰 달빛에 비해 따뜻한 불빛이었다. 그 따뜻함은 소이가 그
안에 있기 때문이겠지. 그러나 아니다. 불빛이 바람에 일렁이는 것을 보
면……

채윤은 날랜 도둑고양이처럼 담벼락에 붙어 섰다. 일렁이는 불빛은 앞
마당의 횃불이었다. 횃대를 잡고 선 한 사내의 안광이 붉게 번득였다.

채윤은 담장 아래로 머리를 숙였다. 구름을 빠져나온 흰 달빛이 마당을 비추었다. 채윤의 얼굴이 일그러졌다.

저 작자가 어찌하여 이곳을 서성거리는가?

사내는 대전 호위감 무휼이었다. 당장이라도 달려들어 놈을 요절내고 싶었다. 하지만 놈은 평생 무술을 연마한 고수다. 냉정해야 했다. 어쩌면…… 어쩌면……

채윤은 생각하기 싫은 가설을 뿌리치듯 고개를 가로저었다. 놈의 범행에 소이 또한 관여한 것은 아닐까? 그렇지 않다면 저자가 이 늦은 밤, 이렇게 은밀하게 그녀의 침소를 찾을 이유가 어디 있는가? 그렇다. 그녀는 살인의 방조자, 혹은 공모자다. 그녀는 처음부터 장성수와 윤필의 죽음에 연관되어 있었다. 정별감도 그녀를 둘러싼 연정으로 두 학사가 죽었다고 결론짓지 않았던가? 그녀의 마방진 풀이는 수사를 방해하고 지연시키기 위한 의도적인 협조였던가? 그렇다면 무휼과 여인은 어떤 관계인가?

채윤은 괴로워하며 도리질을 했다. 그럴 리가 없다. 그토록 맑고 아름다운 그녀가 그런 무서운 짓을 할 리가 없다. 차가운 달빛이 오금을 저리게 했다. 오른손으로 허리춤의 육모방망이를 힘주어 잡았으나 몸은 꼼짝도 할 수 없었다.

어찌할 것인가? 사건을 파헤쳐야 할 겸사복이 어이없게도 살인자에게 연정을 품고 말았다.

그때 소이의 방문이 열렸다. 침침한 등잔불이 하얀 비단 도포자락과 갓끈에 비쳐 반짝였다. 채윤은 그 자리에서 얼어붙었다.

반듯한 안광을 번득이며 툇마루를 내려선 사람은 스치듯 본 용안이었다. 다리에서 힘이 풀리며 채윤은 비실비실 전각의 뒷담 아래에 부복했다.

무휼은 역시 날렵했다. 중문을 열고 주위를 살핀 후 앞장섰다. 주상은 빠른 걸음으로 뒤를 따랐다. 채윤은 사박사박 달빛을 밟으며 대전 쪽으로 멀어져가는 주상의 뒷모습을 얼어붙은 듯 바라볼 뿐이었다.

의문은 풀렸다. 무휼이 이곳에 온 이유는 주상의 행차 때문이었다. 그러나 이 밤중에 주상이 천하디천한 무수리의 처소를 찾은 이유는 단 한 가지밖에 없었다. 주상이 소이를 은애하고 있는 것일까?

생각하기도 싫었다. 변고의 중심에는 주상의 존재가 있다. 목숨을 잃은 자들은 모두 주상이 은애하는 소이에게 연정을 품었다. 장성수와 윤필이 소이와의 애정으로 얽혀 있음은 공론이다. 정초 대감이 남긴 지수귀문도 또한 소이가 아니면 풀 수 없다. 소이와의 연관성이 드러나지 않은 희생자는 허담이 유일하다. 그러나 젊은 학사의 속마음이니 어떤 일이 있었는지는 아무도 모른다.

그렇다면 이 모든 변고는 자신의 여인을 탐한 자들을 향한 주상의 사사로운 복수극인가? 그렇다면 무술의 고수인 무휼은 그 일을 처리하는 데 가장 적합한 인물이었다.

주상의 하교가 있었던 것일까? 아니면 무휼이 스스로 알아서 한 짓일까? 마음속에 연정 하나로 한밤중에 갖가지 악행으로 사람을 살해하는 것이 어찌 한 나라를 이끄는 군왕의 도리인가?

그렇지 않기를 빌었다. 드러난 모든 증거들과 목격한 사실들이 사실이 아니기를 간절히 빌었다.

모든 것이 한꺼번에 무너지는 것 같았다. 거친 전쟁통을 떠돌다 맨 처음으로 연정을 품은 여인은 주상의 성은을 입고 있었다. 죽은 아비와 삼문 어른, 순지 나리가 그토록 연모하던 주상이 모든 변고의 중심에 있었다.

주상이 은애하는 여인에게 연심을 품은 것이 죽어야 마땅한 죄인가? 사람이 사람을 좋아하는 것이 죽을 만큼 큰 죄일까? 그렇다면 이 밤에 소이의 처소를 찾은 자신도 지금 당장 죽어야 할 죄인이었다. 무휼에게 발각되었다면 자신도 그렇게 죽어야 했을까?

채윤은 무릎의 흙을 털며 일어났다. 모든 것은 허사가 되었다. 처음부터 수사할 가치도 없는 사건이었다. 오행이고 태극도설이고 마방진이고 향원지와 경회루의 비밀이고가 모두 허사에 불과했다. 꼭두각시처럼 놀아난 것이 못내 참담하기만 했다.

소이의 침소에서는 아직도 불빛이 새어나왔다. 지금 저 따뜻한 불빛 아래에는 아름다운 여인이 있을 것이었다. 끓어오르는 열정만큼 가슴 한쪽은 처절한 배신감으로 무너졌다.

'이 궁전 안에서 내가 설 곳은 아무데도 없다. 최만리 대감은 나를 경계하고 삼문 어른은 내가 진실에 다가서는 것을 막으려 들고 순지 어른은 무언가를 숨기고 있다. 호위감 무휼은 나를 농락하며 살인을 저지르고 소이는 그 공모자이며 그 수괴는…… 생각조차 참담한 일이나 주상전하시다.'

머리 위의 별들이 우수수 쏟아져버릴 듯 위태롭게 반짝였다. 전투가 끝난 북변 전쟁터가 생각났다. 비릿한 피의 냄새와 부상자들의 신음소리가 어둠 속에 떠도는 전쟁터. 그곳에서는 모든 것이 명쾌했다. 삶과 죽음, 적군과 아군, 승리와 패배, 명령과 복종, 용기와 비겁……

대적하는 두 개의 가치는 명확했다. 죽음이 아니면 삶이라는 사실은 삶에 연연하지 않게 했다. 어떻게 사느냐, 왜 사느냐는 중요하지 않았다. 단지 중요한 것은 살아남는 것, 죽지 않는 것.

전선은 내가 어느 편에 서야 하는지를 명쾌하게 결정해주었다. 나는 전선의 이쪽에 있고 적들은 저쪽에 있었다. 이기기 위해서 싸웠고 이기면 모든 것이 용서되었다. 수십, 수백의 목숨이 이유 없이 널브러졌지만 살인에 대한 가책도, 부상의 아픔도 이내 잊혀졌다.

하지만 지금은 모든 죽음의 이유를 반드시 찾아야 한다. 살아가는 데 이유가 있듯 죽는 데도 이유가 필요했다.

궁궐에는 적과 아군이 없었다. 유일한 아군은 나 자신일 뿐이었다. 적이 아니라 나를 둘러싼 세계와의 싸움이었다. 내 편이라 생각했던 사람이 오히려 적이 되어 달려들었다. 그것이 궁궐이란 곳의 복잡다단함이었다.

채윤은 온몸을 휘감는 고독과 불안감을 떨치려 하늘을 보았다. 한낱 어리석은 연정에서 헤어나지 못하는 것은 주상을 능멸하는 역심이다. 주상의 뜻이라면 그것을 따르는 것이 충의가 아닐까?

주상의 여인에게 음심을 품었다면 그것은 불경이다. 불충과 역심의 죄를 물어 거열에 처한다 해도 잘못된 일이 아닐 것이다. 하나 온유한 주상은 밤 동안 아무도 모르게 그자들을 처치함으로써 마지막 명예를 지켜주신 것은 아닐까?

어느새 달은 멀리 서쪽 하늘로 비껴가고 있었다. 채윤은 풀어진 옷자락의 허리띠를 동여맸다.

주상전하를 만나야 한다. 하지만 용안을 뵈옵기도 전에 무휼의 칼에 쓰러지지 않을까? 모른다. 알 수 있는 것은 아무것도 없다. 그러나 한 걸음씩 앞으로 나아가야 한다. 지금까지 그래왔듯이 의문으로 가득한 변고의 뿌리를 찾아 한 걸음 한 걸음 어둠 속을 나아갈 뿐이다.

하지만 너무 지쳤다. 조금만, 아주 조금만 쉬고 싶다.

따가운 눈을 꾹 힘주어 감자 따뜻한 외소주간 아궁이가 그리워졌다.

3

채윤은 비밀에 싸인 금서의 집필자를 밝혀낸다.
그리고 그 일이 나라의 흥망과 왕조의 운명을 뒤바꿀 수도 있는 엄청난 것임을 알게 된다.

잠에서 깨어났을 때는 멀리 동쪽 하늘이 푸르게 밝아오고 있었다. 빨리 깨우지 않은 찬모 나인을 탓하며 심통을 부렸다. 사람 좋은 찬모 나인은 더운 누룽지 사발을 건넸다. 평생을 소주간에서 보낸 그녀에게 채윤은 철없는 막내아들 같았다.

후루룩 주린 뱃속을 채우고는 겸연쩍게 빈 사발을 건넸다. 꾸벅 고개를 숙인 채윤은 훌훌 발걸음을 옮겼다. "잘 먹었다"는 한마디를 하지 못한 자신의 깜냥을 마음속으로 탓하며……

부제학 정인지는 집현전 뒤 은행나무 정원에서 서성이고 있었다. 삼십년 넘은 은행나무와 줄지어 선 떡갈나무들이 마음을 가라앉혀주었다.

가을바람에 바닥은 노랗게 물들어 있었다. 은행잎 소리를 스적이며 다가온 젊은 겸사복을 그는 한눈에 알아보았다. 스산한 날씨지만 채윤의 이마에는 구슬땀이 송글송글 맺혀 있었다. 자신의 속을 환히 들여다보는 늙은 현학의 날카로운 눈에 채윤은 저도 모르게 주눅이 들었다.

"오행의 이치로 사건을 추적하는 네 추측이 신통하다만 그것은 가설일 뿐이다. 네 말이 사실이라면 저들의 실질적인 범행의 동기가 무엇이냐?"

"참람한 악행에는 두 가지 악심이 있습니다. 첫째는 자신이 가지고 싶은 것을 가진 자로부터 빼앗은 도적질입니다. 두 번째는 무언가 하지 않아야 할 일을 한 데 대한 보복입니다."

"너의 생각에는 어느 쪽인 것 같으냐?"

"둘 다입니다. 범인은 장성수에서 윤필로 이어지는 살인의 이면에 등장하는 〈고군통서〉라는 비밀스런 책을 노렸습니다. 또 죽은 학사들의 문신은 이들이 은밀한 조직에 몸담고 있었음을 짐작케 합니다. 말하자면 해서는 안 되는 일을 은밀하게 수행하고 있었던 데 대한 보복이 아닐까 합니다."

정인지가 끄응 한숨을 내쉬었다. 때를 놓치지 않고 채윤이 물었다.

"미련한 생각이 미치는 바 〈고군통서〉의 행방을 알려면 그 저술자를 먼저 가려내야 할 것입니다. 소인의 생각에는 그 서책의 저술자가……"

채윤이 말을 멈추고 정인지의 안색을 살폈다. 빛을 뿜는 정인지의 눈꼬리가 파르르 떨렸다. 그 눈빛은 불안과 안도를 동시에 담고 있었다.

"충녕대군…… 그러니까 주상전하가 아닌가 합니다."

정인지의 낯빛이 흙빛으로 변했다. 말을 내뱉은 채윤 자신도 자신의 말에 충격을 받은 듯 멍해졌다. 정인지가 정신을 수습하고 주위를 살폈다. 사람의 기척이 없음을 확인한 정인지가 안도하며 말했다.

"천한 겸사복이 어찌 그런 모욕적인 말을 하는가?"

정인지의 관자놀이에 미세하게 불끈거리는 핏줄을 채윤은 보았다.

"금서의 원본을 쓴 먹은 명나라산 소나무재로 만들었고 종이 또한 명나라 산이었습니다. 그런 고급 지필묵을 사용하는 곳이라면 궁궐밖에 없습니다."

"궁 안에도 종이를 쓰는 곳은 많다. 주자소에서는 하루 이십 쇄를 찍어 내고 집현전에서도 수십 명의 학사가 집필을 하지 않더냐?"

"주자소에서는 유연먹[35]을 쓰며 집현전에서는 한 번 쓴 종이를 빨아 말린 재생지를 주로 씁니다. 최고급 필사용지는 왕실에서만 쓸 수 있습니다."

"왕실엔 수많은 사람들이 있다. 상궁들과 내관들, 그리고 왕족들…… 그런데 어찌 충녕대군이냐?"

채윤이 품속에서 꺼낸 무언가를 펼치자 정인지의 얼굴이 밀랍처럼 굳어졌다.

"부제학께서는 이 서체를 기억하시겠지요?" 정인지의 윗입술이 바르르 떨렸다. "이 활자는 사흘 전에 죽은 윤필의 피살 현장에서 발견된 것입니다."

"그래서 그 서체가 주상전하의 그것과 같단 말이냐?"

"저는 모릅니다. 〈고군통서〉를 본 사람은 제가 아니라 대감이니까요."

그때서야 정인지는 모든 사실을 받아들인 듯 고개를 떨구며 무릎을 꿇었다.

"불경스런 언사를 그치고 무릎을 꿇으라. 주상전하의 성필이다."

채윤은 활자를 두 손으로 받들며 엎어지듯 무릎을 꿇었다. 이로써 바라는 바를 이루었다. 생각은 맞아떨어졌다. 성필을 눈앞에 두고 무릎을 꿇지 않을 자가 어디에 있을 것인가? 정인지는 명주 옷고름을 찢어 활자를 싸서 품속 깊이 간직했다.

"어떤 추론으로 이 활자의 연원을 유추했느냐?"

---

35 기름을 섞어 종이에 잘 먹고 오래갈 수 있도록 만든 인쇄용 먹.

"활자란 역대 뛰어난 문장가의 서법을 따서 주조한다 들었습니다. 그러나 이 활자는 온갖 서책의 글씨를 익힌 비서고 검서관 윤후명이 모르는 수수께끼의 서체입니다. 그런데도 활자를 만들 귀한 글씨라면 성필밖에 더 있겠습니까?"

"그런데 어찌 윤필의 활자가 〈고군통서〉의 필체와 같다고 단언했느냐?"

"이 글자의 세로획은 획 사이의 퍼짐이 없고 매끄럽습니다. 명나라산 최고급 종이와 먹이 아니면 나올 수 없는 획이죠. 그러니 이 활자야말로 〈고군통서〉의 원본과 같은 종이에 같은 먹으로 쓴 것입니다."

정인지는 멍하니 턱을 늘어뜨렸다. 채윤은 평생을 종이와 먹을 벗하여 산 자신보다도 더 명료하게 종이와 먹의 종류와 특성을 파악하고 있었다.

"또한 이 서체는 무도한 자의 폭거에 의해 억울한 죽음을 당한 공자를 복위시키고자 한 예기비의 서체입니다. 그것은 곧 저들의 간계에 당하신 심온 대감의 혼을 위로하고 명예를 복위하려는 뜻이 아닌지요."

이자는 익히 아는 경서의 구절만 읊어대는 사대부들과는 다르다. 아는 것이 없다 하나 수많은 지식을 자신만의 방식대로 버무린다. 목적에 따라 지식을 받아들이고 엮어서 새로운 궁리로 통하게 한다. 부제학은 진실을 가리는 호통을 단숨에 허물어버린 논리에 새삼 말문이 막혔다.

"이제 부제학께서 제 물음에 대답해주실 차례입니다."

채윤이 빙긋 웃으며 여유로운 표정으로 말했다. 정인지는 가슴이 떨렸다.

"진실은 거짓보다 복잡하다. 그래서 사람들은 진실 대신 부드러운 거짓에 매혹되는 것이지."

정인지가 굵직하고 매끄러운 음성으로 말했다.

"괴롭다 해도 진실을 외면하지는 않겠습니다."

정인지의 머릿속에 이십 년 전의 그 참담한 변고가 생생하게 떠올랐다.

"네 짐작대로 〈고군통서〉의 저술자는 주상전하시다."

채윤은 낭패감을 감출 수 없었다. 틀리기만을 바랐던 추측은 틀리지 않았다. 진실의 가운데로 다가가기를 그토록 바랐건만 애써 찾아낸 진실에서 달아나고 싶었다. 그 저주받은 책의 저술자가 이 나라의 군왕이라니……

"정보관은 뛰어난 겸사복이었다. 비록 천한 노비 출신이라 하나 정안군의 사람이었으니 지모가 범상치 않았다. 게다가 그는 어떻게든 사건을 캐내려는 의지로 똘똘 뭉쳐 있었다. 그는 매 같은 사내였다. 먹이를 보면 놓치는 법이 없었지. 종이 상인을 불러놓고 수십 가지의 종이와 먹의 성질을 알아내고 수백 권의 필적을 비교해 원본이 궁 안에서 씌었다는 것까지 알아냈다."

"하오나 정별감은 예나 지금이나 글을 읽지 못합니다. 그런데 어찌 그 사람이 수많은 서책의 구절을 검토하며 원본을 찾아내었습니까?"

"조력자가 있었다. 서지에 뛰어난 학사 중 한 명이 정보관의 추적에 도움을 준 것이다. 정보관의 공은 그자의 조력에 힘입은 것이었다. 그자는 수십 종의 필사본의 한 구절 한 구절을 서체와 자구를 대조하며 오자와 탈자, 그리고 이자를 찾아내어 가장 완벽한 원본을 찾아냈다."

"그자가 혹 비서고의 검서관 윤후명이 아닙니까?"

정인지는 잠시 말을 멈추었다. 아니라고 말하고 싶었으나 입 밖으로 나오지 않았다. 대신 다른 이야기로 말을 이어갔다.

"정보관의 추적이 좁혀 들어오자 집현전은 살얼음판이 되었다. 학사들은 학사들을 의심하고 관원들은 서로를 의심했다. 사냥개 같은 정보관의 추적이 누구를 덮칠지 알 수 없었다. 그중에서도 가장 불안한 사람은 바로 주상전하셨다. 주상전하께서는 자신을 향해 으르렁대는 소리를 들었다."

"정보관이 저술자가 주상전하라는 사실을 알았습니까?"

"다행히도 그는 마지막 단계에서 발을 잘못 들여놓았다. 필사본 원본이 대전에서 나왔다는 것까지 확인한 그가 지목한 자는 내시 명행이었다. 명행이 자신을 덮친 가혹한 운명을 채 알아차리기도 전에 정보관은 그를 잡아다 물고를 냈다. 내시 명행에게는 불행이었지만 어쨌든 사건은 종지부를 찍었다."

"하온데 심온 대감을 기리고 그 가솔이 관노가 됨을 슬퍼하는 내용이 어찌 사문난적입니까?"

"당시 조정의 군력은 상왕전하께 있었다. 심온 대감을 주살하라 명하신 분이 상왕전하셨으니 그 죽음을 기리는 것은 상왕전하의 뜻에 반하는 역심이 아니더냐?"

"하오면 상왕전하께서는 어찌 사돈이신 심온 대감을 주살하셨습니까?"

"대대로 연경 가는 사은사는 중국어에 능통하고 사대모화에 투철한 자가 나서는 법이다. 새 임금이 보위에 오르심을 고하는 사은사는 말할 나위도 없다. 그러나 심온 대감은 주상전하께서 왕자로 계시던 시절부터 사대모화에서 벗어나 나라의 기초를 세워야 한다던 인물이다."

"그런 심온 대감이 사은사가 되었으니 저들의 똥줄이 타들어갔겠지요?"

"그들은 자신들이 독점해오던 연경과의 연줄이 하루아침에 끊어지고 그 줄을 불경스런 자들이 거머쥘까 두려워했다. 그렇게 되면 대국에 기대어 영달을 누리던 저들의 위세가 한껏 꺾일 것은 불을 보듯 뻔했다. 아울러 불경한 자들이 대국의 심사를 상하게 한다면 그 결과는 더욱 끔찍할 것이라고 생각했겠지."

"심온 대감이 연경에 있는 동안 있지도 않은 말로 그를 모함한 것이군요."

"그렇다. 군왕의 위세를 그대로 간직한 상왕전하의 심기를 정면으로 거스르는 언사를 지어 상소를 올린 것이다. 격한 상왕전하의 성정을 십분 이용한 것이지."

"〈고군통서〉는 억울하게 주살당한 심온 대감을 슬퍼하는 주상전하의 눈물겨운 제문이었던 셈이군요."

"그뿐이었다면 저들이 그렇게 악랄하게 〈고군통서〉를 공격하지는 않았을 것이다."

"그것 말고 또 다른 내용이 있었습니까?"

"심온 대감의 억울한 죽음을 슬퍼하며 알린 것은 두 장짜리 서문이었다. 그 뒤에 이어지는 글은 이 나라 백성이라면 눈물 없이 읽을 수 없는 격정의 토로였다."

정인지는 아직도 생생한 그 구절들을 천천히 떠올렸다. 채윤은 울대를 울컥하며 정인지의 다문 입을 골똘히 쳐다보았다.

"예로부터 이 나라는 고유의 말과 풍속을 지녔으니 중국의 속국이 아니고 제후국은 더더욱 아니다. 그래서 고려 또한 왕이 아니라 황제라 칭하였던 것이다. 그런데도 새로 군왕이 등극한다 하여 중국에 사은사를 보냄은 어인 까닭인가? 스스로 나라를 칭하는 이 땅에서 군왕을 세우는데 어찌 명나라 황제의 허락이 필요한가? 군왕이란 그 나라의 하늘과 땅과 백성이 내는 것인데 어찌 대국이라 하여 그 천명을 좌지우지할 것인가? 나라가 군왕과 신하와 백성의 힘으로 바로 서야 하거늘 어찌 대국의 힘에 기대어 서려 한다는 말인가? 그렇게 선 군왕이 어찌 백성을 안위케 할 것이며 나라의 융성을 도모할 것인가? 중국이 대국이라 하나 이 나라를 세우는 데 털끝 하나 관여한바 없다. 해마다 수확철이면 공물과 공녀를 요구할 뿐이다. 그런데도 사은사를 보내야 함은 다만 대국이라는 위세 하나로 이웃나라를 억박지르는 무도한 처사가 아닌가? 이를 어찌 대국이라 할 것이며 좋은 이웃이라 할 것인가?

그런데도 오래전의 부끄러운 관습을 버리지 못하는 이유는 대대로 뿌리 깊은 사대와 모화의 헛된 관습 때문이다. 대국의 위세에 기대어 영달을 구하는 자, 대국의 경학으로 입신하려는 자, 어떻게든 중국 조정 관리의 막종으로라도 연줄을 대어 부귀를 얻으려는 자, 중국의 물건을 팔아 부를 축적하려는 자들이 한둘인가?

가련한 백성들은 애써 지은 수확을 공물로 바치고 금쪽같은 딸자식을 공녀로 바치며 피가 끓었다. 제 백성의 피를 빨고 뼈를 깎아 부귀영달을 꾀하는 자를 어찌 사대부라 할 수 있으랴? 이는 모두가 이 나라의 힘없음 때문이요 이 백성의 깨달음 없음 때문이다. 우리의 군력이 대국을 능히 대적하고 우리의 궁리가 대국을 앞지르며 우리의 격물이 대국을 넘어서면 더 이상 대국은 대국이 아니요, 조선은 변방의 조공국이 아닐 것이다. 그러니 왕이여 명심하소서. 어설픈 흉내로 작은 중국이 되려 하지 말고 격물로 치지하시와 이 나라가 온전한 나라로 곧추서게 하소서……"

한 구절 한 구절을 읊어나가는 정인지의 목소리가 점점 격앙되었다. 채윤의 가슴속에서도 풀무질을 하듯 벌건 불꽃이 이글거렸다.

"이십 년 전의 〈고군통서〉 본문 구절을 한 자도 빠짐없이 외우시는군요."

"그 구절들이야말로 내가 평생을 신봉해온 삶의 이정표였다. 그것은 곧 보위에 오르신 주상전하께서 스스로에게 내린 하교이기도 했다."

정인지가 어금니를 깨물었다. 턱에 불끈거리는 힘줄이 반백의 수염을
들썩이게 했다.

4

채윤이 마방진의 숨은 뜻을 추궁하자 소이는 성삼문을 찾으라고 말한다.
성삼문에게 달려간 채윤은 지금 궁궐 안에서 벌어지고 있는 학사들의 목숨을 건 비밀 계획에 대해 듣는다.

끼이익 소리를 내며 문이 열렸다. 멈칫하던 채윤은 마음을 굳게 먹고 한쪽 발을 디밀었다. 툇마루의 소이가 홀쩍 시선을 던졌다. 화살에 맞은 듯 가슴이 찌르르했다.

지난밤 달빛 아래서 열정과 배신감을 함께 준 여인. 한때 아무도 모르게 정을 주었고, 그녀의 꿈으로 잠을 설쳤지만 지금은 아무것도 아닌 여인.

이제 그녀의 굳게 다문 입을 열어야 했다. 그녀의 입에서 사건의 실마리가 풀릴 것이었다.

"귀찮게 해서 송구하오. 이번이 마지막일 테니 잠시 귀를 기울여주오."

'마지막'이란 말에 울컥 서러움이 솟구쳤다. 그렇다. 어쩌면 이번이 마지막일지도 모른다. 사건이 끝나면 다시 그녀를 볼 일은 없을 테니까……

채윤은 소맷자락에서 종이를 꺼냈다. 분서터에서 베껴온 그림이었다.

"마방진이오. 다시 한 번 그 빈칸을 채워주셨으면 하오."

그녀의 눈썹이 가늘게 떨렸다. 그 호기심 어린 눈빛을 얼마나 자주 떠올렸던가? 하지만 빨려들 것만 같은 그 눈빛을 또 얼마나 자주 피했던가?

그녀의 두 눈을 차마 똑바로 볼 수 없어 채윤은 늘 그녀의 어깨자락쯤에 시선을 멈춰야 했다. 하지만 이제 더 이상 눈길을 피하지 않아도 된다. 피해서도 안 된다.

소이는 툇마루 끝의 세필모와 먹통을 가져와 썼다.

"己知也(이미 알고 있지 않소)?"

"장성수가 죽기 전에 부지깽이로 그린 것은 모양만 삼방진일 뿐 또 다른 표식이었소. 그는 나와는 전혀 다른 마방진을 짜 맞추고 있었던 것이오."

소이의 눈빛이 흔들리는 것을 본 채윤은 때를 놓치지 않고 달려들었다.

"장성수는 죽기 직전 안간힘을 다해 그림을 지웠소. 하지만 아쉽게도 그 흔적이 남아 있었고 나는 그대로 베꼈소. 이상하지 않소? 우둔한 내 머리로도 이틀이면 풀 수 있는 삼방진인데 그는 엉뚱한 칸에 엉뚱한 숫자들을 적어 넣었소."

채윤은 구겨둔 종잇장을 펼쳐 흔들었다.

"이 그림에서 八의 위치는 이곳일 수가 없소. 一과 六의 위치도 엉뚱한 건 마찬가지요. 어쩌면 이 숫자들은 숫자가 아니라 다른 의미의 기호인지도 모르오. 장성수는 그 기호의 의미를 알기 때문에 죽었을 것이오. 그는 죽는 순간까지도 비밀을 누설하지 않고 무덤까지 가지고 갔소. 죽음에 직면해서도 목숨보다 먼저 보전해야 할 비밀이 무엇이겠소?"

소이의 얼굴에 차가운 그림자가 스쳤다. 채윤은 그 고운 얼굴이 순식간에 비밀스런 두려움으로 질식되는 것을 바라보았다. 저 뇌쇄적인 미모가 젊은 학사들을 농락하고 죽음으로 몰아넣은 것은 아닐까? 아니다, 아니다. 그럴 리가 없다. 아무리 악이 교활하다 하나 저렇듯 고운 자태 속에는 깃들지 못할 것이다. 그렇다면 이 여인은 사건과 어떤 관계가 있는 것일까?

소이는 잠시 생각하는 듯 얼굴을 숙였다. 그녀는 조심스런 표정으로 잠시 담 너머를 살폈다. 그리고 종이 위에 무언가를 끄적인 후 세필을 씻었다. 채윤은 마루 위에 가지런히 놓인 종이를 보았다. 종이 위에는 생전 처음 보는 기묘한 형상들이 그려져 있었다.

그것은 한편 신묘한 부적 쪼가리 같기도 하고 어린아이의 장난질 같기

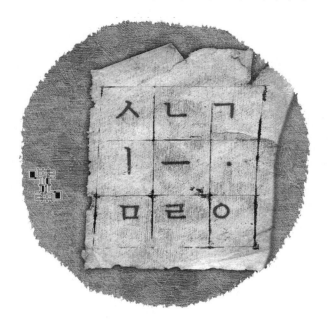

도 했다. 의문이 풀린 것은 일, 육, 팔의 세 글자였다. 그것은 숫자가 아니라 낯선 기호체계의 구성요소로 존재하고 있었다. 그러나 그 낯선 기호들을 도대체 어떻게 해석할 것인가?

채윤의 두 눈이 진실에 대한 호기심으로 어쩔 줄을 몰랐다. 그녀가 놓았던 세필을 다시 잡고 썼다.

"問於成三門(성삼문 나리께 물으시오)."

아직 먹이 마르지 않은 종이를 낚아챈 채윤은 후닥닥 중문을 밀쳤다. 그리고 미로 안에 갇힌 짐승처럼 막막한 심정으로 달렸다. 그 달음박질 끝에 삼문이 있었다.

삼문은 믿을 수가 없는 사내였다. 본의든 아니든 삼문은 수사를 방해해 왔다. 그런 삼문을 지금에 와서 어찌 믿을 것인가? 그것을 알면서도 달려올 곳은 삼문밖에 없었다.

"나리께서는 처음부터 모든 것을 아시면서도 개처럼 킁킁대는 저를 보고만 계셨습니다."

삼문은 지그시 눈을 감고 떨리는 목소리를 들었다. 이 아이에게만은 알게 하고 싶지 않았다. 이 비밀을 아는 죄로, 이 비밀에 동참한 죄로 수많은 현인들이 어둠 속에서 죽어갔다.

"무언가를 안다는 것은 그만큼 위험해지는 것. 위험의 도가니 속으로 널 끌어들이고 싶지 않았다."

"나리를 믿을 수 없습니다."

"그래. 나 또한 나를 믿지 못하는 터이니 숨겨서 무엇하리. 명민한 젊은 이는 누가 말하지 않아도, 누가 이끌지 않아도 찾아오는 것을……"

채윤은 꿇은 무릎을 당겨 바짝 다가앉았다.

"이 알 수 없는 기호들은 도대체 무엇을 의미하는 것입니까?"

"이미 말했듯이 새로운 문자의 기초가 되는 기호들이다. 이 기호들이 합치고 어울려 세상 모든 말소리의 조화를 이루는 것이다."

채윤의 뒤통수에 번개를 맞은 듯 찌릿해졌다.

"이 단순하고 간명한 부호로 어찌 세상의 모든 소리를 다 담는다 하십니까? 하나의 사물에도 여러 개의 글자가 존재하는 것이 문자인데……"

"사람이 내는 소리나 우마가 내는 소리, 산짐승과 들짐승이 내는 소리,

바람과 강물이 내는 그 모든 소리가 하늘과 땅의 이치이려니 음운의 이치를 설명하는 것은 하늘과 땅의 이치를 설명함보다 더욱 현묘하고 어렵다."

"그러하온데 어찌 그 현묘한 이치를 알아 글로써 구현할 수 있습니까?"

"주상전하께서는 일찍이 음양와 오행의 이치로 새로운 글을 궁리하셨다. 글이란 그 나라의 혼이요, 지식을 담는 그릇이니 바보를 현자로 만들고, 무지렁이 농군을 지자로 만든다. 천민 나부랭이라도 글을 깨우치면 반상의 구별 없이 무궁한 지식과 격물을 깨달아 태평성대할 것이다. 농군은 작물의 수확을 늘리고 대장장이는 담금질의 방법을 개선할 것이고 군인은 진법을 기록하여 연전연승할 것이다."

"글이란 무릇 사물의 형상을 따라 지은 사물의 집인 고로 한 소리에 하나의 글자가 조응하는 것이 아닙니까? 하나에 일(一)이 조응됨은 둘에 이(二)가 조응됨과 같으니 하나를 어찌 이(二)라 하며 둘을 어찌 일(一)이라 하리오? 상극하고 상생하는 천지 오행의 도는 서로 어울려 변하는 것인데 어찌 불변하는 글의 이치에 맞는다 하십니까?"

"하나의 사물에 하나의 글자와 하나의 소리가 조응하는 것이 중화의 글자다. 세상 모든 물상과 현상을 일일이 상형하거나, 차자하여 평생을 익혀도 모자라니 그것을 어찌 백성의 글이라 하겠느냐? 게다가 우리 나랏말은 중국과 다르다. 이 나라 백성이 이 나라 말을 펴는 데는 이 나라의 글이 필요하니 그것은 이 나라의 시간이 중국과 달라 칠정산을 펴고 이 나라의 음률로 향악을 정리함과 같다. 온 백성이 한나절에 익히고 제 뜻을 펴기에는 적은 소리로 많은 뜻을 싣는 소리문자가 가장 뛰어나니 한 글자 한 글자를 따로 익혀야 하는 중국의 뜻글자와는 근본부터 다르다."

"소리가 문자가 된다면 지금 소인의 말을 문자로 실을 수도 있습니까?"

"그렇다. 소리가 곧 글이 되고 글이 곧 소리가 된다."

"글이란 소중하여 아무나 가까이할 수 없습니다. 누구든 쉽게 익혀 쓴다면 그것을 어찌 현묘한 세상의 이치를 담은 글이라 하겠습니까? 시정잡배나 난전상인들조차 마구 쓰는 글로 어찌 심오한 지식과 학문의 이치를 펼 수 있습니까?"

삼문은 세필을 꺼내 서안 위의 거친 갱지에다 바쁘게 무언가를 써내려갔다. 채윤은 그 빠른 붓놀림에 놀랐다. 마침내 글쓰기를 멈춘 삼문이 붓을 놓고 입을 열었다.

"글이란 소중하여 아무나 가까이할 수 없습니다. 누구든 쉽게 익혀 쓴다면 그것을 어찌 현묘한 세상의 이치를 담은 글이라 하겠습니까? 시정잡배나 난전상인들조차 마구 쓰는 글로 어찌 심오한 지식과 학문의 이치를 펼 수 있습니까?"

거칠게 내뱉은 채윤의 말과 토씨 하나 다르지 않았다. 아무리 뛰어난 기억력이라지만 어떻게 완벽하게 같을 수 있단 말인가? 삼문이 기록한 소리가 오히려 채윤의 머릿속에서 사라져버린 기억을 되살려줄 정도였다.

"이 글자는 앞으로 일 년이 지나든 십 년이 지나든 이 소리대로 읽힐 것이다. 백 년이 지나고 천 년이 지나도 종이가 썩지 않는 한 이 소리를 그대로 지닐 것이다. 소리를 지닐 뿐만 아니라 지금 네가 뱉은 그 뜻과 감정까지도 그대로 간직할 것이다."

무언가에 홀린 것 같았다. 무어라 반문을 하고 싶고, 삼문이 부린 조화의 허점을 찾고 싶었다. 하지만 자신의 눈앞에서 일어난 일이었다. 눈으로 본 것까지 거부할 수는 없었다. 무언가 속임수가 있으리라 생각했으나 알아낼 방법은 마땅치 않았다.

"그 조화가 신기하나 말을 그대로 기록하는 것이 삶 살이에 무슨 도움이 됩니까?"

빙긋이 미소를 머금은 삼문이 기다렸다는 듯 입을 열었다.

"만약 이 글이 전술을 펴는 장수의 말이라 생각해보자. 수확을 늘리는 비결을 전하는 농부의 말이라 생각해보자. 적을 정탐하는 척후병의 전갈이라 하자. 이 글이 실어낼 정보와 지식은 무궁무진할 것이 아니더냐?"

머리속에서 천둥과 번개가 번갈아 치는 듯했다. 삼문이 혼란을 짐작한 듯 채윤이 생각하는 바를 정리해주었다.

"지금까지 학문하는 자들은 글자를 익히고 그 글자의 뜻을 해독하는 데 평생을 바쳤지만 지금부터는 그 글자가 실은 정보를 익히는 데 골몰하게 될 것이다. 순지와 같은 천문학자는 하늘 천자와 글월 문자를 몰라도 천문의 이치를 통달할 수 있을 것이다. 그것이 곧 격물의 시대다."

"그렇게 현묘한 일리라면 어찌 조정 대신들과 아울러 도모하지 않고 몇몇 학사들에게 맡기십니까? 온 백성을 이롭게 할 일이 어찌 은밀한 야밤에 몇몇 학사들의 회합으로 이루어집니까?"

"칠정산이 어찌하여 조선력이란 이름을 얻지 못하였는지 알 것이다."

채윤은 담담히 읊조리던 순지의 말을 생각했다. 변방 나라의 독자적인 역법은 곧 중국에 대한 저항이었다. 그래서 조선은 역법을 만들고도 조선력이라 부르지 못하고 보잘것없는 산법으로 위장해야 했다.

"대국의 눈치를 보아야 하는 일이 어찌 역법뿐이겠느냐? 이 강토와 산하를 발바닥이 해지도록 돌며 지도를 만들던 허담은 쇠몽둥이에 맞아 죽었고, 이 땅과 기후에 맞는 농사법을 고안한 정초 대감은 경회루 대들보에 매달려 죽었다. 그뿐이냐? 이 나라 음률을 정리하고 악기를 만든 박연 또한 궁지에 몰렸고 이 나라 역사를 바로 쓴 장성수는 우물에 처박혔다. 이들 모두가 새로운 나라를 꿈꾸던 자들이었으니 죽음을 겁내지 않았고 죽은 후에 더 오래 남을 나라의 혼을 세우려 했던 것이다."

"박연 어른이 아악을 세우신 것이 새 문자를 만들기 위해서였습니까?"

"그렇다. 글이란 사람의 성조(聲調)가 바탕이 되니 세상의 모든 소리가 궁, 상, 각, 치, 우 오음에서 나옴과 같다. 박연 어른이 악학을 세운 것은 향악을 정리하는 목적도 있었지만 소리의 기준을 세움이 더욱 급했다. 나라의 문자를 만드는 일은 드러내고 할 수 있는 일이 아니다. 박연 어른은 봉상시의 악공을 위장하여 궁상각치우 오음의 운행을 더듬어 새 문자의 기준이 되는 아설순치후 오음을 창안했다."

"그러면 죽은 학사들이 모두 문자 연구에 몸담았다는 이유로 위해를 당한 것입니까?"

"그 은밀한 연구에 동참한 젊은 학사들이 몇이며 그 흘린 땀과 피가 몇 말이겠느냐? 장성수, 윤필, 허담, 정초…… 그들이 죽은 것은 오로지 이 나라의 혼을 세우고자 함이다. 어디 그뿐이더냐? 아설순치후 각 음의 기준을 세운 박연을 비롯하여 부제학 정인지 어른과 최항, 박팽년, 신숙주, 강희안, 이개, 이선로…… 그 숱한 이름들을 어찌 다 읊겠느냐?"

"오행에 해당하는 학사들이 죽었습니다. 그다음은 태극이 뜻하는 건 곤, 즉 하늘과 땅에 해당하는 학사들이 아닐는지요?"

찌르듯 날카로운 물음에 삼문은 잠시 숨을 가다듬었다.

"네 추론이 틀리지 않다. 죽은 학사들과 나 외에 은밀한 작약시계의 8 학사가 있다. 오행과 천지인을 상징하는 학사들이지."

"그러면 그들을 위해하는 세력은 누굽니까? 어찌하여 나라의 주추를 세우고 부국강병하려는 학사들을 주살하려는 것입니까?"

"이 나라는 지금 거대한 소용돌이 속에 있다. 그것은 새것과 옛것의 대결이며, 우리의 것과 중화의 것의 대결이고, 격물을 중시하는 실용과 사장을 목숨처럼 떠받드는 경학의 대립이다. 겉으로는 새로운 왕조가 세워졌지만 조정과 유림에는 이미 완강한 기득 세력이 자리 잡았다. 태조께서 새 나라를 세우기 위해 풍찬노숙하실 때 그 뒤를 따르던 젊고 뜻있는 자들은 개국 후 공을 나누기에 급급했고 일신의 영달을 꾀하기에 바빴다. 그들은 이제 새 조정의 권신으로, 새 국시인 유학의 거두로 앞자리를 차지했다."

"모호한 고문의 뜻을 따지며 세월을 죽이고 새로운 격물을 배척하는 자들이 아닙니까? 경학서가 아닌 것들은 사문난적으로 몰아 불지르고 몇 자의 어구와 행간에 빠져드는 자들입니다."

"주상전하께서 젊은 선비들로 집현전을 세웠으나 그 또한 보수화되어 갔다. 양반, 권신의 자제들은 새 학문의 탐구나 격물의 궁리보다는 오랜 학문의 관습에 젖어들었다. 주상전하께서 그 폐해를 보시고 서운관을 통해 천문을, 봉상시를 통해 향악을 일으키고 집현전의 뜻있는 학사들에게 은밀한 과업을 주셨다."

"하오나 경학파의 세력은 엄청나게 강하고 뿌리 깊지 않습니까?"

"가진 것을 놓아야 새로운 것을 쥘 수 있다. 애써 얻은 것을 버리고 처음으로 돌아가 새로운 것을 취하는 데는 큰 용기가 필요하지. 인간의 심성 중에는 안주하고 싶은 습성이 있으니까……"

"그렇겠지요. 목숨을 걸고 새 나라를 세운 대가로 얻은 공신 작위와 벼슬, 봉록과 노비들, 그리고 세습되는 권신의 가문…… 그것들 중 어느 것도 버릴 수 없었겠지요."

"새로운 세상을 향한 젊은 학사들의 열정이 뜨거울수록 그들의 저항도

강해지고 끈질겨졌다. 불행히도 현실은 그들의 편이었다. 그들은 강하게 현실에 발 딛고 서 있었고 개혁자들은 미래의 꿈을 좇는 몽상가일 뿐이었다. 그들은 현실에서 연대 가능한 모든 세력과 연대했다. 먼 미래에 대한 꿈만으로 현실과 맞서던 개혁파 학사들이 죽음으로 내몰린 것도 그 때문이다."

삼문의 눈빛은 간절했다. 사건을 맡은 채윤에 대한 믿음 때문이었다. 이 젊은이가 아니면 이 죽음들의 근원을 영원히 밝히지 못할 것이었다.

마침내 삼문은 자리에서 일어서 뒷벽장문을 열었다. 열서너 권의 책더미를 들어내자 바닥이 드러났다. 삼문은 그 바닥의 모서리에서 가는 끈을 당겼다. 곧 벽장 바닥이 들어올려지며 그 아래로 비밀의 공간이 나타났다.

삼문은 벽장 바닥의 두꺼운 송판을 들어냈다. 그리고 조심스럽게 한 권의 서책을 꺼내 비단 도포자락으로 표지의 먼지를 쓸어냈다.

"이로써 너 또한 이 나라의 새 글의 이치를 익히게 되었다. 주상전하께 감읍하라."

채윤은 의관을 정제하고 근정전이 있는, 더 정확히는 주상이 있는 동쪽을 향해 세 번 절했다. 그리고 삼문이 내민 서책을 소중히 보듬었다.

訓民正音.

"백성을 가르치는 바른 소리란 뜻이다."

설명하지 않아도 알 만했다. 어찌하여 이 귀한 서책의 이름이 조선 문자나 조선어가 아닌지를……

그것은 조선력이 칠정산이 되고 조선의 향악이 아악이 됨과 다르지 않을 것이었다. 만일 조선이 새 문자를 가진다면 가만히 지켜보고 있을 명나라가 아니기 때문이었다.

채윤은 두근거리는 가슴을 애써 진정시키며 표지를 넘겼다. 단정한 필사체의 글씨들이 두 눈으로 빨려들어왔다.

훈민정음 해례.

우리나라 말이 중국과 달라서 한자와 서로 통하지 못한다. 그러므로 어리석은 백성들이 말하고 싶은 바가 있어도 마침내 그 뜻을 펴지 못하는 이가 많다. 내 이를 딱하게 여겨 새로 스물여덟 글자를 만드노니 사람마다 쉽게 익혀 나날의 쓰기에 편리하도록 함에 있나니라.[36]

"글자를 만든 법칙을 밝히고 그 운용을 풀어놓은 제자해 편이다."

그것은 숨바꼭질처럼 은밀하고 위태롭게 씌어진 서책이었다.

채윤은 그제야 알 것 같았다. 호위감 무휼이 비서고에서 음란한 몽골 야서를 빌려간 이유를. 그것은 주상이 고안하는 새 문자 연구에 팔사파문자가 필요했기 때문이었다. 최만리 대감이 음란한 야서에 탐닉한 이유 또한 그와 같았다. 채윤은 천천히 단정한 글귀를 따라 읽어 내려갔다.

하늘과 땅의 이치는 한 음양과 오행일 따름이니, 곤과 복-괘의 이름-의

---

36 國之語音. 異乎中國. 與文字 不相流通. 故 愚民 有所欲言 而終不得伸其情者. 多矣. 子: 一爲此憫然. 新制二十八字. 欲使人人 易習. 便於日用耳.

사이가 태극이 되고, 움직임과 고요함의 뒤가 음양이 된다. 무릇 하늘과 땅 사이에서 삶을 누리고 있는 무리들이 음양을 버리고 어찌 살겠는가?

그러므로 사람의 소리가 다 음양의 이치가 있으되, 돌아보건대 사람이 살피지 않았을 뿐이다.

이제 정음-한글-의 만듦은 처음부터 슬기로써 이룩하고 힘으로써 찾음이 아니라 다만 그 소리를 따라 그 이치를 다할 따름이니, 이치가 이미 둘이 아니거늘, 어찌 하늘과 땅과 귀신으로 더불어 그 쓰임을 같이 하지 않으리요.[37]

유려한 문장의 미로 속에서 채윤은 길을 잃기도 하고, 혼란스럽기도 했다. 그 스물여덟의 소리 가운데 찾아 헤매던 모든 것이 들어 있었다. 음양오행의 이치와 건곤의 섭리. 천, 지, 인 삼재와 천원지방의 원리. 그 모든 조화를 스물여덟 자의 글자는 완벽하게 끌어안고 있었다.

그 신묘함과 상상할 수 없는 탁월함에 채윤은 입이 다물어지지 않았다.

"이것은 또 다른 하늘과 땅이 열리는 것입니다."

"지금까지의 혼이 빠져나가고 새로운 영혼이 담김과 같다. 새로운 글자는 새로운 생각을 담는 그릇이거니……"

삼문은 서안 위의 일기첩을 꺼냈다. 그리고 그 위에 무언가를 그리기 시작했다. 서안 위의 그림은 정초 대감의 일기첩 뒷장에 그려진 바로 그 지수귀문도였다. 모양과 형태는 완벽하게 똑같았으나 각각의 꼭짓점 안에는 소이가 적어준 것과는 다른 기호들이 빽빽이 들어차 있었다. 그 모든 기호들은 훈민정음의 각각의 소리들이었다.

---

37 〈훈민정음 해례〉 전문은 부록 참조.

"마방진에서와 같이 지수귀문도에서도 각각의 숫자는 각각의 음소와 연결되는 것이었군요."

삼문은 말없이 고개를 끄덕였다.

"그렇다면 이 음소들의 위치 또한 그 소리가 나는 입속의 위치와 관련이 있겠지요?"

"그러하다. 이 서른 개의 음소들이야말로 서로 얽히고 어우러져 세상의 모든 소리를 쓸 수 있는 것이다."

그림을 내려다보던 채윤의 눈빛에 의문이 떠올랐다.

"그런데 두 개의 꼭짓점은 어찌 비어 있습니까? 새 글자는 스물여덟 자라 하셨는데 지수귀문도의 꼭짓점은 모두 서른이니 두 개의 빈칸은 무엇을 뜻합니까?"

"그것은 바로 숨어 있는 두 개의 음소를 뜻하는 것이다."

"이 스물여덟 자 말고도 또 다른 글자가 있다는 것입니까?"

"그러하다."

머릿속에 얼핏 하나의 생각이 스쳐갔다.

"혹 이 스물여덟 개의 음소는 집현전의 스물여덟 명의 학사와 관련 있지 않습니까?"

삼문의 두 눈빛이 흔들렸다.

"음소의 수가 학사들과 무슨 관련이 있다고 따지고 드느냐?"

"왼쪽 팔뚝에 문신을 한 학사들을 찾게 해달라고 아뢰러 최만리 대감을 만났을 때 최만리 대감께서는 분명 집현전 학사가 스물여덟이라 하셨습니다. 그러나 겸사복청 일지에는 분명 서른 명으로 나와 있었습니다. 지수귀문도 역시 같으니 어찌 우연이라고만 하겠습니까? 숨어 있는 음소가 있다 함은 숨어 있는 학사가 있음이 아닙니까?"

삼문이 난처한 표정으로 채윤을 내려다보았다. 이 청년은 이미 자신보다 더 많은 것을 알고 더 깊은 곳을 탐구하고 있지 않은가?

"나 또한 그 두 개의 음소와 두 명의 학사를 알고 싶다."

한참을 머뭇거린 후에야 삼문이 가까스로 대답하였다.

5

최만리는 주상과 신진학사들이 비밀리에 추진하는 계획이 가져올 엄청난 결과를 두려워하며
분노에 치를 떤다. 소이는 주상에게 다가올 위험을 직감하고 근심에 휩싸인다.

최만리는 지옥에서 돌아온 야차 같았다. 충혈된 두 눈이 불을 뿜었다.
붉게 달아오른 양쪽 관자놀이에 굵은 핏줄이 꿈틀거렸다.

"저들이 갈 곳까지 가고 말았다. 이런 날이 오지 않기를 바랐는데……
저들이 어리석은 지모로 하늘과 땅을 뒤집으려 하는구나."

심종수가 가는 눈을 반짝이며 서안 위의 종잇장을 유심히 살폈다. 어
디선가 서둘러 들고 온 듯 구겨진 종잇장에는 반듯한 필체가 가지런히
적혀 있었다. 최만리는 핏발 선 눈으로 글자들을 한 자 한 자 뜯어먹듯
읽었다.

천지자연에 소리가 있다면 반드시 천지자연의 글자가 있어야 한다.
……그러나 세상은 기후와 풍토가 나뉘었고, 소리의 기운 또한 서로 다르다.
대개 중국 밖의 나라말은 그 소리는 있으되 글자가 없어 중국 글자를 빌
려서 쓰고 있으니, 둥근 구멍에 모난 자루를 낀 것같이 서로 어긋나 어찌
능히 통하여 막힘이 없을 것인가? 요컨대 (글자란) 모두 각자가 살고 있는

곳에 따라서 정해질 것이지 강요하여 같이 할 수 없는 것이다.

우리 동방은 예악과 문장이 중국에 견줄 만하나 다만 언어가 중국과 같지 않다. 글 배우는 이는 그 뜻의 깨치기 어려움을 근심하고 법을 다스리는 이는 그 곡절의 통하기 어려움을 괴롭게 여긴다.

• • • • • •

계해년 겨울에 우리 전하께서 비로소 정음 스물여덟 자를 창제하시고, 간략하게 예의를 들어 보이시고 이름을 훈민정음이라고 지으셨다.

이 글자는 상형해서 만들되 글자 모양은 고전(古篆)을 본떴고, 소리의 원리를 바탕으로 하였으므로 음은 칠조에 맞고, 삼재의 뜻과 이기의 묘가 다 포함되지 않은 것이 없다.

이 스물여덟 자로도 전환이 무궁하여 간단하고도 요긴하고, 정하고도 통하는 까닭에, 슬기로운 사람은 하루아침을 마치기 전에 깨우치고, 어리석은 이라도 열흘이면 배울 수 있다.

이 글자로써 한문을 풀면 그 뜻을 알 수 있고, 이 글자로써 송사를 심리하면 그 실정을 알 수 있다.

바람소리, 학 울음소리, 닭 우는 소리, 개 짖는 소리도 모두 이 글자로 적을 수 있다.

자세히 글자에 대한 해석을 해서 여러 사람들을 가르치라고 분부하시니, 이에 신 집현전 응교 최 항, 부교리 박팽년, 신숙주, 수찬 성삼문, 돈녕부 주부 강희안, 집현전 부수찬 이개, 이선로 등과 더불어 삼가 여러 해와 예를 지어서, 보는 사람으로 하여금 스승이 없어도 스스로 깨우치도록 바란다.

• • • • • •

정통 11년 9월 상한, 자헌대부 · 예조판서 · 집현전 대제학 · 지춘추관

사 · 세자 우빈객, 신 정인지는 두 손 모아 절하고 머리 조아려 상가 쓴다.

"최항, 박팽년, 신숙주, 성삼문, 강희안, 이개, 이선로……!"

최만리가 어금니를 부득부득 갈 때마다 학사들의 이름이 하나하나 흘러나왔다. 분노와 배신감과 자괴감이 뒤섞인 기묘한 표정이 떠올랐다.

"그자들이 저잣거리의 왈패들처럼 몰려다닐 때부터 큰일을 벌일 줄 알고 있었습니다. 발칙한 자들이 결국 일을 그르치고 말았습니다."

최만리는 심종수의 말을 들은 척도 하지 않고 혼자 되뇌었다.

"정인지…… 정인지…… 정인지……"

글월의 말미에는 평생 한솥밥을 먹으면서 한 번도 같은 방향을 바라보지 못했던 자의 이름이 있었다. 정인지, 모든 변고의 주모자. 지엄한 궁궐을 살육의 피바다로 만든 원흉.

"정인지…… 그자가 부제학으로 현학 중의 현학을 자처하면서 어찌 뻔뻔하게도 이렇듯 사악한 글을 쓸 수 있습니까?"

"그자가 간사한 요설로 전하의 지혜를 어지럽히고 그릇된 방향으로 이끈 것이 한두 번이 아니다. 집현전에 근본 없는 서출들과 방자한 자들을 끌어들인 자가 바로 정인지가 아닌가?"

"그런 자가 부제학이니 어찌 집현전의 위상이 서겠습니까? 이 간악한 문장을 보옵소서. 중국 글자를 빌어서 씀이 둥근 구멍에 모난 자루를 낀 것같이 서로 어긋난다 하지 않습니까? 이런 궤변이 어디에 있습니까? 모든 학문이 중국의 글자로 통하고 어리석은 자를 교화하는 것도 한자이며 한 자 한 자가 우주와 세상의 이치를 담고 있는데 이처럼 정묘한 글자가 또 어디에 있을 것입니까? 그렇듯 뛰어난 글자를 버리고 새 글자를 만든다 하니 어린아이가 웃을 일입니다."

"그자의 궁리가 전혀 허황된 궤변만은 아닐 것이다."

"서당에서 처음 글을 익히는 데도 천 자가 넘는 글을 배워야 합니다. 그 후에도 명심보감, 소학, 사서삼경이 기다리고 있습니다. 뛰어난 현학이 평생을 익혀도 다 못 익히고 죽는 것이 학문이요 문자가 아닙니까? 그런데 어찌 스물여덟자로 통하며, 하루아침을 마치기 전에 깨우칠 수 있겠습니까? 저들의 사악함이 학문을 어지럽히다 못해 혹세무민하는 지경에 이르렀습니다."

심종수가 침을 튀기며 흥분했다. 최만리의 짙은 눈썹이 꿈틀거렸다.

"장영실의 의기들을 보아라. 그리고 박연의 음률을 보아라. 정초는 겨울에 꽃이 피는 온실을 만들었다. 저들의 호언이 근거 없는 것이 아니다. 두려운 것은 저들이 이미 새 문자를 완성했다는 것이다."

심종수의 입에서 헉 하는 헛숨이 나왔다.

"드러내고 하는 일이 아닌데 글자를 만드는 일을 그렇게 감쪽같이 할 수 있습니까?"

"정인지가 새 글자의 서문에 자신의 이름은 물론 참여한 학사들의 이름까지 보란 듯이 써 넣은 것은 모든 준비가 끝났다는 이야기다."

"아무리 저들이 새 글자를 만들었다 하나 어찌 천 년을 넘게 써온 한자를 대신할 수 있겠습니까? 글이란 통보와 같아서 쓰는 사람이 서로 통해야 전파되고 글로서의 기능을 하는 것인데 어느 양반 사대부가 대대로 내려 익힌 한자를 버리고 근본 모르는 새 글을 쓰겠습니까?"

"속단 마라. 바로 그 점이 저들이 뜻하는 바다." 골똘한 최만리의 표정을 심종수는 냉정하게 살폈다. 최만리는 초조함으로 바짝 마른 입술을 손바닥으로 쓰다듬었다. "새 글이 만들어지면 십 년 안에 세상이 바뀔 것이다."

"아무리 그렇기야 하겠습니까? 정인지도 밝혔듯이 새 글자가 만들어져도 스물여덟 자일 뿐입니다. 수천 년을 내려온 수만 자가 넘는 대국의 문자를 금방 만들어진 스물여덟 자가 어찌 당하겠습니까? 한강에 물 한 바가지를 붓는 것과 같습니다."

"이제 글은 사대부의 것이 아니다. 학문 또한 사대부의 전유물이 아니다."

"그것은 무슨 말씀입니까?"

"글만 익히면 세상천지가 학문하는 자들로 넘쳐날 것이다. 종놈들은 시종학을 한다고 나설 것이고 장사치들은 상학을 한다고 할 것이며 갖바치들은 피혁학을 한다고 나설 것이다. 그뿐만이 아니다. 무지렁이 농군이 송사에서 이치를 따질 것이고 세상의 모든 자들이 자기 이익을 주장하고 나설 것이다. 그렇게 되면 학문하는 사대부가 갈 곳이 어디겠느냐?"

"너무 심한 비약이십니다."

"저들은 글자를 만드는 것만으로 그치지 않을 것이다. 새 글자를 퍼뜨릴 방법을 강구할 것이다."

"염려 놓으십시오. 조선통보를 유통시키려 할 때도 시전상인들에게 헛소문을 퍼뜨려 막지 않았습니까? 저들이 아무리 뛰어난 글자를 만들었다 해도 그것을 쓸 양반 사대부가 움직이지 않으면 헛것입니다."

"글을 퍼뜨리는 방법은 그 글로 적은 책을 찍어 퍼뜨리는 것이다. 그것은 통보 몇 닢을 장사꾼들에게 쥐어주는 것과는 비교가 되지 않는다. 새로운 글에 새로운 지식을 담아서 퍼뜨린다면…… 그것은 하늘과 땅이 뒤집어지는 일이 될 것이다."

"그런데도 어찌 정인지는 그리 위험하고 사악한 일을 도모하는 원흉임을 이렇듯 만천하에 드러낸단 말입니까?"

"이것은 선전포고다! 저들이 그동안 창안해온 새 글자를 드러내려 함이다."

"정인지가 이 글자를 창안한 수장이라면 요절내야 하는 것 아닙니까?"

최만리는 자신에게 다가드는 이 사악한 눈매에 섬뜩함을 느끼며 말했다.

"정인지가 이 일을 궁리하고 학사들을 독려했으나 이 일의 수장은 아닐 것이다."

"부제학보다 높은 자가 누구입니까?"

최만리가 대답 대신 초점 잃은 두 눈으로 근정전이 있는 쪽을 바라보았다. 그의 날카로운 두 눈이 매섭게 빛났다.

"강채윤이란 겸사복놈이 학사들의 죽음을 캔다며 설치고 다닌 것이 벌써 여러 날입니다. 주인 없는 떠돌이 개처럼 궁궐 이곳저곳을 헤매더니 알 것 모를 것 죄다 캐낸 듯합니다. 그놈의 입을 막고 더 이상 애먼 짓을 못하도록 단속해야 할 듯합니다."

최만리가 채윤의 얼굴을 떠올리며 끙 한숨을 쉬었다.

"신분이 천하다 하나 똑똑한 놈이었다. 그 재주가 아깝다."

심종수는 최만리의 한숨소리를 듣는 둥 마는 둥하며 방을 나섰다.

소이는 방문을 열고 먼 산을 바라보았다. 하늘은 더욱 높고 목멱의 언저리는 붉은 단풍으로 물들었다.

이제 궁궐 안에는 아무도 없다. 영인은 입에 담지 못할 죄인이 되어 야심한 밤에 사가로 쫓겨났다. 내처져 돌아온 딸을 맞은 대감은 안채로 통하는 중문을 걸어 잠근 후 허리띠를 풀어 딸의 목을 조여 죽이고 자신도 자진하고 말았다.

저들이 이빨을 드러내고 물어뜯으려 했을 때 세자빈을 지켜주지 못한 주상과 세자를 원망하기도 했다. 한 나라의 군왕 된 자가 어찌 더러운 누명을 뒤집어쓴 자신의 식솔을 구하지 못한단 말인가? 자신의 집안도 지키지 못하는 자가 어찌 나라를 지킬 것이며 백성의 안위를 지킬 것인가?

그러나 눈물로 호소해도 어쩔 수 없는 일이 있다. 역사가 진척되고 세상이 바뀌고, 새로운 것이 낡은 것을 대처하고, 어지러운 질서가 바로잡히는 데는 피가 필요했다. 시대를 위해, 새로운 세상을 위해 희생하는 사람들이 있어야 역사는 앞으로 나아가고 세상은 발전할 수 있었다.

그 이치를 군왕인들 어찌 거스를 수 있으랴? 주상과 세자 역시 거대한 역사의 수레바퀴를 돌리기 위해 안간힘을 쓰면서도 그렇기 때문에 고통당하는 또 다른 희생자였다.

소이는 저들의 간악함을 알고 있다. 주상의 시력이 급격히 떨어지고 온몸에 종창이 끊이지 않는 것, 한창 나이인 세자 또한 병약하여 오래 연구하지 못하는 것…… 그 모든 것들이 저들의 간계와 전혀 관련 없다 하지 못할 것이었다.

그렇게 본다면 가장 큰 희생자는 바로 주상이었다. 주어진 모든 것을 즐기고, 향유하고, 베풀기만 하여도 만인의 우러름을 받는 자리다.

모든 것을 누리기만 해도 평생이 모자랄 군왕이 매일 새벽 찬바람을 무릅쓰고 간의대에 오르고, 늦은 밤 학사들을 돌보고, 침전 앞에 옥루와 흠경각을 설치해 천문을 살핀 것이 이십 년. 그러고도 모자람이 있어 하찮은 벙어리 궁인을 앉히고 밤을 밝히며 음운과 성운을 연구하지 않았던가.

식솔을 잃는 것 못지않게 세자빈에게 씌워진 더러운 누명은 주상에게 크나큰 모욕이었다. 그들은 그 점을 잘 알고 있었다. 세자빈에게 입에 담기 부끄러운 죄를 뒤집어씌우는 것은 곧 주상의 권위와 위엄에 크나큰 오점이 되리라는 것을. 여염의 여인네도 돌팔매질 당할 음탕한 죄를 국모가 될 여인이 자행했다고 한다면 궁극의 책임은 곧 임금에게 돌아갈 것이었다. 결국 그들이 노리는 것은 주상이었다.

향원정_비밀의 글자

경복궁 후원에 네모난 연못인 향원지 가운데 둥근 섬에 지은 취로정 자리에 고종이 다시 지은
정자다. 향원(香遠)이란 뜻은 〈태극도설〉을 지은 주돈이의 〈애련설(愛蓮說)〉 중 '香遠益淸(향
기는 멀수록 맑다)'에서 따왔다. 향원정 남쪽으로 취향교라는 나무다리가 있는데 원래는 건청
궁(乾淸宮)이 있는 북쪽으로 나 있었다. 6 · 25 때 파괴된 다리를 1953년 새로 만들었다.

1

〈고군통서〉의 행방을 안다는 익명의 전갈을 받은 채윤은 혼자 아미산으로 향한다.
그곳에서 채윤을 기다리는 것은…

하얀 달빛이 스산하게 밟혔다. 지난 닷새는 꿈을 꾸는 것만 같았다. 짧은 조각잠에서 퍼뜩 깨어나면 어디부터가 꿈이고 어디부터가 현실인지 분간하기 어려웠다. 거대한 무언가가 이 궁궐 안에서 움직이고 있었다. 그 뒤섞이고, 겨루고, 충돌하는 엄청난 물살에 채윤은 휩쓸려가고 있었다. 그 물살은 어디까지 잠식시킬 것인가?

겸사복청 숙소 뜰에는 달빛이 은가루를 뿌린 듯 깔려 있었다. 채윤은 반들반들 닳은 돌축대를 올라 툇마루에 걸터앉았다. 지난 닷새 동안의 피로가 물살처럼 밀려왔다.

설핏 잠이 들었을까? 아련하게 이름 부르는 소리에 화들짝 놀라 깨어났다. 달빛이 깔린 축대 아래에서 채윤을 깨운 자는 늙은 말단 겸사복 윤정후였다.

"이 사람아! 밤고양이처럼 어딜 그렇게 쏘다니나? 자네가 돌아오길 기다리느라 잠도 자지 못했네."

"무슨 일이 있는 것이오? 날 기다리다니?"

"한 식경 전쯤에 의금부에서 사람이 왔다갔네. 자넬 찾기에 행방을 알 수 없다 했더니 전할 서책이 있다며 꼭 만나기를 청하더군."

"그래서요?"

채윤이 툇마루에서 훌쩍 뛰어내려 가까이 다가섰다.

"언제가 되어도 좋으니 돌아오는 대로 이 쪽지를 전해주라더군."

윤정후가 소매 깃 사이에서 봉함된 봉투를 내밀었다. 채윤은 홱 낚아채 듯 봉투를 찢었다.

〈고군통서〉의 행방을 알고 싶다면 아미산에서 기다리겠다.

글자는 말없이 채윤을 위협하고 있었다. 채윤은 두려웠다. 알지 못했기에 두려웠다. 상대가 누구인지 모르고, 얼마나 강한지, 얼마나 악한지, 또 얼마나 잔인한지 알지 못한다. 자신을 죽이려 하는지, 도우려 하는지도 모른다.

무엇을 믿고 무작정 아미산으로 간단 말인가? 하지만 생각과 다르게 이미 신발을 꿰어 신고 아미산을 향하는 자신의 발길을 막을 수 없었다.

진실에 대한 간절함은 두려움을 이기게 했다. 그곳에 그 무엇이 기다리고 있다 해도 좋았다. 그것이 누구든 채윤이 간절하게 찾고 있는 것을 가지고 있거나 적어도 채윤이 그것을 간절히 원한다는 사실을 아는 사람이기 때문이다.

맞닥뜨려야 했다. 그곳에 서책이 있으면 그 서책을, 음모가 있으면 그 음모를, 죽음이 있으면 그 죽음을 정면으로 맞닥뜨려야 했다. 그렇지 않으면 이 미로 같은 수수께끼를 영원히 풀 수 없을 것이다.

"아니, 저 도깨비 같은 친구…… 어딜 가는 거야."

재빠른 걸음으로 축대를 뛰어내리며 채윤은 걱정 어린 윤정후의 목소리를 들었다.

하지만 그 목소리는 채윤의 발걸음을 잡지 못했다.

아미산 어귀에는 달빛이 은가루처럼 뿌려지고 있었다. 사방에 인기척은 없었다. 채윤은 가슴이 서늘해졌다.

정녕 저들의 덫에 걸린 것일까? 덫에 걸려도 상관없다는 생각은 정말 덫이라면 어떻게 하나 하는 불안으로 바뀌었다.

스적이는 갈잎 소리가 불안한 마음을 비질하듯이 재촉했다. 극도의 두려움은 진실에 대한 열망까지도 소진시켰다. 채윤은 중심을 잃은 다리를 휘청이며 아미산 이곳저곳을 두리번거렸다.

지난밤 삼문이 이곳 아미산에서 생매장을 당했다. 누군가가 누군가를 죽여야 한다면, 그리고 그곳이 이 아미산이어야 한다면……

오늘밤 죽어야 할 사람은 바로 자신인지도 몰랐다. 삼문을 죽음 직전에 구해낸 자신이 그를 대신해 죽어야 하는 것일까?

채윤은 텅 빈 아미산 한가운데서 두리번거렸다. 궁궐은 적막한 고요와 서늘한 달빛이 가득 찬 거대한 그릇이었다. 그 적요와 서늘한 위험 앞에 채윤은 혼자였다.

"겸사복 강채윤이 왔다. 모습을 드러내라."

낮지만 날카로운 목소리가 달빛 사이로 번져 나갔다. 고요 속에서 채윤은 외치고 싶었다. 고요함 속에서 채윤의 가슴은 어지럽게 끓어올랐다. 적은 이 어둠 속 어딘가에서 자신을 노려보고 있을 터였다. 평안함 속에 돋친 가시처럼, 고요 속에 스며든 독침처럼……

채윤은 다가오는 위험이 두려웠다. 하지만 그 두려움을 빨리 끝장내고 싶었다. 다가올 위험이라면 빨리 다가와 자신을 삼키기를 원했다. 감당하기 힘든 고통도 닥쳐버리면 아무것도 아니다. 불안을 견디기는 고통을 견디기보다 더욱 힘들다.

달빛을 가르는 소리가 귓전을 스쳤다. 날카롭고, 빠르고, 치명적인 소리였다. 서늘한 화살촉이 은색의 달빛을 반사했다. 또 한 번 바람을 가르는 소리가 귓전을 스쳤다.

갑자기 오른쪽 가슴이 화뜩해졌다. 흰 옷자락을 검게 물들이는 것은 끈적한 피였다. 가슴이 화끈거리고 머리가 무겁고 땅바닥이 한 바퀴 빙 돌아 벌떡 일어섰다. 이마로 땅바닥을 찧으며 채윤은 고꾸라졌다. 검은 그림자가 달빛이 내린 아미산 언덕 위에서 솟아올랐다.

채윤은 피가 솟구쳐오르는 가슴에 손을 가져갔다. 단단하고 굵은 화살촉이 가슴살을 꿰뚫고 들어가 있었다. 온 힘을 다해 화살대를 분지르자 마른 가지 소리가 났다. 화끈거림은 마침내 무지근하고 뻐근한 통증으로 변했다. 눈앞이 희미해졌다.

전쟁터에서도 화살을 맞은 적이 있다. 하지만 이런 통증은 처음이었다. 아마 뿌리나 대마 잎을 태운 연기처럼 정신을 몽롱하게 만들었다. 화살촉에 묻은 독 때문일 것이다.

'이제 맹독이 온몸에 퍼질 것이다. 그러면 사지는 나무토막처럼 굳고 심장도 돌덩이처럼 굳어 서서히 죽어가겠지?'

채윤은 그 자리에 뻣뻣하게 굳어 사지에 경련을 일으켰다.

'죽는 것은 두렵지 않다. 진실을 어둠 속에 묻어두는 것이 원통할 뿐. 저승길에서 만날 학사들에게 이 불초함을 어떻게 고할꼬?'

채윤은 오그라드는 혀를 억지로 펴면서 '아!' 긴소리로 비명을 질렀다. 그러나 그것은 비명이 아니라 입안에서 웅얼거리는 잡음에 불과했다.

검은 그림자가 언덕의 등성이를 따라 다가오고 있었다. 채윤은 천근처럼 내리덮이는 눈꺼풀을 뜨기 위해 안간힘을 썼다.

'네놈의 얼굴을 보고야 말겠다. 네놈을 내 머릿속에 새겨두고야 말겠다. 그래야 저승에서 만날 학사들의 얼굴을 뵐 면목이 설 테니까……'

하지만 그럴수록 눈알은 하얗게 희번덕거리고 마른입에서는 하얀 거품이 끓어올랐다. 점점 정신이 어렴풋해졌다. 어느새 다가온 검은 그림자가 달빛을 등지고 우뚝 섰다.

"돌아서라, 이놈아. 달빛을 바로 받아라. 네놈의 얼굴을 똑바로 쳐다볼 수 있도록."

똑바로 보고 싶었다. 그것이 무엇이든 당당하게 맞서고 싶었다. 하지만 외침은 거품이 되어 입가에서 보글보글 끓었다. 고함소리는 헉헉대는 숨소리로 입안에서만 뱅뱅 돌았다. 젊은 몸은 돌처럼 뻣뻣하게 굳어갔다.

눈앞에 있는 그림자가 죽음이라고 채윤은 확신했다. 이제야 올 데까지 온 것이다. 어디인지 모른 채 달려오기만 했던 종착점이었다.

거칠고 척박한 토지를 갈던 어린 시절, 밭고랑에 보습으로 글자를 그리며 배움에 주리고 목마르던 시절, 사지가 얼어붙는 북변에서의 개간 시절, 오랑캐의 침입과 가족의 죽음, 복수의 일념으로 싸웠던 전쟁터, 그리고 죽음의 그림자가 드리워진 궁으로 오기까지……

겨우 스물을 넘긴 나이지만 생이 너무도 길었다. 이제야 자신에게 다가온 죽음을 채윤은 나무라지 않고 받아들일 생각이었다.

살아 있음은 죽음보다 낫지 않았다. 살아 있음은 얼마나 많은 고통을 강요했던가? 배고픔과 추위와 생살을 뜯어내는 듯한 가족과의 이별과 외로움과 숱한 번민들……

이제야 온전한 죽음 앞에서 모든 것이 평안해졌다.

죽음은 삶의 반대편이 아니라 삶과 나란히 있었다. 죽음이 있기에 삶은 견딜 만했다. 불안과 두려움은 고단한 삶을 밀고 나가는 힘이기도 했다.

채윤은 끊임없이 죽음을 향해 나아가면서도 끊임없이 죽음으로부터 도망하고자 하였다. 날선 검 하나를 들고 전쟁터를 누볐던 것은 죽어도 좋다는, 빨리 죽고 싶다는 어이없는 욕망 때문이었다.

동지들이 적의 칼날 아래서 죽음이 두려워 떨고 있을 때 채윤은 적의 칼날을 향해 달려들었다. 그러나 쓰러진 것은 채윤이 아니라 적들이었다. 죽음이 궁극적으로 삶을 구축하는 모순이었다.

정신이 가물가물해졌다. 먼 데서 환영 같은 목소리가 들려왔다. 검은 그림자가 갑자기 화들짝 몸을 숙였다.

"윤아! 윤아! 어디 있느냐? 윤아!"

그 목소리는 낯익었고 그 이름은 오래 들어오던 것이었다. 윤정후와 삼문의 목소리였다. 하지만 채윤은 자신의 이름조차 기억할 수 없었다.

"윤아, 대답하여라."

대답하고 싶었다. 하지만 대답해야 할 혀는 점점 오그라들었다.

검은 그림자는 훌쩍 몸을 솟구쳐 등성이 쪽으로 달렸다. 채윤은 살을 뚫고 들어간 맹독이 피톨을 타고 몸 안으로 급속히 번져가는 것을 느끼며 정신을 잃었다.

윤정후가 삼문을 찾아간 것은 현명한 처사였다. 늙었지만 노련한 검사복은 한밤에 정체 모를 쪽지를 따라 뒤도 돌아보지 않고 멀어져간 어린 검사복이 도무지 마음에 놓이지 않았다.

채윤이 자리를 뜨고 나서야 윤정후는 무언가 잘못되었다는 사실을 직감했다. 채윤의 행방을 재차 묻는 삼문에게 윤정후는 쪽지를 받은 후 뒤

돌아볼 틈도 없이 휘적휘적 사라졌다는 말만을 되풀이했다.

삼문은 그곳이 어디인지 알고 있었다. 지난밤 살인이 일어났어야 할 장소였다. 자신이 생매장을 당했어야 할 그곳에 채윤이 있었다. 삼문은 뒷골에 벼락을 맞은 듯 놀라며 윤정후를 재촉했다. 그리고 날랜 겸사복 서너 명을 깨워 앞세우고 아미산으로 향했던 것이다.

맹독으로 정신을 잃어가는 채윤을 둘러업고 뛰며 삼문은 외쳤다.

'윤아! 죽지 마라! 죽으면 아니 된다. 죽으면 아니 된다. 너는 죽기에는 너무 젊고, 쓰러지기에는 너무나 순결하다.'

겸사복 숙직각 아랫목으로 이끄는 윤정후를 삼문은 질책했다. 맹독을 맞은 사람에게 따뜻한 아랫목은 죽음을 재촉하는 일이었다. 삼문은 채윤을 서늘한 마룻장 위에다 눕혔다. 추위 때문에 수축된 혈관은 피톨의 순환을 느리게 하여 독이 퍼지는 것을 조금이나마 늦추어줄 것이었다.

"무얼 하느냐? 내의원을 찾아가 숙직어의를 데려오너라!"

삼문의 터지는 듯한 목소리가 어두운 숙직각을 흔들었다. 젊은 겸사복들이 콩 튀듯 오갔다.

'가리온이 있었다면…… 가리온이 있었다면……'

삼문은 숨결을 거의 느낄 수 없을 정도로 약해진 호흡을 살피며 되뇌었다. 어의가 당도하기를 기다리기에는 한시가 급했다. 맹독은 청년의 몸속에서 지금도 퍼져나가고 있을 것이었다.

삼문은 피로 범벅된 채윤의 옷깃을 재빨리 풀어헤쳤다. 부러진 화살촉이 오른쪽 가슴의 윗부분에 박혀 있었다. 삼문은 뜰 아래 대기하던 젊은 겸사복 두 명에게 채윤의 어깨를 누르게 한 후 부러진 화살대를 잡아당겼다. 젊고 단단한 근육은 예기치 않게 살을 찢고 들어온 이물질을 단단히 잡고 있었다.

채윤은 혼미한 중에도 살이 뒤집어지는 고통으로 발버둥쳤다. 삼문은 화살이 박혔던 상처에 입을 대고 정신없이 피를 빨아냈다.

잠에서 덜 깬 듯한 어리숙한 용모의 어의가 달려왔다. 그는 재빠르게 채윤의 목 동맥을 더듬어 맥을 재고 환부를 헤집어보았다.

"화살촉에 비상이 칠해져 있었습니다. 온몸으로 퍼지지는 않았지만 워낙 맹독이라……"

간단히 지혈을 위한 생약을 환부에 붙이고 광목을 감은 어의는 주섬주섬 침통을 챙겼다. 더 이상 피를 흘리지 않게 해주는 것이 환자에 대한 도리라 생각하는 듯했다.

"어의란 자가 어찌 생명을 이렇게 가벼이 대하는가? 아직 숨이 붙어 있으니 방도를 기해보게!"

그제야 어의는 다시 챙기던 침통을 내려놓고 길고 굵은 침으로 어깨와 환부 주변을 쑤셔댔다.

"맥이 흐르는 경락을 차단하였으니 피톨이 당분간은 순환을 더디 할 것입니다요. 제가 할 수 있는 것은 그것이 전부입니다요. 독화살을 맞았으니 이거야 원……"

고개를 절레절레 흔들며 어의는 침 쌈지를 싸서 자리를 나섰다. 삼문은 그 뒷모습을 보면서 무어라 말하고 싶었지만 아무 말도 할 수 없었다. 이제 남은 일은 이 젊은이가 죽어가는 것을 바라보는 것밖에 없는 것인가?

삼문은 비통하고 분했다. 이렇게 죽을 젊은이가 아니었다. 이렇게 죽으려면 이곳으로 오지 말았어야 했다.

"일어나라! 눈을 떠라! 윤아, 이놈아!"

하지만 자는 듯 눈을 감은 채윤은 대답하지 않았다. 그 얼굴은 세상 모든 근심을 다 내려놓은 듯 평화로웠다.

2

채윤은 소이에게서 믿을 수 없는 사실을 발견한다.
배신감과 의혹으로 괴로워하는 채윤에게 소이는 모든 사건의 뿌리가 된 비밀을 털어놓는다.

말간 머릿속에 하나의 얼굴이 떠올랐다. 수수께끼 같은 얼굴. 여인은 저만치에서 채윤을 부르고 있었다.

"일어나십시오. 제발……"

어지러운 머릿속으로 낯선 목소리가 다가왔다. 그렇게도 듣고 싶었던 목소리. 이것이 꿈이라면 영원히 깨어나고 싶지 않았다.

"아……"

자신의 신음소리에 놀라 채윤은 흠칫 정신이 들었다. 깨어나기 싫은 꿈이었다. 눈부신 빛줄기가 눈동자를 찌르듯 비쳐들었다. 시간은 이미 정오가 지난 후였다. 시월의 공기가 정신을 맑게 헹구어냈다. 숙직각의 높은 대들보와 서까래가 보였다. 가물거리는 눈꺼풀 너머로 검고 빛나는 머릿결이 아른거렸다. 채윤이 두 눈을 부릅떴다.

납덩이 같던 얼굴에 따뜻한 미소가 감돌았다. 눈앞의 그녀는 분명 대전 나인 소이였다. 꿈속의 그녀가 어찌 이 추레한 겸사복 숙직각에 있는가? 이것은 꿈속의 꿈인가?

"정신이…… 드십니까?"

머리털이 번쩍 섰다. 단 한마디도 하지 못하던 소이가 거짓말처럼 말을 하고 있었다.

"말…… 말을 한 것이오? 지금?"

채윤이 더듬거리자 그녀는 반듯한 머리카락을 쓸어 넘겼다.

"그렇습니다."

벼락을 맞은 것처럼 자리에서 벌떡 일어났지만 꿈인지 생시인지 혼미했다. 오른쪽 가슴이 불에 덴 듯 화끈거렸다. 흰 광목이 가슴을 감고 있었다. 아픔을 느끼는 것을 보면 꿈이 아니다. 그런데 어찌 이런 일이 있을 수 있는가? 말 못하는 그녀의 입이 열리다니……

그녀는 처음부터 말을 하지 못했던 것일까? 아니면 말을 할 줄 알면서도 못하는 척했던 것일까? 어째서 그녀는 지금에 와서야 말을 하는 것인가?

무엇보다 채윤은 기뻤다. 그녀가 말 못하는 벙어리가 아니라는 사실이. 그것은 기적 같은 축복이었다. 채윤은 미칠 듯 자랑스러웠다. 그녀가 다른 누구도 아닌 자신에게 말을 걸어왔다는 사실이. 그러면서도 마음 한편에는 의심이 몰려왔다.

"어째서 당신은 멀쩡한 혀를 두고 벙어리인 양 궐 안의 모든 이들을 속이는 것이오?"

기쁨은 속았다는 배신감이 되어 달려들었다. 차가운 피와 뜨거운 피가 번갈아 심장 속으로 흘렀다.

"나는 단 한 번도 겸사복을 속이거나 감추려 한 적이 없습니다. 겸사복이 나를 벙어리로 알았던 것은 애초에 내가 벙어리였기 때문이죠."

"거짓말……"

채윤은 고통스럽게 내뱉었다.

"내 행동이 겸사복의 판단을 흐리게 하고, 진실로부터 멀어지게 했다면 용서하십시오. 하나 단 한순간도 겸사복을 속이려 하지는 않았습니다."

"돌아가시오. 더 이상 당신의 거짓에 놀아나고 싶지 않소."

"가라면 갈 것이나 마무리 지어야 할 일이 있습니다."

"우리가 정분 없는 사이이거늘 무슨 마무리할 일이 남았단 말이오?"

"글자 방진의 조화에 관해서입니다. 그 조화를 알아야 어찌하여 소녀가 말을 하며, 어찌하여 학사들이 죽어갔는지 밝힐 수 있으니까요."

채윤이 화끈거리는 상체를 벽에 기대며 눈을 빛냈다. 이미 머릿속에는 반듯한 방진의 형태와 그 안에 그려진 기호가 선명히 떠올랐다.

"그렇다면 그 방진의 한 일자는 무슨 뜻이오?"

"그것은 한 일자가 아니라 홀소리 으라 읽습니다."

"그 아래의 여섯 육자와 여덟 팔자도 그러하오?"

"그렇습니다. 여섯 육을 닮은 자는 츠라 읽고 여덟 팔자를 닮은 기호는 스 소리가 납니다."

"그렇다면 아홉 가지의 기호가 마방진의 각 공간에 위치한 이유가 무엇이오?"

"지난번 본 소리방진은 인간의 입속과 같습니다. 입속에는 깊은 목구멍에서 나는 소리가 있고 혀뿌리에서 나는 소리가 있으며 혀끝에서 나는 소리가 있으며 이 끝에서 나는 소리, 입술에서 나는 소리가 있습니다. 그 소리 나는 위치에 그 글자를 적어 소리방진이 이루어진 것입니다."

"그러면 방진의 왼쪽은 입시울 쪽이니 넉 사자를 닮은 이 부호는 입술에서 나는 소리겠군."

채윤이 그렇게 중얼거리며 자신의 입술을 모아 소리를 내려고 애썼다.

"'므'라고 읽습니다. 아랫입술과 윗입술이 붙었다 떨어지며 나는 소리입니다."

"그렇다면 그 아홉 가지가 사람이 내는 소리의 전부요?"

"그렇지 않습니다. 수많은 숫자의 조화를 하나에서 아홉 가지의 숫자로 구현한 마방진처럼 수많은 소리의 조화를 아홉 가지의 가장 단순한 소리로 짜 맞춘 것이 이 소리방진입니다. 이 아홉 가지의 소리에서 이 땅에 존재하는 모든 사람과 육축과 새와 자연의 소리가 펴가는 것입니다. 그러니 말 못하는 소녀가 이 소리방진의 원리를 알고 입을 틔게 되었습니다."

"말도 되지 않을 소리! 아무리 마법의 방진이지만 말 못하는 사람의 말문을 틔운다는 헛소리를 어찌 믿으란 말이오?"

"믿으셔야 합니다."

채윤은 괴로웠다. 철저히 믿던 사실들이 모래성처럼 무너지고 믿지 못할 사실들을 믿어야 하는 상황이 되었다. 때로 진실은 믿기 힘들고 고통스러우며 거짓은 오히려 달콤하고 받아들이기 쉽다. 의혹에 가까이 다가갈수록 그 가운데는 믿고 따르던 사람들이 있었다. 성삼문, 가리온, 무휼…… 주상은 의심쩍은 무휼을 싸고돌았고 순결하기만 한 이 여인은 알지 못할 말로 진실을 감추고 있다.

"어려서부터 저는 듣기는 하나 말을 할 수 없는 실어증을 앓았습니다. 운명처럼 저는 세자빈을 따라 궁궐로 들어왔고 주상전하께서 연구하시는 어문의 이치를 터득하게 되었습니다. 사람의 입안을 그림으로 그려 소리가 나는 위치와 방법을 하나하나 세밀히 가르치시니 닫힌 제 입이 열리고 굳었던 혀가 움직이기 시작하였습니다."

그렇게 말하며 소이는 그림 한 장을 꺼내 펼쳐 보였다.

그것은 사람의 머리를 반으로 갈라 입안의 구조를, 그리고 각각의 음이 조음되는 위치를 적은 성음표였다. 섬뜩하고 치가 떨릴 정도로 적나라한

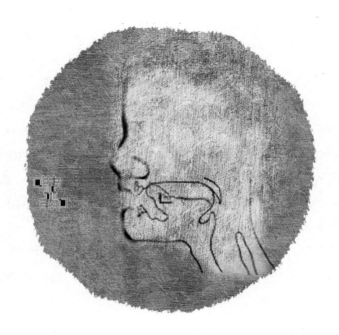

그림은 가리온의 검안소 지하 밀실에서 본 참혹한 그림 그대로였다.

그제야 채윤은 가리온이 왜 혼잣말처럼 아, 으, 이, 가, 나, 다 등의 소리를 냈는지 알 것 같았다. 그렇다면 가리온 또한 이 소리방진과 새로운 문자에 대해 알고 있었다는 말인가? 다시 혼란스러워졌다.

무엇이 진실인가? 누구를 믿을 수 있는가? 보이는 것을 믿을 수 없다면 보이지 않는 것을 어떻게 믿을 것인가?

"모르겠소. 아무것도 믿을 수 없고, 아무것도 알 수 없소. 벙어리였던 사람이 말을 하고, 일개 무수리와 정사를 논하는 주상전하를 어떻게 믿으며 최고의 현학들이 잇따라 죽어나가는 현실을 어떻게 믿을 수 있겠소."

채윤의 일그러진 표정을 살피던 그녀가 결심한 듯 자세를 곧추세웠다. 어쩌면 그녀는 오래전의 일을 떠올리는지도 모른다. 아니면 가슴속에 차곡차곡 개어둔 기억의 갈피를 천천히 펼치려는 것인지도……

"두문동을 아십니까?"

채윤은 그녀가 자신의 이야기를 시작하려는 것임을 알아차렸다. 그리고 그것은 꽤 긴 이야기가 될 것이었다.

공양왕 4년 7월, 태조 이성계는 개업 475년 만에 34대의 왕으로 고려 왕조를 닫고 조선을 열었다. 썩을 대로 썩은 정치와 빈궁과 도탄에 허덕이던 백성들은 새 왕조를 칭송하기 시작했다.

하지만 조선의 개창을 받아들이지 않고 고려에 대한 충절로 일관한 백성들 또한 없지 않았다. 불사이군이라는 대의명분을 앞세워 왕씨 고려에 충절을 지키며 이씨 조선에 나가지 않은 유학자들이었다. 그들은 새 왕조의 개국을 반대하다 살해되기도 하고 깊은 산속으로 숨어들어 은둔하며 평생을 보내기도 하였다.

마침내 일흔두 명의 유신들이 관복을 벗어던지고, 경기도 광덕산 서쪽 기슭 두문동으로 숨어들어 세상과 연을 끊었다.

태조는 집채만 한 섶 더미로 두문동을 둘러싸고 불을 질렀다. 유신들이 뛰쳐나오면 벼슬을 주고 함께 새로운 세상을 도모하려 했던 것이다. 그러나 그런 생각을 비웃기라도 하듯 선비들은 불 속에서 최후를 맞았다.

새 왕조가 개국한 지 사십 년. 지금은 몇 남지 않은 늙은이들이나 고려를 기억할 뿐이다. 하나같이 조정은 썩었고, 군왕은 무능하고, 살기는 곤궁했던 떠올리고 싶지 않은 시절이라고 말하고 있다.

그런데 그 무능하고 썩은 왕조를 위해 목숨을 바친 충절은 무엇인가? 사라진 왕조를 위해 새로운 왕조를 등진 그들은 흘러간 강물을 돌이키려는 어리석은 자들일까? 아니면 자신이 신봉하는 절대적인 가치를 위해

멸사봉공하는 의로운 자들일까?

채윤은 잠시 생각했다. 지금의 자신에게 그들과 똑같은 상황이 주어지고 선택을 강요당한다면 어떤 선택을 할 것인가?

"그들의 절개와 충절이 갸륵하나 이미 사십 년 전의 일이오. 두문동이 당신과 무슨 연관이 있길래……"

"소인의 할아비는 두문동 72현 중 한 분이었습니다. 천신만고 끝에 불섶을 빠져나온 소녀의 아비는 한양으로 숨어들어 남촌 어귀에 흙집을 짓고 자리를 잡았습니다. 그곳에는 조선에 출사하는 고려 유신들이 많았고 일부는 고려 복위운동에 몸담고 있었지요. 그들은 칼로써 일어나는 자는 칼로써 망할 것임을 굳게 믿으며 속절없는 부흥운동에 나섰지요. 아비는 대갓집을 돌며 똥장군을 져 나르면서 대갓집들의 내부 구조와 정황을 염탐했지요."

채윤은 귓속이 먹먹해져 꿀꺽 침을 삼켰다. 그녀의 지나온 세월이 어땠는지 짐작이 갔다. 부모를 잃은 혈혈단신으로 세상과 맞닥뜨리며 생명을 부지해온 세월. 그것은 채윤 자신의 삶이기도 했다.

"고려 조정에 출사하고 두문동으로 들어갔다면 역적의 멍에를 썼을 터인데 어찌 궁인이 되었소?"

"아비는 소녀 또한 고려의 충신이기를 빌었습니다. 어린 소녀를 봉판 윤의 집에다 맡긴 뜻은 보잘것없는 딸자식을 사대부 집안의 염탐꾼으로 기르기 위해서였습니다. 그러나 운명이란 우스워 주인댁의 아씨가 세자빈으로 간택이 되고 입궐을 했으니……"

채윤은 섬뜩했다. 조선을 뒤엎고 고려를 복위하려는 역적패들의 잔당이 있었다는 이야기는 들어 알고 있다. 그런데 세자빈의 본방나인에다 주상의 총애를 받는 이 여인이 그 잔당이라니……

더더욱 모를 것투성이였다. 소이의 말소리가 나직한 개울물 소리처럼 담담하게 이어졌다.

세자빈의 처신은 하루하루가 얼음장 위를 걷는 것처럼 아슬아슬했다. 새벽 바루종이 울리면 침소에서 일어나 세자와 함께 대전 문안인사를 올렸다. 소이는 세자빈의 몸치장과 차림새를 매만지고 뒤를 따랐다.

궁궐이란 어린 세자빈 혼자 헤쳐나가기에는 고적하고 험한 곳이었다. 소이는 세자빈이 내밀한 속마음을 털어놓는 상대로 수족처럼 기쁨과 슬픔, 괴로움과 즐거움을 함께했다.

국혼이 있은 지 두어 해가 지나갔다. 대전 지밀상궁이 동궁의 세자빈을 찾아온 것은 그때쯤이었다. 놀란 세자빈에게 지밀상궁은 곧 연생전으로 대령하라는 어명을 전했다.

연생전에는 주상과 세자, 그리고 학사 성삼문, 이개가 모여 있었다. 세자빈이 누 위에 올라섰다. 소이는 머뭇거리며 계단을 올라서 먼발치에서 이마를 바닥에 댔다.

"내 오늘 너희를 부른 것은 더불어 특별한 일을 의논하려 함이다."

너희라 함은 곧 세자빈과 소이를 함께 일컬음이었다. 소이의 가슴은 세찬 채질을 맞은 북 가죽처럼 떨렸다. 만백성의 어버이라는 주상이 어찌 비천한 일개 궁녀를 부른단 말인가?

"소이라 했느냐?"

소이는 대답하지 못했다. 주상의 물음에 선뜻 대답하지 못하는 것이 얼마나 큰 불충인가? 등줄기에 식은땀이 흘렀다. 지밀상궁이 준비했던 지필묵을 대령했다. 소이는 그제야 필을 들고 썼다.

"是乎(그렇습니다)."

지밀상궁이 아직 먹물이 마르지 않은 소이의 글을 내보였다. 부드러운 수염 사이로 슬쩍 웃음기가 비쳤다.

"세자빈이 입궐할 때 궁궐 여기저기서 말이 없지 않았다. 그 여종이 듣기는 하되 말 못하는 처지이므로 입궐시킴이 옳지 않다 하였다. 그러나 세자빈과 동기보다 더 절친한 사이라 하여 입궐을 허했다. 말 못한다 하나 명석함과 기민함이 양가의 규수에 뒤지지 않는다 들었다."

소이의 마음속에서 격랑이 일었다. 주상은 말을 이었다.

"본방나인이 비록 말하지 못하나 특별한 방식으로 세자빈과 대화한다 들었는데 사실이냐?"

호기심 가득한 맑은 눈으로 주상은 세자빈의 말을 기다렸다.

"그렇습니다. 비록 말하지 못하나 갖가지 방식으로 서로 뜻이 통하는데 장애가 없습니다."

"그것은 어떤 방식이냐?"

"어깨너머 〈천자문〉과 〈동몽선습〉을 익혔고 〈소학〉을 읽었습니다. 몸짓과 표정으로 통하지 않는 대개의 뜻은 한자로 통했습니다."

"한자를 써서 뜻을 통한다면 그것을 어찌 특별한 방식이라 하겠느냐?"

주상은 다시 호기심 가득한 눈으로 캐물었다.

"실은 저희 둘 사이에만 통하는 글자로 소리를 적어 뜻을 전합니다."

주상의 두 눈이 날카롭게 빛났다.

"글자로 소리를 적는다?"

"그렇습니다. 한문은 본디 하나의 뜻에 하나의 글자가 대응하나 우리말과 같지 아니하여 일상적인 말을 전할 길이 없습니다. 또 글자의 순서로 문장을 이루니 한없이 어려워 마땅히 따라갈 수가 없습니다. 그리하여 한자의 소리남과 뜻을 따서 어우러지게 하여 씁니다. 가령 '가람에 간다'

란 뜻은 江行(강행)이라 적지 않고 江厓行(강애행)이라 적어 '가람에 감'을 표시합니다."

"옛사람 설총이 한문을 쉽게 읽고 쓰게 하기 위해 이두를 만듦과 같구나. 이두를 알지 못한 채 나름의 표기법으로 뜻을 통했다니 그 기지가 놀랍다."

"사람 간에 뜻이 통함은 말을 잘하고 못함에 있지 않습니다. 서로의 마음에 다가가려 한다면 말이 없고 글이 없어도 아무런 흠이 되지 못합니다."

세자빈의 말에 주상은 고개를 끄덕였다.

"모든 백성이 서로 아끼고 배려하여 선의로 통한다면 요순의 이상국이다. 그러나 세상에는 말하지 않으면 묻히는 진심이 있고 글로 남기지 않으면 날아가버리는 선의도 있다. 쉽게 통하는 말과 글은 곧 선의를 더욱 의롭게 하고 호의를 두텁게 하는 도구가 될 것이다. 그러니 너희 또한 서로가 통하는 글을 만들어 쓰지 않았더냐?"

"그러나 그 글 또한 정교하지 못하고 한자를 빌려 몇몇 토씨를 만들어 쓸 뿐입니다."

"중국말과 우리말은 본디 다른 뿌리에서 나온 것이다. 그러니 중국의 문자로 우리말을 쓰는 것은 어불성설이다. 나랏말에는 그 말을 쓰기에 적합한 나랏글이 있어야 한다."

"나랏글이라면 어떤 글자이옵니까?"

"소리가 주인이 되는 글자다. 사람의 소리를 정확하게 쓸 수만 있다면 수만 글자를 일일이 익히지 않고도 얼마든지 뜻이 통할지니……"

오래전부터 말과 글에 대한 주상의 곰삭은 생각이었다. 소이는 무언가 자신이 모르는 거대한 일이 진행되고 있음을 느낄 수 있었다.

"내 오래 소리를 탐구하였으니 소이는 사람의 소리를 궁리하기에 뛰어나다. 말을 하지 못하므로 그 발음과 성음기관이 아무것도 그려지지 않은 화선지 같아 어떤 음이라도 수용할 수 있기 때문이다."

주상의 말에 세자빈은 고개를 쳐들었다.

"소이의 모자람이 전하의 궁리에 도움이 될 수 있음이 황공하옵니다."

"학문에 군왕과 신하가 없고, 아비와 자식이 없고, 윗사람과 아랫사람이 없다. 오로지 궁리의 궁극에 다다른 자와 그렇지 못한 자가 있을 뿐이다. 내 오래 소리에 천착했다 하나 독자적인 소리의 기호를 만들어 쓴 소이와 세자빈이야말로 소리 기호의 궁극에 가까이 가 있다. 너희들의 지혜를 빌리려 하니 본방나인 소이는 오늘부터 대전궁녀로 근무하라."

청천벽력 같은 하교였다. 지난 십오 년 동안 하루도 떨어지지 않았던 둘 사이가 마른 장작처럼 쪼개져 나뒹굴었다.

대전궁녀가 된다는 것은 대전상궁의 무수리가 되어야 한다는 말이었다. 그것은 곧 세자빈이 있는 동궁을 떠나 상궁전에 거해야 함을 뜻했다. 이제 더 이상 세자빈의 아침상을 들일 수도, 말동무가 되어줄 수도, 힘든 일을 털어놓는 동기가 되어줄 수도 없는 것이다.

소이의 맑은 두 눈에서 소리 없는 눈물이 주르륵 흘러내렸다.

대전으로 옮긴 소이는 대전 김상궁 처소에 속했다.[38] 지밀의 대령상궁인 김상궁은 거의 종일 대전에 머물렀다. 어떻게 이곳까지 오게 되었는지 알 수 없었지만 소이는 눈앞의 운명을 피하지 않으리라 생각했다.

---

38 상궁의 처소에는 상전을 이십사 시간 모시는 잔심부름꾼인 방자, 밥하는 여종인 취반비, 빨래, 그리고 설거지에 필요한 물을 길어다 붓는 무수리 등의 하녀가 있다. 이는 상궁들이 일념으로 왕과 왕실을 위해 일하도록 하기 위해서였다.

다시 주상의 부름이 있었던 것은 보름이 지날 무렵이었다. 김상궁은 옷장을 뒤져 남색 저고리를 꺼내 입혔다. 어리둥절한 소이에게 김상궁은 말했다.

"내일 아침 연생에서 주상전하께서 강하실 성운학을 받자올 것이다."

나무토막이 부러지는 듯한 김상궁의 말에 소이의 두 눈이 커졌다.

"聲韻學 何(성운학이란 무엇입니까)?"

소녀의 불안을 읽은 듯 김상궁은 부드럽게 웃었다.

"사람의 소리와 그 운을 따지는 학문이다."

다음 날 남색 저고리와 다홍치마를 입은 소이는 김상궁의 뒤를 따랐다. 연생전에는 주상을 비롯한 서너 명의 나인들이 다소곳이 앉아 있었다. 상궁 나인들의 맨 윗자리에 세자빈이 앉아 있었다. 동궁을 떠나온 지 보름 만에 뵙는 세자빈의 얼굴이었다.

"대저 사람의 소리 있음이 오행에 근본을 둔다. 그러므로 네 철에 어울려 거슬리지 않으며, 다섯 소리39에 맞아서 어기지 않는다."

주상의 목소리가 나직이 흘렀다.

"소리가 봄 여름 가을 겨울의 사시에 어우러지며 궁상각치우의 노랫가락에 견줄 수 있다 하심은 알기 어렵습니다."

대령상궁이 반문했다. 소이의 미간에 깊은 주름이 생겼다. 군왕의 하교에 생각해볼 겨를조차 없이 그 뜻을 반문하는 무례함이라니……

'세상에 위와 아래가 있고 반상이 있으며 임금과 신하가 있다. 시정의 잡배나 두메의 농군에게도 위아래가 있음은 물이 위에서 아래로 흐름과 같다. 그러나 세인의 모범이 되어야 할 궁궐의 가장 깊은 내전에 어찌 있

---

39   궁상각치우(宮商角徵羽).

어야 할 법도가 없는가? 군왕과 신하가 없고, 귀한 자와 천한 자의 구별이 없으며, 가르치는 자와 배우는 자가 없고, 사내와 계집의 구분조차 없지 아니한가? 이곳이 기강이 문란하고 도덕이 땅에 떨어진 고려를 멸하고 이상으로 세운 나라의 군왕이 사는 궁궐인가? 대낮부터 궐 안 상궁 나인들과 희언을 노닥거리는 자가 군왕인가? 어쩌면 아비의 말대로 무너져야 할 나라는 고려가 아니라 이 나라가 아닌가?'

그러나 그 무례함이 간단없는 학문에의 천착이었고 그 문란함이 새로운 문자에 대한 뜨거운 열정임을 소이는 곧 알게 되었다. 소이는 지금도 기억하고 있다.

연생전에 모여든 상궁, 나인들이 주상의 하교에 따라 낭랑하게 발음하던 소리들…… 아, 으, 이, 오, 우, 와, 외, 위…… 매미소리가 고막을 찌르는 한여름이면 대청마루에서 미, 매, 메…… 풀벌레 소리가 찌르르찌르르 들리는 가을밤에는 츠, 치, 쓰, 스, 시……

누구도 깊은 궁궐 안에서 주상과 상궁, 나인들이 그런 해괴한 짓을 하고 있을 줄 몰랐다. 은밀한 회합이 거듭될 때마다 소이는 주상의 가슴속에서 풀무질하는 뜨거운 불길이 자신의 가슴으로 옮겨 붙는 것을 느꼈다.

한 번, 두 번, 모임에 참례할 때마다 소이는 오묘한 소리의 이치를 하나하나 깨달아 갔다. 목구멍소리와 혓소리, 잇소리와 입천장소리, 입술소리가 오행과 궁상각치우에 조응함이며 아, 으, 이의 홀소리가 소리의 씨앗이 됨도 알 수 있었다.

여름의 소나기 소리와 겨울 아침의 고요한 눈 내리는 소리, 갈잎을 스치는 바람소리와 풀벌레의 찌르르찌르르 우는 소리가 아름답다 하나 어찌 사람의 소리에 비할 것인가? 깊고 얕으며, 밝고 어두우며, 미끄럽고 거칠며, 여리고 센 소리의 조화가 좁은 목구멍과 입안에서 모두 이루어졌다.

사람의 입속의 조화란 무엇인가? 어떻게 혀와 이와 입술과 입천장이 소리를 다르게 만들 수 있는가? 소이는 그것이 못내 궁금하였다.

모여든 여인들의 목소리가 잦아들면 주상은 부드러운 목소리로 강했다. "사람의 소리에 음양의 이치가 있으니 글자 또한 그 꼴을 본따서 짓는다. 목구멍이 깊숙하고 미끄러움은 물이다. 소리가 비고 통함이 맑은 물의 흐름과 같으니, 철로는 겨울이 되고, 소리로는 우가 된다. 목구멍소리 ㅇ은 목구멍의 꼴을 본뜬 것이다. 어금니가 어긋나고 깊은 나무다……"

주상은 사람의 소리를 다섯 가지로 구별하고 각각의 소리를 표기하는 기호를 만들었다. 입속에서, 혹은 머릿속에서 서로 얽히고설켜 혼란하기만 하던 목소리를 오색실을 뽑아내듯이 가지런하게 뽑아낸 것이었다.

소리가 엉기지 않고 이렇듯 가지런하게 순수할 수만 있다면 그 가장 순수한 소리들을 익히는 것으로 수많은 소리를 만들어낼 수 있지 않을까?

소이의 머릿속에 번개가 치듯 번쩍 밝아졌다. 소이는 앞에 놓인 세필을 들어 먹물을 찍었다. 그리고 반듯한 사각형 하나를 그렸다. 주상의 물 흐르는 듯한 강연은 계속되었다.

"·는 혀가 움츠러들고 소리가 깊으니 꼴의 둥근 것은 하늘을 본뜬 것이다. ㅡ는 혀가 조금 움츠러들고 소리가 깊지도 않고 얕지도 않으니 꼴의 평평함은 땅을 본뜬 것이다. ㅣ는 혀가 움츠러들지 않고 소리가 옅으니 꼴의 섬은 사람을 본뜬 것이다…… 이와 같이 하여 천, 지, 인의 씨앗이 서로 모이고 흩어져 각기 다른 소리를 만들어낸다."

어느덧 소이 앞의 반듯한 사각형에는 그림이 그려져 있었다. 안개 속처럼 흐릿하던 소리의 이치가 간단한 그림 위에 정리되었다. 주상은 다소곳이 눈을 내리깔고 있는 소이를 바라보았다.

"말을 하지 못하는 네 지력이 모든 상궁 나인들보다 나으니 앞으로 즐

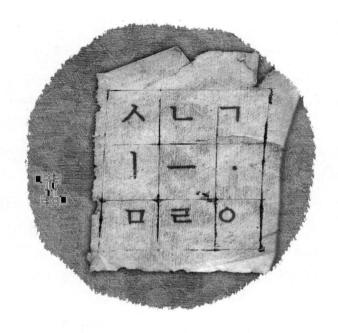

겨 너와 성운을 논하겠다."

상궁 나인들이 눈길을 깔며 숙연해졌다. 주상은 좌중을 둘러보며 나지막이 말을 이었다.

"오늘 경연은 이것으로 되었다. 그러니 다들 물러가라."

상궁 나인들이 자리에서 일어서 두 번 배했다. 소이는 두 손을 모은 채 뒷걸음으로 물러났다.

"소이는 잠시 그곳에 머물라."

방 안에서 오래된 지필묵 향기가 났다.

"일찍이 내시부와 제조상궁이 세자빈의 몸종이 말을 못하므로 궐에 들일 수 없다 하였다. 그러나 나는 그 간언들을 듣지 아니하였으되, 네 말 못하는 처지로 인하여 죄받음이 합당치 않은 까닭이다."

소이의 큰 눈에 눈물이 맺혔다. 철들 무렵부터 '벙어리'란 말은 업보처럼 따라다녔다. 머슴들과 계집종들은 '벙어리'라고 놀렸고 나이든 여종들은 쯧쯧 혀를 차며 가엾어 했다. 멸시가 아니면 동정. 그것이 소이를 보는 사람들의 눈길이었다.

집 밖 출입을 할 때마다 소이는 또래 아이들의 놀림과 날아드는 돌팔매에 멍이 들었다. 그렇게 비천한 자신에게 나직나직 은혜로운 말을 건네는 사람이 이 나라의 군왕이었다. 지나던 시정잡배에게조차 놀림감이 되던 모자람을 허물 삼지 않고 오히려 큰일에 쓰려는 것이다.

"사람이란 누구나 모자란 구석이 있는 법. 천하의 현학도 깨치지 못한 바가 있고 무예의 고수도 생각지 못한 허점이 있다. 말 못하는 설움만도 힘겨운데 그 모자람을 어찌 허물로 돌릴 것인가?"

소이는 눈물 때문에 어른거리는 눈으로 앞에 놓인 세필을 들고 끼적였다. 소이의 붓끝을 가만히 바라보던 세자빈이 흔들리는 붓끝에 담긴 뜻을 그대로 읽어 전했다.

"어찌 말 못하는 병신의 모자람이 성업에 보탬이 되오리까?"

북받치는 설움과 감격을 아는지 모르는지 주상은 말을 이었다.

"이 궁중 안에 너만 한 운학의 현학이 없다. 저잣거리를 살피고 팔도를 헤집어도 너처럼 말하지 않고 글로써 능히 제 뜻을 펴는 자가 없다."

소이는 알고 있다. 사람들이 쓰는 말이 얼마나 부정확하고 어설픈지. '아'라고 말한다고 모두 같은 '아'가 아니다. 보통 사람의 귀에는 들리지 않는 세밀한 성조의 변화와 음률의 차이도 소이는 알아차릴 수 있었다.

"말 못하는 대신 네 귀는 보통 사람보다 정묘하고 민감하다. 다른 사람이 들을 수 없는 소리를 듣고 구별할 수 없는 소리를 구별하지 않더냐? 또한 네 입은 철든 후에 말을 한 적 없으니 아무것도 그려지지 않은 화선지 같다. 그리는 대로 먹물을 먹으니 이미 일상적인 말소리에 익어버린 사람의 입과 다르다."

주상의 말에는 틀림이 없었다. 같은 '아'라 하지만 아이의 소리와 어른의 소리가 다르고, 여름에 내는 소리와 겨울에 내는 소리가 다름은 사람의 몸과 자연의 시에 따라 같은 소리가 달라짐이다. 방금 잠에서 깨어 내는 '아' 소리가 다르고 배고플 때와 배부를 때의 '아' 소리가 다르며 양반과 상놈의 '아' 소리가 다르다는 것을 소이는 알고 있다.

수많은 소리의 뭉치가 있는 데서 각각의 순수한 소리를 구별해 듣는 것도 소이의 귀였고 그 각각의 소리가 사람에 따라 다른 것을 알아차리는 것도 소이의 귀였다.

시간은 빠르게 흘러갔다. 사흘에 한 번, 혹은 닷새에 한 번, 은밀한 회합은 소이에게는 비밀스런 기쁨이었다. 그 자리에서 세자빈을 만나고, 용안을 볼 수 있었다. 그리고 소리가 그렇게도 아름다운 것임을 깨달을 수 있었다.

낭랑한 상궁, 나인들의 말소리가 나직나직 아련하게 떠돌고 주상의 강(講)이 이어졌다. 주상은 손수 지필묵을 앞에 놓고 화선지 위에 글을 썼다. 소이는 그 부드러운 붓끝의 움직임을 홀린 듯 바라보았다.

하얀 종이는 기다렸다는 듯 검은 먹물을 빨아들였다. 반듯한 글씨가 종이 위에 새겨졌다.

가랑.

"무엇이더냐?"

붓끝을 벼루에 걸치며 주상은 하문하였다.

"가람이옵니다."

나직하고 다소곳한 목소리가 조용히 실내를 떠돌았다.

"가람이라 적었기에 가람이라 읽었다. 이것이 우리말에 걸맞은 우리의 글이 아니냐?"

소이는 그 미소에서 참으로 행복한 한 남자의 모습을 보았다. 주상과 상궁 나인들의 물음과 답은 계속되었다.

꽃, 여름, 믈, 불휘, 남간……

주상이 반듯한 글씨를 쓰면 상궁 나인들은 나직이 읽었다. 어떤 날에는 주상이 물음을 쓰고 상궁 나인들이 그 답을 적었다.

"여름날 가장 그리운 것이 무엇이더냐?"

그렇게 쓴 물음에 상궁 나인들은 제각기 생각한 답을 적었다.

"어름이옵니다", "눈이옵니다", "가람이옵니다."

거기에는 말과 말로써 관계하는 소통과는 다른 무엇이 있었다. 순식간에 사라져버리는 말과는 달리 글은 영원히 남았다.

오후 한나절의 경연은 숨 가쁘게 지나갔다. 그것은 학문이라 하기엔 낯선 풍경이었지만 어떤 경학의 궁리나 이기론의 토론보다도 뜨거웠다.

"소이는 잠시 그곳에 머물라"

경연이 끝나고 뒷걸음으로 문을 나서던 소이의 발끝이 주춤했다. 고개를 숙인 소이의 귀에 상궁 나인들의 풀 먹인 치맛살이 사각거리는 소리가 들렸다.

주상은 상궁 나인들이 적은 답변을 하나하나 나직하게 소리 내어 읽었다.

"어름이옵니다, 눈이옵니다, 가람이옵니다…… 허허…… 신묘하지 않으냐? 그 말을 한 사람은 이곳에 없는데 그 했던 말이 그대로 남아 그때를 돌이켜 생각나게 하느니……"

주상은 연신 미소를 거두지 않았다.

"그러하옵니다. 이 신묘한 글자는 흐르는 물이 얼되 물의 성질을 잃지 않음같이 제멋대로 흐르는 말이 굳어 글자가 되었으나 그 소리가 가진 원래의 뜻을 고스란히 담고 있습니다."

세자빈이 호기심 어린 눈빛으로 대답했다. 주상은 소이에게 시선을 옮기며 다시 말을 이었다.

"이 종이에 적힌 글들을 읽으면 무슨 이야기가 오갔는지 숨김없이 드러날 것이다. 그러니 너는 경연이 끝나면 이 종이들을 아궁이로 가져가 마지막 한 장까지 태워 없애라."

소이는 화들짝 놀랐다. 주상은 그녀의 눈이 입을 대신해 묻는 말을 알아차렸다.

"만백성의 군왕이 무엇이 두려워 증거를 태워 없애느냐고 묻는 것이냐?"

소이가 대답 대신 고개를 숙였다. 당돌한 질문이었다. 그러나 주상은 불경을 따뜻한 미소로 거두었다.

"나라의 말을 나라의 글로 쓰는 것이 지극히 당연한 일이나 그것이 마음 같지 않다. 대국과 소국이 있으니 소국은 살아남는 방법을 강구해야 한다. 조선이 대국의 글을 버리고 글자를 만들어 쓴다면 대국이 가만있지 않을 것이다. 만백성의 편리와 나은 삶 살이를 꾀하여 만든 글 때문에 백성을 도탄에 빠뜨릴 수야 없지 않느냐? 그러니 이 일은 집현전 현학들에게조차 함부로 발설하지 못할 은밀한 일이다. 내 상궁 나인들과 더불어

이 글을 궁리함도 그 은밀함을 지키려 함이다."

소이는 상궁 나인들의 답지를 조심스럽게 챙겨 아궁이로 갔다. 한 장 한 장 펄럭거리는 불길이 얇은 종이를 휩싸며 검은 재로 남겼다. 두 번, 세 번 아궁이 속을 들여다보며 검은 재가 완전히 바스러진 것을 확인하고 돌아 나오자 뜰 앞에 주상과 세자빈이 소이를 기다리고 있었다.

"더 논할 일이 있으니 따르라!"

세자빈이 주상의 뒤를, 그리고 소이가 그 뒤를 다소곳이 따랐다. 그리고 그들의 뒤를 호위감 무휼이 조심스런 눈빛으로 따랐다.

주상은 말없이 취로정으로 이어진 긴 나무다리를 건넜다. 단단한 목조다리는 가운데가 비스듬히 봉긋한 모양이었다.

정자 위로 올라서자 다른 세상처럼 느껴졌다. 사방은 향원지의 물결로 둘러싸여 있었고 조용한 정자는 세상과 외따로 떨어진 듯했다. 그 작은 정자는 세 사람만을 위한 은밀한 장소였다. 누구도 방해할 수 없고, 누구도 가까이할 수 없는 회합이었다.

오후의 햇살에 반짝이는 조용한 물살 너머로 수많은 전각의 지붕이며 날아갈 듯한 처마들이 보였다. 누구도 눈여겨보지 않던 초라한 정자였으나 그곳에서 본 풍경은 완전히 달랐다. 그 작은 정자는 넓은 궁궐의 크고 웅장한 전각들과 풍경을 모두 거느린 듯했다.

어쩌면 주상은 향원지를 파고 취로정을 짓듯 소이를 거둔 것일지도 몰랐다. 무심한 눈에는 그저 초라한 벙어리 종년으로 보일 뿐이지만 감춰진 현명함을 일구어 쓰려 함이었다.

소이는 취로정에서 바라보는 이 풍경을 잊지 못할 것 같았다. 찰랑거리는 물소리에 귀를 기울이던 주상이 입을 열었다.

"네 소리 내는 기관이 온전하니 소리의 이치를 알고 조음법을 익히면 말을 할 수 있을 것이다."

소이의 동공이 커지며 입이 벌어졌다. 말을 한다? 철든 이후로 단 한마디도 하지 못한 벙어리가 말을 한다? 주상은 분명 그렇게 말했다.

"소리의 씨앗이라 할 닿소리와 홀소리 글자를 만들었다. 사람의 소리 내는 입 모양을 따서 만들었으니 누구든지 그대로 하면 말할 수 있을 것이다. 내 너와 더불어 이 글자의 쓰임을 시험하고자 하니 만약 네가 말을 한다면 그 글자는 온전히 쓰일 것이다."

아무리 신묘한 글자라 하나 말 못하는 사람이 말을 하게 된다는 것은 개가 들어도 웃을 일이다. 정녕 주상이 깊이 학문에 몰두하다 정신마저 혼미해진 것인가? 어찌 노망난 노인네도 입에 담지 않을 헛소리를 하는가?

세자빈 또한 놀라기는 마찬가지였다.

"받잡기 민망하오나 장안의 뛰어난 의원들조차 손을 내저었사옵니다."

주상은 미소를 거두지 않고 말을 이었다.

"말하되 쓸 줄 모르니 불편이나 쓰되 말하지 못하는 고통이 다르지 않을 것이다. 어려운 한자와 담을 쌓은 무지렁이 백성들이나 말하는 것이 어려운 소이나 답답한 것은 마찬가지다. 지금 내 곁에 있는 자의 고통을 덜어주지 않고 어찌 만백성의 군왕이라 감히 말하리."

주상의 말 맺음이 떨렸다. 소이는 그 떨림 속에서 한 남자의 고독한 신념을 엿보았다. 그것은 진실로 자신의 굳어버린 입을 열고 온 백성의 닫힌 문미를 깨우치려는 뜻이었다.

그것이 가능한 일일까? 벙어리가 말을 하고 일자무식의 무지렁이들이 모두 글을 깨치는 것이?

어쩌면…… 이 남자라면 그 불가능한 꿈을 이룰 수도 있을 거라고 소이

는 생각했다. 하늘 아래 이루지 못할 일 없는 군왕이라서가 아니라 진실
로 새로운 질서가 지배하는 새로운 시대를 꿈꾸는 집념 때문이었다. 어느
새 소이는 그 꿈이 이루어지리라고 믿고 그렇게 되기를 간절히 기원하고
있었다.

소이는 홀린 듯 붓을 들어 써나갔다. 그것은 세자빈과 소이 사이에만
통하는 한자와 훈이 섞이고 새로이 배운 몇 자의 새 글자가 덧붙여진 낯
선 문장이었다. 세자빈은 떠듬거리며 기묘한 글자들을 해독하듯 읽어나
갔다.

"쇼人 誠心乙 多하女 聖業애 某音 받吳泣니다(소인 성심을 다하여 성업에
몸 받치옵니다)."

주상은 그 짧은 몇 자의 글월에서 뜨거운 마음을 읽었다.

"이제 너는 글의 이치에 통달하였으니 말로써 뜻을 드러내어라."

어처구니없는 하교였다. 이름난 의원조차 포기한 벙어리에게 말을 하
라니…… 그런 일이 일어난다면 그것은 기적이 될 것이었다. 그러나 누구
도 그 말을 어처구니없다고 생각하지 않았다. 기적은 일어날 것이었다.

바쁜 궁인들의 발걸음이 잦은 내각사를 빠져나가면 소이의 가슴은 마
구 뛰었다. 한쪽 겨드랑이에는 노루털 빗자루와 명주천 걸레를 담은 광주
리가 끼어 있었다.

멀리 취로정의 팔각지붕이 보이면 가슴이 뛰었다. 연못을 가로지르는
다리를 건널 때면 고요하고 안온한 다른 세상으로 가는 것 같았다. 정자
에 오르면 팔목을 걷고 노루털 빗자루로 먼지를 쓸어냈다. 검고 반들거리
는 마룻바닥이 드러나면 마음속에 가라앉은 먼지도 쓸려나가는 듯했다.
비질이 끝나면 마른 명주 천으로 마루를 닦아냈다.

마루 한가운데 손때 묻어 반들거리는 다갈색 서안의 구석구석을 닦으며 소이는 한 남자의 체취를 느꼈다. 바람이 불면 철썩철썩 기슭 물소리에 속마음을 들킨 것 같아 화들짝 놀랐다.

소제가 끝나면 세자빈이 무지개다리를 건너왔다. 곧 붉은 용포차림의 주상이 성큼성큼 다리를 건넜다. 은밀한 회합이 시작되었다.

"소이는 이 구도를 세밀히 관찰하라"

주상은 용포의 소맷자락에서 한 장의 종이를 꺼내 서안 위에 펼쳤다.

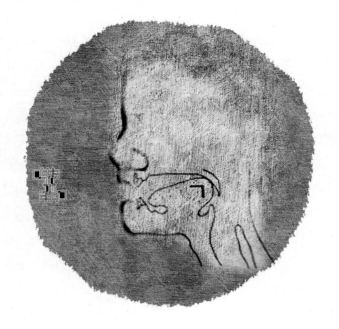

사람의 옆얼굴을 그렸으되 일상적인 모습과는 완전히 달랐다. 옆얼굴이라면 당연 눈과 코와 귀와 입을 묘사해야 하고 뺨 위의 구레나룻이나 광대뼈가 있어야 할 것이었다. 그러나 머리를 쪼갠 듯한 그림은 보는 것만으로도 역겹고 처참했다.

머릿속으로 연결된 관은 목구멍 깊은 곳까지 연결되어 있었다. 입안에는 혀와 이와 입천장, 입술의 단면이 그대로 드러나 있었다. 온몸에 오싹 소름이 돋으며 울컥 구역이 치밀었다.

"본디 사람의 몸은 영혼을 담는 그릇으로 세상 무엇보다 소중하고 귀한 것이옵니다. 하온데 사람의 머리를 반으로 열어 이렇듯 끔찍한 형상을 보이시니 몸 둘 바를 모르겠사옵니다."

세자빈이 울컥 헛구역을 참으며 눈길을 외면했다.

"내 오래전부터 외소주방의 반인 가리온더러 개, 돼지를 비롯한 육축의 소리 내는 목의 구조를 세밀히 살펴 그려 올리라 했다. 사람이나 개돼지나 그 몸의 소용됨이 다름없는, 즉 짐승의 소리 나는 기관을 살피면 사람의 그것 또한 알 수 있다. 이에 반인 가리온이 수십 마리의 개, 돼지를 잡고 자신의 목과 혀와 입을 세밀히 관찰하여 그 보이지 않는 속까지 소상히 그려 올리니 사람의 소리 나는 기관들을 한눈에 볼 수 있다."

"하오나 생사람의 머리를 도끼로 쪼갠 듯 생생하여 참람하고 두렵사옵니다."

"사람의 몸이 귀하다 하여 어찌 모른 채 덮어두기만 하겠느냐? 그 내부의 조화를 모르고 덮어두기만 한다고 사람의 몸이 더 귀해지겠느냐? 경학과 사장을 탐구하는 사대부 선비들을 보아라. 사람의 몸은 범할 수 없는 귀한 것이 아니면 피와 똥을 담은 하잘데없는 가죽주머니 보듯 하지 않느냐? 누구도 그 보이지 않는 신묘함을 탐구하려 하지 않았다."

"그러하오나……"

세자빈의 말을 막으며 주상이 말했다.

"반인 가리온은 비록 개, 돼지를 잡는 백정이나 사람의 몸과 그 조화에 대해 어떤 현학보다 잘 알고 있다. 사대부와 의원들이 두려워하는 사람의 시체를 관찰하여 죽음의 연원을 밝혀낸 것이 한두 번이 아니었다. 그 조화를 알면 그 기능을 알게 되고 그렇게 되면 질병을 미리 막을 수도 다친 상처를 아물게 할 수도 있지 않겠느냐? 그러니 궁인들이 어의보다 더 가리온을 애타게 찾는 까닭을 알 만하다."

소이는 그림 속에 숨어 있는 하나의 기호를 발견했다. 그것은 목구멍 위쪽에 붙어 구부러진 혀의 모습이었다. 그 숨은 그림이야말로 어금닛소리 ㄱ이었다. 그것은 끝이 아래쪽으로 늘어지고 뿌리가 입천장에 붙은 완벽한 혀의 모습을 닮아 있었다.

"이 그림처럼 혀의 형상을 만들어 목구멍을 통해 바람을 내어보아라."

소이는 익숙지 않은 혀끝을 애써 구부리고 깊이 들이켠 숨을 내뱉었다.

"그…… 으…… 거……"

뜻도 없고 알아듣지도 못할 소리가 소이의 입에서 흘러나왔다. 꿈을 꾸는 것 같았다. 자신의 입에서 소리가 나오고 있었다. 주상은 두 눈을 크게 뜨고 어린아이처럼 큰 소리를 쳤다.

"옳다! 조금만 더 혀를 뒤로 구부려라. 옳지. 그림을 보아라. 혀뿌리가 입천장 뒤쪽에 바짝 당겨 붙느니라."

소이는 손에 익지 않은 연장을 쓰듯 민활하지 못한 혀를 이리저리 굴리며 소리를 뱉어냈다. 가리온의 그림은 더 이상 참혹하지도 두렵지도 않았다. 잔인한 그림이었지만 굳어버린 입을 열기에 가장 효율적인 방편이었다.

소이는 빨려들 듯 가리온의 그림을 응시하며 혀를 움직였다. 마침내 소이의 입에서 누에 실이 뽑혀 나오듯 한 가닥의 소리가 흘러나왔다.

"그~"

"그것이다! 바로 이 소리를 잘 기억해라. 지금 너의 입모습과 혀의 위치와 목구멍에서 나오는 바람의 세기를 머릿속에 새겨라. 그 소리가 바로 어금닛소리, 곧 ㄱ이다."

어린아이처럼 벌떡 일어나 소이의 복사꽃처럼 붉은 뺨을 어루만지며 주상이 말했다. 소이는 소리 없는 눈물을 흘리며 오랜 시간 끝에 되찾은 하나의 소리 ㄱ을 기억했다.

다음 날도, 또 그다음 날도 소이의 입에서는 소리가 흘러나왔다. 전각의 마루를 걸레질 하면서도, 아궁이에 불을 넣으면서도, 김상궁의 아침상을 대령하면서도 소이의 입에서는 그, 크, 거 하는 소리가 나왔다. 보름 동안 ㄱ이란 소리는 소이의 입속에서 구르고 구르고 익고 익었다.

다음 회합에서 주상은 또 하나의 그림을 내보이셨다. 역겹고 두렵기까지 하던 그림에 소이는 왠지 끌렸다. 그 그림이 감춰진 소리를 자신의 입으로 찾아내는 기쁨 때문이었다.

"먼저 입을 자연스럽게 벌리고 혀의 힘을 빼고 편안히 바닥에 누인다. 그리고 목구멍을 열어 부드럽게 공기를 불어라. 이것이 반인 가리온이 그려 올린 · 소리다."

소이는 혀의 힘을 빼고 목구멍을 열어 부드럽게 공기를 불어냈다. 아, 어, 으, 아…… 부드러운 소리가 낭랑하게 정자를 맴돌았다. 그 소리가 아늑하게 자신의 몸을 감싸오는 것을 소이는 느꼈다.

"입을 조금만 더 벌리거라. 혀의 힘을 빼고…… 그래, 바로 그 소리다. 그 소리가 · 이니 네 입모습, 혀의 모습, 목구멍의 크기를 기억하여라."

다음 회합에서도 그다음 회합에서도 주상의 품속에서 새로운 그림들이 나왔다. ㄴ, ㅁ, ㅅ, ㅇ의 닿소리와 으, 이 등의 홀소리를 내는 그림이었다. 조금씩 입을 벌리는 정도와 혀의 위치가 다르고 목구멍의 열리는 정도도 달랐다. 소이는 마치 거대한 보물이 숨겨진 지도처럼 그림을 세밀히 살피고 소리를 냈다. 가리온의 발성도는 완벽했다. 그림의 위치대로 혀를 놓고 소리를 불면 반드시 그 소리가 났다.

그것은 일 더하기 일이 이가 되는 산학의 원칙과 같았다. 수많은 소리와 말의 엉킴 가운데 가장 기본이 되는 소리의 씨앗을 소이는 완벽하게 구사할 수 있었다.

그것은 새로운 문자에 대한 완벽한 검증의 절차였다. 글자를 통해 말 못하는 자가 말할 수 있게 된다면 글자의 정확성에 대한 그것보다 명확한 검증은 없을 것이었다.

궁궐 내에는 주상이 무수리 소이를 은애한다는 소문이 돌았다. 거기에 세자빈까지 동행한다는 말이 들리기도 했다. 망극한 소문이었지만 은밀히 떠돌며 퍼지는 소문을 잠재울 수는 없었다. 그렇다고 그 황망한 소문을 모른 척 물리칠 수도 없었다.

회합이 이어지는 시간은 점점 짧아지고 간격은 점점 길어졌다. 짧은 시간 동안 찾아낸 소리의 씨앗을 머릿속에 담은 소이는 그 소리를 완벽하게 자신의 것으로 만들었다.

오행에 근거한 다섯 개의 닿소리 씨앗은 ㄱ, ㄴ, ㅁ, ㅅ, ㅇ이었다. 그것들은 불어내는 숨의 세기와 닿고 떨어지는 세기에 의해 다른 소리로 변했다. ㄱ은 ㅋ과 ㄲ으로, ㄴ은 ㄷ과 ㅌ으로 변했다. ㅁ은 ㅂ과 ㅍ으로, ㅅ은 ㅈ과 ㅊ으로 변했다.

닿소리와는 별도로 삼재에서 생겨난 아, 으, 이가 있었다. 이 홀소리들은 서로 어우러지고 얽혀 야, 어, 여, 오, 요, 우, 유가 되었다.

·와 ㅡ가 어우러지면 오나 우가 될 것이었다. 입술을 안으로 말면 오가 되고 밖으로 내밀면 우가 된다. 오는 부드럽고 작고 따뜻하고 가벼운 소리고 우는 무겁고 차고 크고 깊은 소리였다. 마찬가지로 ·와 ㅣ가 어

우러지면 아나 어가 되었다.

스물여덟 글자를 모두 익힌 것은 취로정의 회합이 있은 일 년 후였다. 이제 소이는 더듬거릴지라도 어느 정도 의사표현을 할 수 있게 되었다. 조음의 원칙과 발성기관의 이치를 터득하고 스물여덟 자를 익힌 이상 소이는 세상의 모든 소리들을 말하고 싶은 열망으로 들끓었다. 주상은 그녀가 소리를 익혀가는 과정을 서두르지 않고 참을성 있게 지켜보았다.

"다음으로 필요한 것은 홀소리끼리가 아니라 닿소리와 홀소리를 얽어 새로운 소리를 만드는 것이다. 가령 ㄱ으로 '그'라는 소리를 먼저 내고 거기에 '이'를 붙이면 '기'소리가 되는 것이다."

소이의 작은 입술에서 '기~'라는 소리가 흘러나왔다. 작고 아늑한 목소리가 오래오래 여운을 끌며 취로정 마루 위를 떠돌았다. 세상의 모든 소리가 화선지 위에 농담을 달리하는 먹이 스며들 듯 새어나왔다.

"전. 하…… 소. 녀. 가…… 말. 을. 하. 옵. 니. 다."

그것이 소이가 태어나 처음으로 한 말이었다. 소이는 새 문자로 말을 익힌 최초의 백성이었다. 신묘한 문자는 까막눈 백성들을 읽고 쓰게 할 뿐 아니라 말 못하는 자를 말하게 했다.

매일 서안 앞에서 말로만 읊조리던 경학은 시체에 지나지 않았다. 하늘과 땅의 이치와 음양의 조화, 오행의 이론은 완벽한 글자로 구현되어 이 백성의 입에서 저 백성의 입으로 전해질 것이었다. 지체 높은 사대부의 담장 안에서만 은밀하게 읊조려지던 오행과 음양의 이치는 저잣거리와 방방곡곡의 골목에서 온 백성이 함께 누릴 것이었다.

경학과 사장의 이치가 만백성에게 공유되는 새로운 세상. 모든 백성이 현학이 되고 원하는 자는 누구나 학문할 수 있는 꿈의 나라. 그 나라에서는 관념보다는 실용이, 이론보다는 실제가, 권위보다는 실력이, 신분보다는 능력이 우러름을 받을 것이었다. 지식은 글을 통해 들불처럼 번지고 현학들이 쏟아져 나오고 삶에 이로운 기기들이 새롭게 나올 것이었다.

새 나라는 관념이 아니라 격물이 지배하는 나라여야 했다. 그 뜻을 주상은 신묘한 글자에 담아냈다. 흐트러짐이 없고 어긋남이 없는 논리가 지배하는 장치. 하나에다 하나를 더하면 곧 둘이 되는 산학의 원리. 교묘한 말장난으로 피해갈 수도 없고, 글자 몇 자의 배치를 바꾸어 뜻을 꾸밀 수도 없는, 누구에게나 공정하고 어디서나 한결같은 소리의 이치가 새로운 문자였다.

소이가 말을 할 수 있게 되자 세자빈은 취로정의 회합에 참례하지 않아도 되었다. 궐 안의 쑥덕공론도 차차 잦아들었다. 소이는 이제 주상과 성운학을 논할 수 있는 유일한 학사였다.

"아라고 말해보아라"

소이는 자그맣게 입을 벌리고 혀뿌리와 혀끝과 입안의 모든 근육에 힘을 빼고 목구멍에서 바람을 불었다. 떨리듯 불안하던 목소리는 곧 반듯하게 안정되었다.

"아~"

주상은 그 아담하고 반듯한 목소리를 귀담아 들었다.

"아~라고 하면 무엇이 느껴지느냐?"

소이는 소리를 멈추었다. 그리고 눈을 감은 채 잠시 생각을 더듬었다.

"따뜻한 어머니의 품이 떠오릅니다."

소이는 잠시 떠오르는 영상을 잡으려는 듯 눈살을 찌푸리며 말을 멈추었다. "그리고…… 따스한 봄날 보리밭에서 피어오르는 아지랑이가 떠오릅니다. 그리고 장작불이 타오르며 내뿜는 따스한 온기, 군불을 지펴 넣은 아랫목에서 전해오는 아득한 따스함, 하루 일을 마치고 곤한 몸을 눞힌 아련함, 두 팔을 활짝 편 채 언덕을 달리는 아이의 웃음소리……"

소이는 어느덧 눈앞의 영상 속으로 빠져들었다.

"아~라고 하면 다 같은 아이더냐?"

"그렇지 않사옵니다. 아해라 말할 때와 아낙이라 말할 때의 아가 다르며 아귀라 말할 때의 아가 다르고 아랫말이라 할 때의 아가 다르옵니다."

"그 다름을 어떻게 아느냐?"

"아해라 말할 때의 아는 젖 냄새가 나는 듯하옵고, 아낙이라 할 때의 아는 어머니의 품속이 떠오릅니다. 아귀라 말할 때의 아는 사나운 이를 벌린 아가리가 생각나옵고 아랫말이라 할 때의 아는 따뜻한 불가에 앉은 듯한 따뜻함이 느껴지옵니다."

"그렇다. 소리는 느낌을 가지지만 뜻을 가지지는 않는다. 다만 소리와 소리가 합하여 뜻을 이루니 소리를 완벽하게 구현할 글이 있으면 그 뜻까지도 쉽게 표현할 수 있다. 다시 한 번 아~라고 말해보아라."

소이는 다시 가지런히 입을 열고 소리를 냈다.

"아~"

주상은 소이의 앞으로 다가앉았다. 그리고 아련한 소리가 이어지는 소이의 작고 탐스러운 입을 하염없이 바라보았다. 순간 소이의 숨결이 흔들렸다. '아~' 소리가 약간 떨렸다.

찰랑거리는 호수의 물소리가 소이의 쾅쾅대며 고동치는 소리를 감추어주었다.

3

삼문과 가리온은 새로운 세상을 만들기 위해 목숨을 내놓고 싸우는 학사들과
이를 막으려는 자들의 이십 년에 걸친 경쟁에 대해 이야기한다.

"깨어났구나. 그래, 네놈이 죽지 않을 줄 나는 알고 있었다."

소이가 돌아가자마자 들이닥친 삼문이 채윤의 손을 부여잡고 흔들었다.

"소인 놈이 누구입니까요? 해괴한 변고를 밝히기 전까지는 죽으라 해
도 못 죽을 것입니다."

채윤의 농에 삼문이 희고 고른 이를 드러내며 호탕하게 웃었다.

"독화살을 맞고도 그렇게 벌떡 일어나는 놈은 보다보다 네가 처음이다."

"독이 독을 물리친 격입니다."

얼굴 여기저기가 흉하게 찢어지고 피딱지가 말라붙은 가리온이 터진
입술로 웃었다. 채윤은 그제야 자신이 쉽게 죽지 않은 이유를 알 듯했다.

그것은 북관 전쟁터에서 어깻죽지에 맞은 야인들의 화살촉 덕분이었
다. 몸속에 깊이 박혀 날이 궂으면 어깨를 옴짝달싹할 수도 없게 하던 독
화살촉이 지난밤의 화살 독을 막아낸 것이었다. 그런 일이 있을 수 있을
까? 독이 퍼진 몸에 더 많은 독이 들어가면 더 치명적인 것이 아닐까? 그
러나 가리온은 독이 독을 막았다고 말했다. 평소 약한 독에 익숙한 몸은

더 강한 독에도 견딜 수 있는 내성을 갖게 된 것이다.

"그런데 가리온 어른은 금부 옥사에 갇혀 있어야 할 분이 아닙니까?"

한편으론 반가웠지만 한편으로는 믿기지 않았다. 학사를 죽인 죄로 하옥되었던 천인이 풀려나 버젓이 궁궐로 들어온 것이었다.

"주상전하의 하해와 같은 은덕이시다."

삼문이 가리온을 대신해서 나직하게 대답했다.

"주상전하께서 가리온 어른께 특사의 은전이라도 내렸습니까?"

"오늘 점심나절 수라간 상궁을 들라 하시고 호통을 치셨다 한다. 점심 수라상의 돼지고기 수육과 꿩고기 꼬치가 텁텁하고 감칠맛이 없다는 것이었다. 음식 타박 한번 안 하시던 전하께서 고기 맛을 두고 수라간 상궁을 직접 불러 면전에서 호통을 치시니 그 노기가 어땠겠느냐? 수라간 상궁이 황급히 대전을 물러나 연유를 알아본바 가리온이 하옥되어 외소주간의 다른 자가 고기를 손질했다는 것이다. 그러니 내금위장이 의금부로 달려가 당장 가리온을 데려올밖에…… 하하하!"

삼문이 유쾌하게 웃었다. 그러나 가리온은 알고 있다. 수라상에는 언제나 최상품의 고기만 올라가니 맛의 차이가 있을 수 없다는 것을…… 온화하고 무던한 주상이 사소한 음식 타박을 하실 분이 아니라는 것을…… 주상이 수라상의 고기 맛 타박으로 자신의 생명을 구했다는 것을……

숙연한 가리온의 낯빛을 헤아린 삼문이 파리한 채윤을 보며 말했다.

"너만큼은 연고도 이유도 없는 일에 끼어들어 다치지 않기를 바랐다."

"소인의 하찮은 목숨이야 무슨 상관이 있겠습니까? 다만 궐 안의 해괴한 변고를 백일하에 드러내고 싶을 뿐입니다."

채윤은 욱신거리는 왼쪽 어깨를 감싸쥐며 몸을 일으켰다.

"이제 저들이 소인의 목숨까지 노리고 있으니 소인 또한 삼문 어른의 처지와 다르지 않습니다. 사건을 맡은 검사복으로 어느 한편에 속하기를 원하지 않았으나 그렇게 되고 말았습니다. 소인의 목숨을 지키고 잃는 것은 이제 삼문 어른께 달렸으니 죽이든 살리든 마음대로 하소서."

"어찌 네 목숨이 나에게 달렸다 하는 것이냐?"

"소인을 죽이려 한 자가 누구인지 알지 못합니다. 마찬가지로 장성수와 윤필과 허담과 정초를 죽인 자가 누구인지도 모르고 그 배후에 어떤 자가 있는지도 모릅니다. 저들이 무엇을 원하고 무엇을 획책하고 무엇을 막으려 하는지도 알지 못합니다. 이제 나리께서 아시는 바를 말씀해주십시오. 그것이 소인을 살리고 사건의 자물통을 푸는 길입니다."

입술을 깨물며 한참 생각하던 삼문이 결심한 듯 고개를 들었다.

"이 궐 안에는 길고 치열한 전쟁이 이십 년 동안이나 벌어지고 있다."

"이 지엄하고 적막한 구중궁궐에서 전쟁이라니오?"

"주상전하께서는 보위에 오르시던 날부터 낡은 것을 부시고 새것을 세우셨다. 존재하는 것들을 해체하고 없는 것을 만들어내셨다. 대마도를 정벌하여 경상도에 속하게 하시고, 평안도에 최윤덕, 함길도에 김종서를 보내 4군과 6진을 개척하시었다. 고려사를 개수하게 하시고 향악을 채록하시었다. 집현전을 만드시고 재주 있는 자를 불러모아 독서하고 궁리하게 하셨다. 궐 안에 주자소를 지으시고 경자자와 갑인자와 납활자 병인자를 만드셨다. 조선통보를 주조하시고 악기도감에서는 악기를 만들고 아악보를 정리하였다. 신장(訊杖)의 제도를 정하여 태장을 마구 못 치게 하시고 새 저울을 반포하시었다. 목멱에 봉화대를 세우시고 화전, 화포를 개량하시었다. 팔도의 호구를 조사하시고 함부로 매질하는 편배를 법으로 금하시었다. 혼천의를 만드시고 매일 간의대에 오르시어 하늘의 운행을 관찰하시고 앙부일구와 일정성시의를 만드시고 〈칠정산〉을 편찬하시었다. 이 모든 것이 어느 하나 전쟁보다 치열하지 않음이 없었다. 일마다 중신들의 반대가 빗발쳤고, 목숨을 내건 삼사의 반대가 있었다. 유생들은 존귀한 학풍을 흐트러트린다 하여 반대했고 중신들은 고전이 아니라 하여 비난했다."

"썩어빠진 고려를 멸하고 세우신 나라가 융성하는 것만으로도 백성들은 감읍할 따름인데 주상전하께서는 어찌 당장 필요하지도 않은 그 많은 일들을 하려 하셨습니까? 그 일들이 전쟁이라 할 만큼 저항과 반대를 몰고 왔다면 마땅히 중단하는 것이 옳지 않습니까?"

"싸움에는 중단할 수 있는 것이 있고 끝까지 싸워야 하는 것이 있다. 주상전하의 전쟁은 반대하는 자들과의 싸움이 아니었다. 그것은 시대와의 싸움이었다. 발목을 잡는 과거를 떨치려는 싸움이었고, 한 몸 안위에 만족하며 주저앉으려는 현재와의 싸움이었으며, 더 나은 미래를 위한 싸움이었기 때문이다."

"그 질기고 오랜 싸움 끝에 얻은 것이 무엇입니까? 학사들은 죽어나가고 궐에는 귀신이 활갯짓을 하고, 집현전은 둘로 쪼개져버렸습니다."

"이렇듯 혼란스런 시절의 한가운데에 우리가 있으나 우리들 중 가장 곤욕에 처한 이는 주상전하시다."

"만인의 머리 위에 군림하는 주상전하께서 곤욕이라니요 당치 않습니다."

"주상전하께서는 지금 안팎으로 빗발치는 공격을 혼자 힘으로 받아내고 계신다."

"감히 누가 지엄하신 군왕을 공격한다 하십니까?"

"정도전 이후 주씨 철학을 나라의 이념으로 삼자 고려를 떠받치고 있던 불교의 저항이 일어났다. 지금도 저잣거리에는 당취라는 중의 무리들이 패역을 일삼고 다닌다. 그렇다고 유교의 신봉자들인 사대부들이 주상전하의 뜻에 고분고분 따르더냐? 그들은 불가보다 더욱 완강하게 주상전하의 뜻을 폄훼하고 반대하기에 바쁘다. 정통의 경서와 사장을 신주단지처럼 떠받들어온 그들이 경세실용과 격물치지의 이치를 어찌 받아들이겠느냐?"

"안팎의 공격이라 하는데 밖이라 하면 어떤 자입니까?"

"명이다. 이미 일군의 승들이 명나라로 건너가 그곳 본산에 기탁하며 읍소한다고 들었다. 집현전의 경학파 학사들과 사대모화에 찌든 조정의 문신, 그리고 명과의 교역으로 부를 축적한 시전의 큰 상인들이 하루가 멀다 하고 명나라 사신관의 문턱이 닳도록 드나든다고 한다. 그들이야말로 중국의 힘을 업고 이재와 명예를 얻은 자들이 아니더냐?"

"그럼 중국 또한 주상전하의 뜻하시는 바를 탐탁찮게 여기겠군요."

"향악을 채보하여 우리의 노래를 살리고, 4군 6진으로 변방의 강역을 개척하고, 〈칠정산〉으로 우리의 시간을 되찾고, 〈고려사〉를 개수함으로써 조선의 역사를 되찾고, 지도를 만들어 조선의 땅을 살피고, 구리활자로 책을 찍어내는 것들이 모두 조선의 몸과 마음과 영혼을 되찾으려 함이니 중국이 어찌 탐탁하게 생각하겠느냐?"

"저들이 사신관으로 찾아가 고해바치는 것 또한 그런 일들로 볼 수 있겠군요."

"그러다 보니 수도 없는 중국의 압력과 으름장을 피할 수 없었다. 저들의 교만함이 극에 달했으나 주상전하께서는 저들을 달래고 회유하며 뜻하신 바를 포기하지 않으시고 지금에 이르렀다. 지난 이십 년은 우리들에겐 마치 줄타기를 하듯 아슬아슬한 나날들이었다."

"그렇게 중국의 뜻을 거스르다 중국이 출병이라도 하면 그때는 정녕 어쩔 것입니까?"

"그럴 개연성이 없지 않으나 궁리가 아주 없는 것은 아니다. 전하께서는 오래전부터 군기감제조 최해산에게 화약과 총통, 화포를 개량케 하시었다."

"최해산 대감이라면 고려 때 화약을 만든 최무선의 자제가 아닙니까?"

"그렇다. 최해산 대감의 주관하에 이천 대감이 화약무기를 연구했다. 이천 대감은 대마도 정벌 시 물에 닿는 부분이 썩지 않고 빨리 달릴 수 있는 쾌속선을 개발하고 그 병선에다 대포를 장착하였다. 결국 이종무 장군이 대마도를 정벌하여 경상도로 편입시키지 않았더냐?"

"그러면 북변 요새의 총통과 화약무기들 또한 이천 대감께서 개발하신 것입니까?"

북변 요새마다 설치된 총통과 화포들을 눈여겨본 적이 있었다. 수십 명의 병사들이 목숨을 내놓고 싸워야 물리칠 적을 불을 뿜는 화포의 철완한두 개로 삼시간에 초토화시켜버리는 것을 여러 번 보지 않았던가?

"이천 대감은 야인과의 실전을 통해 기존의 총통완구를 개량했다. 그것들은 말과 소가 끄는 달구지에 싣거나 두 토막으로 분해할 수도 있어 기동성이 뛰어났다. 그리고 마침내 화포들의 주조법과 화약 사용법, 그리고 규격을 그림으로 표시한 〈총통등록〉[40]을 간행하셨다."

"그러나 화포와 총통만으로 대국과 맞설 수는 없습니다."

"그래서 전하께서는 허담을 시켜 북변과 한성부 주위의 세밀한 지도를 만들게 하셨다."

---

40 銃筒謄錄. 세종대에 간행된 화포(火砲) 및 화약 사용법에 관한 책. 화포의 주조법과 화약 사용법을 기술하고, 정확한 규격을 그림으로 표시하였다. 이 책의 간행으로 화포 제조에 새로운 전기가 마련되어 이후 모든 화포는 이 책을 토대로 발전되었다.

"하오나 조선은 명에 비하면 하나의 군현에 불과한 작고 약한 나라입니다. 대비를 한다 하나 수십만 대군을 이끌고 출병하는 대국의 무력을 막겠습니까?"

"저들이 출병을 하려면 몇 번이라도 했을 것이다. 그러나 대국이라도 그 상대가 조선이라면 사정이 다르다는 것을 저들도 모르지 않을 터……"

"조선에 특별한 병법이나 무기라도 있습니까?"

"조선을 치려면 저들은 연경을 떠나 수만 리를 행군해야 한다. 수만이 넘는 병사가 수만 리를 이동한다고 생각해보아라. 적어도 반년은 넘게 걸릴 것이다. 도중에 겨울이라도 만나면 대부분 얼어 죽고 이동 중에 기진맥진할 것이 아니냐? 북변에 도착하면 출병한 병사의 반도 남지 않을 것이다. 그 사실은 역사가 말해주고 있다. 고구려를 치려다가 수나라가 망했고 당나라 또한 오래 못 가 망했다."

"하오나 고려를 침탈한 몽골군 또한 중국의 대국이 아니었습니까?"

"원나라는 연경에 도읍했다 하나 그 근본이 중국의 북쪽에 흩어져 살던 기마병들이다. 빠르기가 바람 같고 용맹하기가 불같은 족속이다. 게다가 고려는 왕실의 권위가 무너지고 일개 무장인 최씨들이 왕 노릇을 하는 이름뿐인 나라가 아니었더냐? 그러나 지금은 다르다."

"무엇이 다릅니까?"

"명에 쫓겨났지만 빠르기가 바람 같은 몽골 족속과 야인들이 중국의 변경에 버티고 있지 않느냐? 연경에서 그렇게 많은 병력을 빼내는 것은 자살행위임을 그들도 모르지 않을 터……"

삼문이 입술을 앙다물며 말했다. 채윤은 그의 눈빛에서 뿜어나오는 결연함에 숙연해졌다.

"그렇다고 이렇게까지 해야 합니까?"

"해야 한다."

삼문이 다시 힘주어 말끝을 다졌다.

강녕전_최후의 대결

경복궁 안에 있는 왕의 침전(寢殿). 임금이 잠을 자고 개인적인 생활을 하던 곳으로
구중궁궐의 가장 은밀한 구역이다. 궁궐 내의 다른 건물들이 용마루를 높인 데 비해
강녕전에 용마루가 없는 이유는 또 하나의 용인 왕자를 잉태하는 곳이기 때문이다.
보조 침전으로 동쪽의 연생전과 서쪽의 경성전을 두었다.

1

채윤은 정체를 드러내지 않은 수수께끼의 학사 두 명이 누군지를 알아내고
그들을 구하기 위해 달려간다.

저녁 햇살에 발갛게 물든 문종이에 먹물처럼 검은 어둠이 스며들었다.
또다시 밤이 오는 것이다. 음모와 흉포함과 비의와 죽음이 횡행하는 시
간. 원하지는 않았지만 오는 시간을 멈출 수는 없다.

채윤은 천천히 자리에서 일어났다.

'오늘이 마지막 밤이 되리라. 이기든 지든 이 전쟁은 끝나야 한다.'

또다시 채윤은 시절의 암담함과 흉포함에 맞서려 했다. 광목천으로 감
은 상처가 욱신거렸다. 이마에는 아직도 미열이 오르내렸다.

채윤은 옷고름을 야무지게 매고 문을 열었다. 어둠이 눈앞을 장벽처럼
가로막고 낙엽 썩는 냄새가 섞인 차가운 바람이 밀려들었다. 욱신거리던
머리가 싸해졌다.

"몸도 성치 않은데 어딜 가려는 건가?"

툇마루 끝에 엉덩이를 걸치고 앉았던 늙은 겸사복조장 윤정후가 벌떡
일어섰다. "삼문 대감이 꼼짝 말고 누워 있는 걸 지키라 했거늘 이러면 내
가 곤란해진다네."

윤정후가 말을 끝내기도 전에 삼문이 숙직각의 문을 젖히고 들어섰다.

"왜 나왔느냐? 어딜 가려구?"

"오행에 해당하는 학사들이 모두 당했으니 오늘밤은 태극에 해당하는 학사의 차례입니다."

"염려 마라. 집현전을 둘러싸고 물샐 틈 없이 금군들을 매복시켰다. 대제학을 비롯한 학사들의 사저에도 의금부 나졸들을 풀었다. 아무리 날고 뛰는 재주가 있는 놈이라도 경계망을 뚫지 못할 것이다."

삼문의 목소리에는 자신감이 넘쳤다. 오늘밤에야 놈의 발목을 잡을 수 있을 것이라고 삼문은 확신했다. 그러나 채윤의 얼굴에는 지워지지 않는 상심이 떠올랐다.

"모든 학사라고 하셨습니까?"

"그렇다. 스물여덟 모든 학사들의 사저와 집현전에 물샐 틈 없이……"

"스물여덟이라면 모든 학사가 아닙니다." 채윤의 목소리가 다급해졌다. "삼문 어른도 모르는 두 명의 학사가 있지 않습니까?"

삼문의 두 눈이 튀어나올 듯 커졌다.

"서책이 어디에 있습니까? 〈고군통서〉 말씀입니다."

삼문이 난감한 표정으로 두 눈을 깔았다. 그의 입은 의식적으로 굳게 다물어져 있었다. 채윤은 묵묵히 고개를 숙인 삼문에게 다가들며 소리를 높였다.

"그가 누구든 저들은 그 서책을 가진 자를 노릴 것입니다. 지금껏 죽은 학사들 모두가 그 서책을 지니고 있었거나 서책의 행방을 알고 있었습니다. 말씀해주십시오. 얼마나 더 많은 학사들이 죽어나가기를 원하십니까?"

"서책은 안전한 곳에 있다."

"그곳이 어딥니까? 어찌 안전한 곳이라 확신하십니까?"

"지금껏 죽은 자들은 모두 집현전의 학사들이었으나 서책은 이미 학사들의 손을 떠났다."

"저들은 서책을 지녔다면 학사건 아니건 상관하지 않고 해칠 것입니다. 누구입니까?"

다그치는 채윤의 기세에 삼문이 떠듬거리며 입을 열었다.

"안심하라 했지 않느냐? 서책을 가진 자는……" 침을 꿀꺽 삼키는 소리가 들렸다. "소이다."

"어째서 그 여인이 그렇듯 귀한 서책을 지니고 있습니까?"

"말하지 않았느냐? 모든 학사들은 저들의 위험 범위 안에 있다."

"그렇다면 그동안 〈고군통서〉를 학사들이 돌아가며 보관해왔다는 말씀입니까?"

"그렇다. 저들이 비서고를 노리는 것을 알고 서책을 밀서금역에서 빼낸 것이다. 그때부터 뜻을 같이하는 학사들이 죽음으로 지켜왔던 것이다."

"그들이 장성수, 윤필, 허담, 정초, 그리고 삼문 어른이십니까?"

"그렇다. 오행에 해당하는 학사들이 바로 그들이다. 그들 모두가 작약시계의 계원들이며 집현전 학사이기도 하지. 그들은 학사들 중에서도 가장 열혈파들로 각각 스스로를 훈민정음의 아, 설, 순, 치, 후의 5음을 상징하도록 했지. 그리고 그 오행의 순환방식대로 서책을 지켜온 것이다."

"그러면 자객이 삼문 어른을 죽이려 한 것도 〈고군통서〉 때문입니까?"

"그렇다. 하지만 저들이 자객을 보내기 전에 우리는 미리 다음 학사에게 책을 넘겼지. 장성수는 윤필에게 윤필은 허담에게, 허담은 정초 대감에게 정초 대감은 나에게……"

"그리고 삼문 어른은 소이에게……" 채윤이 혼잣말로 중얼거렸다. "그런데 어찌 소이 항아입니까?"

"학사들의 조직은 이미 저들에게 완전히 드러났다. 작약시계 또한 저들의 손바닥 안에 있다. 그러니 학사가 아닌 자 중에서 서책을 지킬 자를 가려야 했다."

채윤의 두 눈이 번쩍 빛났다. 팔에는 소름이 돋고 머리털이 삐죽 섰다.

"소이 항아의 전각에 초병을 세웠습니까?"

"아니다. 경비를 붙이면 저들에게 보란 것밖에 더 되겠느냐?"

"그 궁인이 위험합니다."

"걱정 마라. 저들은 한낱 궁인이 중요한 서책을 보관하고 있으리라고는 생각지 않을 것이다. 게다가 소이는 오늘밤 주상전하께 서책을 전할 것이다. 그러면 이 참담한 연쇄살인의 고리도 끊어질 것이다."

"서책만 온전하면 한낱 천한 궁인의 목숨은 아무래도 상관없습니까?"

채윤이 숙직각 문을 벌컥 열고 달려 나갔다.

"윤아! 어딜 가는 것이냐? 윤아! 이놈아!"

그러나 채윤의 귀에는 아무 소리도 들리지 않았다. 아득한 이명만이 흉포한 현실을 잠시 잊게 했다.

'살아 있어라. 제발 죽지 말고…… 살아만 있어라.'

채윤은 정신없이 달렸다. 쌀쌀한 바람이 눈시울을 스치자 눈꼬리를 타고 뜨거운 눈물이 날렸다. 달려와 부딪치는 바람살에 가슴이 묵직했다.

이 눈물은 바람 때문이다. 막막한 이 어둠 때문이다. 이 터질 것 같은 가슴은 부딪치는 바람살 때문이다. 내각사의 전각의 돌담을 돌아 낙엽이 우수수 휩쓸려가는 길을 채윤은 달렸다.

세상에 태어나 연모의 정을 느꼈던 첫 여자. 아무것도 없는 자신에게 웃음을 보여주었던 여자. 자신을 돌아보게 하고 모자람을 알게 해준 여자였다. 천한 신분으로 어찌해볼 수 없는 왕의 여자라 해도 상관없었다. 그저 그녀와 같은 울타리 안에서 숨 쉰다는 것이 삶을 지탱해주는 바지랑대 같은 것이었다.

아무 이유 없이 자꾸만 내각사 전각들의 처마를 쳐다보게 되는 건, 내각사가 있는 영추문 쪽에서 불어오는 바람이 반가운 건 그녀 때문이었다. 경회루 호수 건너 나뭇가지가 조금만 흔들려도 혹 그녀가 그 가지를 바라보는 것이 아닐까 하여 가슴이 두근거렸다.

자신의 것이 아닌 것을 탐하지 말라고 배웠다. 왕의 뜻을 거스르지 않는 것이 충이라 배웠다. 그러니 그녀를 생각하면 할수록 그만큼의 가책으로 괴로워해야 했다.

자신의 것이 되지 못해도 좋았다. 그저 먼 곳에서라도 바라볼 수 있다면…… 그것으로 족했다. 단 한 번만 속마음을 전할 수 있다면…… 그렇게만 된다면 평생 그녀를 다시 못 본다 해도 상관없다.

그러나 왜 알지 못했던고. 그때 자신의 속마음을 내보였어야 한다는 것을. 사랑한다 말할 수 있을 때 사랑한다고 말해야 했다는 것을. 나중에, 나중에라고 미룰수록 그 나중은 영원히 오지 않는다는 것을.

숨이 턱에 차고 입에서는 단내가 났다. 터질 것 같은 심장으로 채윤은 다짐했다. 살아만 있어라. 살아만 있어주어라. 그래야 사랑한다고 말할 수 있으니. 말하리라. 나중에 할 수 있는 것을 왜 지금 하지 못한단 말인가?

발길이 닿은 곳은 소이의 처소였다. 채윤은 허리춤으로 손을 가져가 단단한 육모방망이를 쥐었다. 그리고 가쁜 숨을 속으로 삭이며 뜰 안으로 들어섰다.

방 안에서 발간 등잔불빛이 흘러나왔다. 불빛은 채윤의 시린 가슴을 따뜻하게 위로하는 듯했다. 채윤은 큰 숨을 들이쉬며 발소리를 죽여 대청마루로 올랐다.

안에서는 아무 소리도 들리지 않았다. 문살에 어른거리는 그림자도 없었다. 떨리는 손으로 문고리를 잡고 왈칵 당겼다. 문이 열리는 서슬에 방 안의 등잔불이 심하게 흔들렸다.

방 안에는 개미새끼 한 마리도 없었다. 채윤은 자신의 얼굴이 파랗게 질리고 있음을 보지 않고도 알 수 있었다.

"주상전하가 위험하다."

어느새 생각은 발걸음보다 먼저 대전으로 달려가고 있었다.

2

채윤은 금서를 탈취한 괴한들을 추적하지만 놓치고
이 나라를 덮칠 엄청난 재앙을 걱정하며 돌아선다.

침전은 적막했다. 희미한 등잔불빛이 소이의 이마를 희게 비추었다. 주
상은 누런 세월의 더께가 앉은 서책을 펼쳤다. 시큼한 곰팡내가 침침한
어둠 속으로 퍼졌다. 이십 년 만에 다시 보는 〈고군통서〉였다.

이 얇고 작은 책이 얼마나 많은 이 나라의 뜻있는 선비들의 가슴에 불
을 질렀던가? 슬프면서도 뜨거운 열망으로 가득하고, 문장은 평이하나
그 속에 실린 뜻은 거침이 없고, 담담하나 격랑 같은 호소가 담긴 책. 그래
서 저들은 이 책이 유포되는 것을 그렇게 기를 쓰고 막았던 것이다.

이 초라한 필사본을 베끼기 위해 얼마나 많은 젊은이들이 밤을 샜으며
이 서책을 구하기 위해 얼마나 많은 선비들이 또 밤을 새워 먼 길을 걸었
을 것인가? 또 얼마나 많은 젊은이들이 이 서책을 읽었다는 죄목으로 옥
살이를 했으며 얼마나 많은 뜻이 이 서책을 지녔다는 죄로 꺾이었던가?

이십 년이 흘러 다른 모든 책들이 불살라지고 마지막으로 남은 한 권.
이 서책을 처음 대했을 때의 나이 스무 살. 가슴은 고동치고 열망은 뜨겁
고 가닿고 싶은 곳은 아득히 멀었었다.

심지의 그을음에 불빛이 흔들렸다. 주상은 고개를 들어 소이를 보았다. 소이는 그 정결한 눈에서 선비의 모습을 보았다. 왕이 되지 않는 편이 좋았을 것이라고 소이는 생각했다.

"네 노고를 내가 알겠다."

소이는 깊이 고개를 숙이고 자리에서 일어나 세 번 절했다. 한 번은 주상을 위해, 또 한 번은 수많은 학사들이 목숨을 걸고 지켜낸 〈고군통서〉를 위해, 또 한 번은 이 나라의 백성들을 위해……

깊이 허리 숙여 절을 마치고 뒷걸음으로 침전을 물러나려던 소이가 갑자기 빠른 걸음으로 주상에게 다가섰다.

"무슨 일이냐?"

놀란 주상의 말소리를 손을 들어 제지하면서 소이는 숨을 죽였다. 주상은 그때서야 바깥에서 심상찮은 일이 일어나고 있음을 알아차렸다. 말을 하지 못하는 대신 소이의 귀는 보통 사람들이 듣지 못하는 작은 소리와 소리의 세밀한 차이까지 골라 들을 수 있는 축복을 받았다.

주상은 그때서야 호위감 무휼이 곁에 없음을 깨달았다. 저들의 철저한 간계였다. 가을 강무[41] 현장을 점검한다는 평계로 호위감을 양근(현재의 양평)의 강무장으로 보낸 것이었다.

주상은 벌떡 일어나 침상 머리맡에 걸쳐놓은 칼을 뽑았다. 소이는 온 신경을 곤추세워 문밖의 소리에 귀를 기울였다. 발소리, 칼날이 순식간에 움직이는 소리. 예리한 칼날이 비단을 찢고 살을 파고드는 소리, 무엇이라 소리치고 싶지만 입 밖으로 나오지 못한 채 잠겨드는 내관들의 목소

---

41 조선시대 국왕을 비롯한 대군, 왕자, 무관 등이 참석한 군사훈련을 겸한 수렵대회. 사냥에서 잡은 짐승으로 종묘·사직에 제사하고 잔치를 베풀었다.

리, 쓰러지는 무릎이 마루에 닿는 소리······

동시에 두 명의 내관이 쓰러졌다. 저들은 두 놈 이상이었다. 주상 또한 무예를 깨우쳤다 하나 침전까지 파고든 자객 놈을, 그것도 둘씩이나 감당할 수 있을까?

발소리들은 대청마루로 올라섰다. 칼날이 휘두르는 소리와 내뱉지 못한 비명소리가 났다. 소이는 서안 위 벼루의 먹물을 찍어 서둘러 썼다.

"둘 이상이옵니다. 대청을 지났사옵니다."

주상은 담담한 눈빛으로 칼자루를 잡은 손에 힘을 주었다. 스르륵- 다급하지만 정갈하게 미닫이문이 열리는 소리가 들렸다. 주상은 소이의 팔목을 끌어당겨 뒤쪽으로 숨겼다. 그리고 천천히 뒷걸음치며 서안 뒤쪽의 문을 열었다. 저들의 발소리가 뚝 끊겼다.

잠시 모든 것이 멈춘 듯한 정적이 지나갔다. 주상의 목울대가 꿀꺽 오르내렸다. 주상은 소이에게 꼼짝 말고 있으라는 손짓을 했다. 그리고 천천히 방문을 닫고 칼을 단전 앞에 곧추세웠다.

이제 준비는 끝났다. 저들이 셋이든 넷이든 그 이상이든 주상을 당하지 못할 것이었다. 적들은 주상의 정교한 요새에 갇혀들었다.

강녕전의 침방은 겉으로 보기에는 커다란 하나의 큰 방으로 보였다. 한 나라의 군왕이 잠드는 침소니 당연히 크고 웅장해야 할 것이었다. 하지만 주상이 등극한 후 침전에는 비밀스런 시설이 덧붙여졌다. 이런 날을 예견한 대호군 장영실의 선견지명 때문이었다.

장영실은 크고 웅장한 침전에 가로 둘, 세로 둘의 문틀을 짜 맞추어 넣었다. 우물 정자형의 격자형 문틀을 짜 넣어 넓은 방을 여러 개의 작은 방으로 나눈 것이었다.

주상은 보통 날에는 가운뎃방에서 잠들었다. 나머지 방은 비어 있었다.

누군가 역심을 품고 침전으로 들이닥쳤다 해도 방 안의 구조를 알 수 없을뿐더러 주상이 어느 방에 있는지 알 수가 없었다. 대신 주상은 적들의 동태를 손바닥처럼 살필 수 있었다.

각 문에 창호지를 바르되 한쪽 방향으로 거친 면을 두 겹으로 발랐기 때문이다. 종이의 거친 면이 소리를 흡수하고 매끄러운 면은 소리를 튕겨내는 성질을 이용한 것이었다. 거친 면으로 바른 방을 선점하면 적들의 소리를 잘 들을 수 있는 대신 적에게 들리는 소리는 작아졌다. 주상은 종이의 면이 어느 쪽을 향하는지를 파악하고 있었다.

주상은 귀를 기울여 적들의 발소리를 들었다. 번쩍 빛나는 칼날이 길게 어둠을 갈랐다. 붉은 피가 창호지를 적셨다. 주상은 재빠른 발놀림으로 다음 방으로 옮겨갔다. 적들은 당황하고 있었다. 어디에 자신의 편이 있는지 어디에 주상이 있는지도 모른 채 허둥지둥했다. 네 놈이 남았다. 오른쪽 방과 그 옆방에 한 놈씩이 있고 건넌방에 두 놈이 있었다.

주상은 백원출동[42]의 품세로 칼을 곧추세웠다. 치켜든 칼 그림자 하나가 달빛을 머금고 창호지에 비쳤다. 주상은 흠칫 몸을 피했다. 칼날이 길게 문살을 가로질렀다. 커헉! 하는 비명소리가 동시에 어둠 속에 퍼졌다. 놈들이 맞은편 방에 있던 자기편을 동시에 베어버린 것이었다.

남은 자들의 발소리가 분주해졌다. 분명 놈들은 흥분하고 있었다. 주상은 침을 삼키며 진전격적[43] 품세를 늦추지 않았다. 방문이 왈칵 열리는 소리가 들렸다. 놈들이 소이가 숨은 방 쪽으로 다가가고 있었다. 주상의 머

---

42 조선시대 본국검의 여러 품세법 중 준비자세. 성이 나면 표범도 찢어 죽일 만큼 힘이 세다는 희고 큰 원숭이가 동굴을 뛰어나오는 자세.
43 앞으로 나아가며 상대의 상체를 위에서 아래로 내려치는 자세. 검으로 상대를 치는 가장 기본적인 세법으로 현대 검도의 정면치기와 비슷하다.

리털이 쭈뼛 섰다. 헉 하는 소이의 숨소리가 들려오는 듯했다.

"이 여우같은 계집이 여기에 숨어 있었군."

무도한 놈들 중 하나가 걸걸한 목소리로 말했다. 소이는 한마디도 하지 않을 것이었다. 퍽 하는 소리가 들렸다. 칼등이 아니면 칼자루로 소이를 친 소리였다. 소이는 정신을 잃었을까? 주상은 다시 마른 침을 삼켰다. 입 안이 바짝 말랐다. 번쩍 쳐든 칼날이 어슴푸레 문살에 어렸다.

"멈추어라!"

주상의 낮고 정결한 목소리에 복면을 쓴 사내가 흠칫 놀랐다. 주상이 옆문 너머에서 칼을 쳐들었다. 놈들이 동시에 소리를 지르며 달려들었다.

칼날이 칼날과 부딪치자 파란 불꽃이 튀었다. 어둠 속에서 쇠와 쇠가 부딪치는 소리가 들렸다.

순간 주상의 입에서 헉 하는 한숨소리가 터져나왔다. 한 놈의 칼을 막는 사이 다른 한 놈의 칼날이 겨드랑이를 스쳤다. 주상은 중심을 잃고 비칠했다. 놈은 때를 놓치지 않고 칼날을 거두고 주상의 옆구리에 집게손가락 길이의 예리한 수리검을 박아넣었다. 주상의 평온하던 얼굴에 고통의 표정이 떠올랐다.

"전하! 아니 되옵니다."

소이의 비명소리가 침전 마루 위로 뛰어오르는 채윤의 귀청을 찢었다.

채윤은 환청을 듣는 것 같았다. 이명이 아닌가도 생각했다. 하지만 그것은 분명 소이의 목소리였다. 채윤은 들고 있던 육모방망이에 힘을 주고 날듯 침전으로 달려 들어갔다. 복면을 한 두 놈 중 한 놈의 정수리를 향해 방망이를 내리쳤다. 뻑 소리와 함께 놈이 쓰러졌다.

채윤은 육모방망이를 휘두르며 어안이 벙벙한 다른 놈에게 달려들었다.

하지만 놈은 잘 훈련된 자객이었다. 채윤의 뭉툭한 방망이는 예리한 놈의 칼날에 상대가 되지 않았다. 놈의 칼날에 방망이는 사정없이 밀렸다.

연거푸 쏟아지는 칼날을 막으며 물러서던 채윤이 열린 문틀에 걸려 뒤로 나자빠졌다. 어둠 속에서 웃는 놈의 눈가에 잡히는 주름을 본 것 같았다.

놈은 서두르지 않았다. 방망이 하나를 들고 날뛰는 혈기방장한 어린 겸 사복이라는 것을 알아차리고 천천히 쓰러진 시체들 사이로 다가왔다.

이렇게 끝나는 것인가? 채윤은 주춤주춤 뒤로 물러났다. 놈이 칼날을 높이 쳐들었다. 묵직한 칼날이 휙 떨어지려는 찰나 채윤은 눈을 감았다.

그때였다. 갑자기 어디선가 거센 물살 소리와 함께 요란한 요령소리가 났다. 뒤를 이어 징소리와 북소리, 종소리까지 울렸다. 칼을 치켜든 놈이 사색이 되었다. 천추전 뒤에 귀신이 산다는 소문을 놈은 알고 있었다.

놈이 엉거주춤하는 사이 채윤은 칼날에 상한 방망이로 놈의 정강이뼈 를 있는 힘을 다해 후려쳤다. 놈이 휘청 중심을 잃는가 싶더니 소이가 안 고 있던 서책을 낚아채 달아나기 시작했다.

"저놈…… 저놈을 잡으시오. 저 서책을…… 〈고군통서〉를……"

간절한 소이의 눈길을 스치듯 보며 채윤은 놈의 뒤를 쫓기 시작했다. 그래 네 뜻이라면… 네가 원한다면 저놈을 쫓겠다. 지옥 끝까지라도 쫓아 네가 말한 그 서책을 찾겠다……

대청마루로 뛰쳐나온 놈이 강녕전을 벗어났다. 전각 뒤쪽으로 놈이 사 라지자 곧 말울음소리가 들렸다. 정신을 차리기도 전에 거대한 바윗덩이 같은 말 한 마리가 달려들었다. 모퉁이를 돌자 세 필의 말이 있었다. 일을 마친 놈들이 타고 가기 위해 미리 대기시켜놓은 듯했다.

채윤은 뛰어오르듯 말 잔등에 올라타고 고삐를 잡아챘다. 소동에 놀란 내시부의 젊은 내시들과 대전상궁이 달려왔다. 금군대장의 말발굽 소리와 금군들의 함성소리가 들렸다. 채윤은 채찍을 말등에 내리치며 소리쳤다.

"어의를 부르시오! 외소주간의 반인 가리온을 들이시오!"

놈은 어둠에 잠긴 경회루를 지나 영추문 쪽으로 달렸다. 궐문 중에서 유독 영추문을 한밤에도 열어놓는다는 것을 알고 있는 것으로 보아 궐 안 사정을 잘 아는 놈이었다.

좁은 소문을 통해 허리를 숙이고 놈이 달려나갔다. 번을 서던 사령들은 엉거주춤 정신을 차리기도 전에 채윤이 궐문을 빠져나갔다.

궐을 벗어난 놈은 육조대로를 향해 달렸다. 육조 관청과 시전 거리 너머는 명나라 사신관이었다. 놈이 사신관에 도착하기 전에 따라잡아야 했다.

채윤은 있는 힘을 다해 말 잔등을 차며 채찍을 휘둘렀다. 놈과의 거리가 말 서너 마리 정도의 거리로 좁혀졌다. 앞서가는 말꼬리만 바라보며 달리는 채윤의 눈에 거대한 사신관의 높은 대문이 보였다.

'안 된다. 저 문이 열리고 놈이 저 문턱을 넘으면 끝이다. 사신관을 넘는 것은 곧 국경을 넘는 것. 저 서책이 명나라 놈들에게 넘어가면 이 나라의 운명은 어찌될 것인가? 놈이 저 문을 넘어가면 주상전하와 수많은 젊은 학사들이 목숨을 버리며 지켜온 꿈은 물거품이 되고 말 것이다. 놈을 저 문으로 들여서는 안 된다.'

채윤은 가슴을 쥐어짜며 채찍을 휘둘렀다.

"문을 열어라!"

놈의 고함소리에 거대한 짐승이 아가리를 벌리듯 사신관의 문이 열리고 있었다.

안 된다. 잡아야 한다. 놈이 저 문을 넘어가도록 두어서는 안 된다.

그러나 그럴수록 말은 점점 힘이 떨어졌다. 조금씩 거리가 벌어졌다. 놈은 이미 반쯤 열린 사신관 문으로 돌진했다. 채윤은 결심한 듯 말 잔등의 활시위에 화살을 먹였다.

네놈을 귀신으로 만들어서라도 사신관의 문을 넘지는 못하게 하겠다.

채윤은 팽팽한 시위를 당겼다. 오른쪽 가슴의 상처가 인두로 지진 듯 화뜩거렸다. 온 정신은 시위에 먹인 화살 끝에 쏠렸다. 어금니를 질끈 깨물며 놈의 왼쪽 등짝을 겨냥해 시위를 놓았다. 어둠을 가르며 날아간 화살이 정확하게 놈의 왼쪽 등에 박혔다. 말 잔등 위에서 놈은 뒤로 허리를 젖히며 외마디 비명을 질렀다. 그러나 속도를 낸 말은 그대로 달려 열어젖힌 사신관 안으로 들어갔다. 말등에서 털썩거리던 놈이 툭 떨어졌다. 번을 서던 명군 병졸들이 놈을 문턱 안으로 끌고 들어갔다.

채윤은 그제야 고비를 잡아채 말을 멈추었다. 명나라 경비병들의 삼엄한 눈빛을 마주 쏘아보며 채윤은 먹이를 삼킨 거대한 괴물의 아가리가 닫히는 것을 안타깝게 바라보았다. 명나라 경비병들이 달려와 말을 둘러쌌다. 채윤은 애써 중심을 잡으며 서늘한 눈빛으로 놈들을 쏘아보았다. 놀란 말이 사납게 몸을 뒤흔들었다.

광화문 쪽에서 와자한 고함소리와 함께 발소리가 들렸다. 스무남은 명의 금군들이었다. 명나라 병사들이 움찔하며 주춤주춤 물러났다. 채윤은 닫혀버린 명나라 사신관의 무거운 문을 돌아보며 고삐를 잡아챘다. 두려움에 질린 말이 어둠 속을 달리기 시작했다.

'이제 이 나라는 어떻게 되는가? 주상전하의 안위는 어떻게 되며 소이는 또 어떻게 되는 것일까?'

어지러운 머릿속으로 회오리가 부는 듯했다.

3

어의는 착잡한 표정으로 고개를 가로저었다. 집현전에서 야근하던 최
만리와 숙직하던 성삼문이 달려온 곳은 천추전이었다. 난장판이 된 강녕
전을 벗어나 부속침전인 천추전으로 주상을 모신 것이었다.

얼굴이 백짓장처럼 하얗게 질린 내시부의 내시들이 머리를 조아렸
고 옷가지도 제대로 챙겨 입지 못한 대전상궁이 사시나무처럼 떨고 있
었다.

"어떻게 되겠는가? 옥체는 무고하신 것이겠지?"

최만리가 다급한 목소리로 어의를 재촉했다.

"망극한 일이오나 표창에 옆구리를 상하셨습니다."

"그렇다면 옥체를 더럽힌 흉물을 제거하였겠지? 상처가 깊은가?"

"그, 그것이…… 표창에는 손잡이가 없습니다."

"무슨 소린가?"

"표창이란 손잡이와 날이 구분되어 몸에 박혀도 손잡이 부분에서 그
칩니다. 그런데 이 표창은 바늘처럼 길어 그 끝이 피부 깊이 박혔사온

데……"

"그러니 어쩌잔 말인가? 어쨌든 뽑아내야 하지 않는가 말이야?"

"난감한 것이 표창 끝에 미늘이 있는 듯합니다. 빼내려면 미늘에 속살이 찢어질 것입니다."

"그렇다면 방법이 없단 말이냐?"

가르릉거리는 목소리가 날카롭게 천추전을 울렸다.

"일단 피를 멎게 하고 혹 독을 발랐을지 몰라 상처를 통해 해독제를 넣었사옵니다만……"

어의가 참담한 표정으로 고개를 숙였다. 착잡하게 두 사람의 대화를 듣고 있던 삼문이 문을 열고 침전 밖 대청으로 나섰다. 말을 탄 금군대장을 필두로 스무너댓 명의 병사들이 춘추관을 둘러싸고 지키고 있었다. 뜰 모퉁이의 담 밑 그림자 아래에 쭈그리고 앉은 추레한 사내가 있었다.

"반인 가리온은 지금 당장 들라!"

"예!"

가리온이 엉거주춤 일어났다. 달빛이 비치자 가리온의 얼굴에 고문으로 찢어진 상처가 깊이 드러났다. 삼문은 말없이 눈빛으로 가리온을 재촉했다. 가리온이 댓돌 위를 올라서려 할 때였다.

"무슨 짓인가? 지엄한 주상전하의 침전에 무도한 반인이라니!"

최만리의 입에서 새액쌕 거친 숨소리가 새어나왔다.

"어의가 대책 없다 한다고 표창을 맞고 쓰러진 전하를 저대로 바라보아야 합니까?"

"저자가 어떤 자인가? 천하고 천한 반촌의 왈짜요, 도끼로 소를 잡고 돼지의 멱을 따던 자다. 시체의 배를 가르던 흉측한 자에게 어찌 어의가 두 손을 젓는 일을 맡긴단 말인가?"

"어의가 할 수 있는 일이라면 굳이 그자를 부를 필요가 없겠지요."

"주상전하의 침전이 반인 따위의 발길에 어지럽혀졌다면 온 나라에서 탄핵상소가 올라올 것이다."

"죄를 지어도 소인이 짓는 것이고 벌을 받아도 소인이 받을 것입니다."

삼문은 최만리의 눈을 똑바로 보며 가리온을 안으로 이끌었다. 가리온은 힐끔힐끔 최만리의 눈치를 보며 대청마루로 올라섰다.

"표창의 길이가 얼마나 되는지는 알 수 없으나 장기를 상하시지는 않은 것 같습니다."

주상의 옆구리를 유심히 들여다보던 가리온이 말했다. 삼문의 얼굴에 안도의 표정이 스쳤다.

"그걸 어찌 아는가?"

"표창이 찔린 곳은 장이 있는 자리입니다. 장이 터지면 흘러나온 장액이 피에 섞여 피 맛이 비릿하지 않고 고릿할 것입니다. 그러나 지금은 피 맛이 비린 것으로 보아 내장을 상하시지 않았다 말씀드릴 수 있사옵니다."

어의는 당황한 표정으로 말을 잇지 못했다. 가리온은 어의의 눈치를 살피며 말을 이었다.

"어의영감의 말씀대로 표창의 끝은 미늘 형태로 갈퀴가 있는 듯합니다. 그냥 빼내면 살을 모두 찢어놓을 것이옵니다."

"그 정도는 나 또한 모르는 바 아니다. 그러니 어찌해야 한단 말이냐?"

어의가 신경질적으로 소리쳤다. 가리온은 다시 주상의 옆구리 상처를 두 손으로 벌려보았다. 주상의 얼굴이 고통으로 일그러졌다.

"저 저…… 무도한 놈을 보았나? 옥체에 더러운 손을 올리다니…… 저놈을 당장 끌어내지 못할까!"

경악한 최만리가 두 눈을 부릅뜨고 소리쳤다. 그 말을 듣는 둥 마는 둥 담담하게 상처를 살피던 가리온이 마침내 입을 열었다.

"상처 옆에 살을 째고 집게를 피부 속 깊이 넣어 살 속에 박힌 표창을 꺼내야 할 것입니다."

어둠 속에서 둘러앉은 사람들이 귀신이라도 만난 듯 두 눈이 휘둥그레졌다. 최만리가 넘어갈 듯 숨을 헐떡거리며 소리쳤다.

"저놈을 당장 끌어내라! 저놈이 주상전하를 위해하려 하는 것이니……성스런 옥체에다 칼을 대어 훼손하겠다 함은 역도가 아니냐? 어의는 무엇하는가? 저놈을 물리치지 않고……"

최만리가 거품을 물고 손가락질을 했다. 그 모습을 본 어의가 결심한 듯 입을 열었다.

"옥체는 작은 시침조차 할 수 없거늘 칼이라니? 옥체를 칼로 난도질 하겠다 함은 네놈의 역심이라 아니할 수 없다. 지금 흘리신 옥혈만으로도 기력이 쇠하셨는데 칼을 대어 살갗을 째면 비록 표창을 제거한다 해도 출혈을 버티지 못하실 것이다. 게다가 칼을 잘못 놀려 무언가를 잘못 건드리기라도 한다면 모골이 송연하다."

어의의 정연한 논리에 최만리는 기세가 등등해졌다.

"금군대장은 무엇을 하느냐? 이놈을 당장 끌어내라!"

그때 가는 목소리가 들렸다. 겨우 정신을 추스른 주상이었다.

"가리온에게 맡기라."

고통으로 일그러진 얼굴로 힘을 다해 짜내는 듯한 하교였다. 최만리의 기세가 삽시간에 누그러졌다.

"전하, 어찌 저토록 천한 역도의 손에 옥체를 맡기려 하시옵니까?"

"그는 그대들이 모르는 사람의 속을 알고 있는 자이다."

주상은 힘겹게 가리온을 보았다. 그 눈빛은 가리온에 대한 절대적인 믿음을 담고 있었다. 가리온은 결심한 듯 들고 온 침쌈지와 수술도구를 펼쳤다.

"전하, 오래 걸리지 않을 것이옵니다. 내관께서는 등잔을 가까이 가져와 상처를 잘 볼 수 있도록 해주시오."

그렇게 말할 때 그 방 안의 수장은 주상도 대제학도 어의도 아니었다. 천하고 무지한 가리온이었다. 내관 둘이 들고 있던 등잔을 가까이 대주었다.

가리온은 쌈지 안에서 하얀 종지모양의 병을 꺼냈다. 그리고 하얀 목화솜에 떨어뜨린 후 환부에 고루 발랐다. 그리고 투명한 액체를 벌어진 상처의 틈으로 흘려 넣었다.

"무엇이냐?"

"물푸레나무 껍질을 우려낸 백납으로 만든 약입니다. 독성이 있사오나 고통을 줄여주는 진통 효과가 있습니다. 상처를 덧나지 않게도 하옵니다."

가리온은 쌈지 속에서 끝이 날카로운 칼을 꺼내들었다. 둘러선 사람들의 눈이 휘둥그레지며 경악했다. 옆에 앉아 있던 어느새 가리온의 조수가 된 어의는 가리온이 시키는 대로 광목천을 들고 연신 흘러내리는 피를 닦아내고 있었다.

그럴 만도 했다. 옥체에 변고가 생긴다면 어의 또한 목숨 보전을 바랄 수 없기 때문이다.

"오호라, 인자의 시대가 끝났도다. 지엄한 옥체에 쇠붙이를 대다니……"

최만리가 탄식하며 문을 열고 대청마루로 나섰다. 가리온이 칼을 대자 주상의 얼굴이 심하게 일그러졌다. 끙끙대는 신음소리가 한참이나 계속되었다. 모여든 사람들도 대청마루에 선 최만리도 신음소리에 가슴이 찢어졌다.

한참 후에야 가리온이 들고 있던 집게를 눈앞으로 들어올렸다. 끝이 세 방향으로 갈라진 날카로운 갈퀴처럼 벌어진 표창이었다. 피가 철철 흘러나오는 상처 속으로 가리온은 외소주간에서 가져온 소주를 들이부었다. 그리고 쌈지 속에서 무언가를 싼 하얀 광목천을 꺼냈다.

"무엇이냐?"

안도한 어의가 신기한 듯 물었다.

"고래수염으로 만든 실입니다. 쩬 상처를 꿰매면 상처가 빨리 아물고 덧나지 않을 것입니다."

어의는 이제 가리온의 의술에 완전히 빠져들었다. 가리온이 시키는 대로 흘러나오는 피를 닦아내고 간간이 소독액을 상처에 한 방울씩 흘려주었다. 가리온이 세심하게 고래수염실로 꿰매자 상처는 오므라들었다. 상처 위에 다시 소독액과 진통제를 바르자 침전 안에는 안도의 기운이 흘렀다.

"이제 어떻게 할 것인가?"

어의가 호기심 가득한 표정으로 물었다.

"소주를 따뜻한 물에 타서 올리십시오. 잠시 침수에 드시면 훨씬 몸이 좋아질 것입니다. 그리고 이 약을 한 식경마다 상처 부위에 골고루 발라주십시오. 통증을 가라앉히고 덧나는 것을 막아줄 것입니다. 상처가 어느 정도 아물면 실을 뽑아주시기만 하면 됩니다."

대청 밖의 최만리는 삼문과 천한 놈의 처사에 분개하고 있었다. 이제 주상이 쾌유하느냐 그렇지 않느냐는 문제가 아니었다. 하늘 같은 주상의

침전을 더럽히고, 옥체를 훼손한 것을 종사와 전국의 유생들이 용서하지
않을 것이었다.

　이를 부득부득 갈며 최만리는 어느덧 밝아오는 여명을 바라보았다.

4

채윤은 금서와 새로운 문자를 둘러싼 사건의 진실을 정별감에게 보고하는 것으로
길고 힘겨운 수사를 끝내고 숙소로 돌아간다.

　겸사복청 밖에서 들려오는 터덜거리는 말발굽 소리에 정별감은 안도
의 한숨을 쉬었다. 필경 기진맥진한 채윤이 녀석일 것이었다. 무단으로
궐문을 나선 녀석 때문에 온 밤을 꼬박 새워야 했다.

　고삐 풀린 망아지처럼 거칠고 막무가내지만 녀석의 언행에는 미더운
구석이 없지 않았다. 뜬금없는 연쇄살인과 살인 예고를 우습게 넘겼지만
거침없이 사건에 달려드는 녀석의 지모에 혀를 내둘렀다. 언제부터인가
정별감은 진정으로 채윤을 걱정하고 있는 자신을 발견했다. 가엾은 녀석
을 불행의 구덩이로 밀어넣은 자신을 책망한 것도 여러 번이었다.

　"이 고삐 풀린 망아지 같은 녀석아! 어째서 한밤중이면 궐 안팎을 싸돌
아다니지 못해 안달이냐? 주상전하의 침전을 침입한 죄는 능지처참에 해
당하는 중죄임을 몰랐더냐?"

　정별감은 그동안의 노심초사를 감추려는 듯 고함을 질렀다. 기진맥진
한 채윤의 가슴은 아물지 않은 상처에서 배어나온 피로 붉게 물들어 있었
다. 정별감은 못마땅한 시선으로 채윤을 흘기며 오르라는 눈짓을 했다.

"글쎄 들어나보자. 네놈이 밤 도깨비처럼 설쳐대는 까닭을 말이다."

정별감이 벽장 안에 잘 보관해둔 광목천과 명나라에서 들여온 생약을 넣어둔 상자를 꺼냈다. 채윤의 웃옷을 벗기고 생약을 환부에 붙이고 피가 배인 광목을 갈았다. 한결 통증이 가시자 채윤은 머릿속을 가지런히 정리했다. 새 광목천의 자락을 꼭 묶은 정별감이 손바닥을 털었다.

"전심을 다하였으나 변변한 성과를 거두지 못하였습니다. 거기다 돌이킬 수 없는 죄를 범하였으니 이제 소인을 벌하소서."

"그것은 또 무슨 뜬금없는 소리냐?"

"조금 전 〈고군통서〉가 명나라 사신관으로 넘어갔습니다."

정별감의 동공이 커지며 멍해졌다.

"그렇다면 전하의 침전에 틈입한 놈들은 〈고군통서〉를 노린 것이더냐?"

"그렇습니다. 죽을힘을 다해 막으려 하였으나……"

채윤이 말을 잇지 못했다.

"날이 새면 평지풍파가 일겠구나. 이 일을 어이할꼬……"

정별감이 혀를 찼다. 채윤 또한 알고 있다. 이제 일은 궐 안에서 그치지 않을 것이다. 작은 물살이 점점 커지며 소용돌이로 변했고 마침내는 엄청난 해일이 궁궐 담을 넘어 중국 사신관까지 휩쓸었다.

채윤은 정별감을 똑똑히 보았다. 이자를 믿을 수는 없다. 자신의 영달과 일신의 안온함만 추구해온 자가 아닌가? 평생을 아랫사람을 족치고 윗사람에게는 아부하며 이 자리까지 꿰찬 기회주의자. 자신의 이익을 위해서라면 다른 사람의 목숨마저도 초개같이 여기는 냉혈한.

그러나 선택의 여지가 없다. 늘 그래왔다. 선택이란 원래 더 좋은 것과 덜 좋은 것 가운데 더 좋은 것을 고르는 것일 터. 그러나 채윤에게는 늘 더 나쁜 것과 덜 나쁜 것 중에 덜 나쁜 것을 고르는 일이었다. 어느 쪽이든 결과는 달라지지 않는 우울한 선택.

지금도 마찬가지다. 이 간악하고 교활하고 아부 잘하는 자를 믿지 않을 방도가 없다. 사건의 공식적인 수장이 정별감이기 때문이었다.

애초 채윤은 사건을 잘못 처리한 책임을 뒤집어쓰는 바람막이일 뿐이었다. 지금에 와서 그 역할이 바뀌지 않을 것이란 걸 채윤은 모르지 않았다.

그러나 누군가는 이 사건의 전모를 알아야 했다. 이 궁궐 안에서 벌어졌던 해괴한 일들의 전모를 이제는 정리해야 할 시점이었다. 여전히 의문은 많고 해결된 것보다 해결되지 못한 것이 많으며 사건은 의혹 속에 묻혀 있지만…… 더 이상은 미룰 시간이 없었다.

"소인의 말씀을 들어주옵소서. 한낱 미련한 겸사복의 허황한 망상이라 생각하셔도 어쩔 수는 없으나 소인이 목숨을 내걸고 쫓은 사건의 진상입니다."

다짐 섞인 말에 정별감의 눈살이 바르르 떨렸다. 채윤은 꿀꺽 침을 삼키는 정별감의 굵은 목울대를 지켜보았다.

"학사들의 죽음은 정교하게 계획된 살인입니다. 먼저 죽은 자는 다음에 죽을 자를 예고했습니다. 수극금, 금극목……"

"도대체 왜 그들이 죽었다는 것이냐?"

"오행이 순환하는 순서는 곧 〈고군통서〉의 행방이기도 했습니다. 학사들은 작약시계라는 은밀한 결사에 속해 있었습니다."

"문신을 말하는 것이냐?"

"그렇습니다. 죽은 학사들의 문신은 곧 낙서의 각 항에 해당하고 그 항은 곧 오행의 각 수와 정확히 일치합니다. 장성수의 문신은 곧 오행의 화(火)를 의미하는 2입니다. 학사들은 자신에게 해당하는 숫자대로 〈고군통서)를 비밀리에 전수했던 것입니다. 첫날밤 장성수는 죽기 전에 윤필에게 〈고군통서〉를 넘겨주었고 윤필은 다시 허담에게……"

"그렇다면 그들을 죽인 자 또한 순서를 알고 있었다는 얘기더냐?"

"그렇습니다. 학사들의 비밀결사인 작약시계 안에 놈들이 심어놓은 끄나풀이 있었을 것입니다. 그래서 서책을 전수하는 학사들의 순서를 미리 알고 있었던 것입니다."

"학사들은 자신이 위험에 처한 것을 알고 미리 다음 학사에게 〈고군통서〉를 인계했다는 말이렷다? 그런데 어찌하여 그 서책이 주상전하께까지 전달된 것이더냐?"

정별감은 채윤의 말에 완전히 빠져들었다.

"망극하오나 대전궁녀 소이와 주상전하께서 숨어 있던 두 명의 학사이자 작약시계 계원입니다."

"무슨 말이냐? 지엄하신 주상전하와 하찮은 궁녀가 집현전 학사라니?"

"집현전 학사는 모두 서른 명입니다. 그러나 모든 학사를 다 짚어보아도 스물여덟 명이 전부였습니다. 그것은 나머지 두 명의 드러나서는 안될 소중한 학사가 바로 소이와 주상전하입니다."

"그것을 어찌 아느냐?"

"새 글자는 스물여덟 자입니다. 각각의 학사들은 다섯 학사가 마방진의 한 변씩을 차지하고 있는 것처럼 지수귀문도의 한 칸씩을 차지하고 있었습니다. 이는 모두가 새로운 글자의 한 음씩에 해당됩니다. 오행에 해당하는 학사들이 모두 사망했으면 다음은 음양, 곧 태극에 해당하는 학사의 차례입니다. 소인은 태극이 곧 새 글자의 홀소리에 해당하는 것으로 생각했습니다. 그러니 그에 해당하는 학사는 곧 소이와 주상전하였습니다."

"그렇다면 저들은 〈고군통서〉를 가지고 어떻게 하려 했다는 것이냐?"

정별감이 조급증을 견디지 못하고 다가앉았다. 채윤은 잠시 망설였다. 이 말들이 한낱 정별감 혼자만의 비밀로 간직될 수도 있었다. 아니면 저들에게 이용당할 수도 있었다. 그러나 지금에 와서 말을 멈출 수는 없었다.

"〈고군통서〉의 저술자는 명행이 아니었습니다."

채윤은 정별감의 흔들리는 두 눈을 빠히 쏘아보았다. 그것은 정별감의 현재를 만든 모든 근거를 송두리째 부정하는 말이었다. 핏발 선 눈으로 채윤을 노려보는 정별감의 숨소리가 거칠어졌다.

"이놈! 망측한 언사를 그처라! 내가 그 사건을 좇아 밤잠을 설칠 때 세상 빛을 보지도 못한 네놈이 어찌 이십 년 전의 일을 본 듯이 말하는 것이냐?"

거친 목소리가 요강바닥을 때리는 오줌발처럼 쏟아졌다.

"윤필의 피살 현장에 남아 있던 활자들이 이십 년 전 필체의 주인은 주상전하라는 사실을 말해주었습니다."

정별감의 턱이 툭 떨어졌다.

"그 사실이 학사들의 죽음과 무슨 관련이 있다는 것이냐?"

"저들은 주상전하에 반대하는 자들입니다. 수많은 간계로 그 뜻을 부러뜨리려 했으나 새 글자를 만드는 것은 막지 못했습니다. 궁지에 몰린 저들이 마지막 방법을 쓴 것입니다."

"어떻게 말이냐?"

"저들은 먼저 주상전하의 측근을 모두 제거했습니다. 장영실 대감을 궁궐에서 쫓아내고 박연 대감을 쫓아내고 세자빈을 폐서인하였습니다. 그리고 주상전하를 꼼짝 못하게 할 무언가를 찾아냈습니다. 그것이 바로 사문난적으로 분서하려던 〈고군통서〉였습니다."

"〈고군통서〉가 어찌 주상전하의 뜻을 꺾을 단서가 된다는 말이냐?"

"〈고군통서〉의 저술자가 주상전하란 사실을 아는 이상 이 서책이 명나라 사신관으로 넘어가면 엄청난 일이 벌어질 것은 뻔한 일입니다. 〈고군통서〉는 첫 장부터 끝장까지 사대주의와 모화파들을 비판하고 이 나라의 얼을 되찾아야 한다는 내용이 아닙니까? 백면서생이 그런 서책을 저술하였다 해도 죄를 면하기 힘들 터인데 군왕의 생각이 그러하다면 명나라에서 가만히 있을 리가 없지 않습니까? 저들은 그 서책으로 주상전하를……"

　정별감은 넋이 나간 사람처럼 멍하니 허공을 바라보고 있었다.

　"믿을 수 없다. 나라의 신하로 녹을 받는 자들이 어찌 그런 역심을 품을 수가 있단 말이냐?"

　정별감이 고개를 가로저었다.

　"믿으셔야 합니다. 저들은 학사들의 죽음까지도 주상전하의 뜻을 폄훼하고 꺾는 데 이용했습니다."

　"어떻게 말이냐?"

　"그들은 장성수의 피로 열상진원을 더럽혔습니다. 열상진원의 물이 흘러드는 향원지는 천원지방의 도가 서려 있습니다. 또 윤필의 비명으로 주자소를 어지럽혔으며, 허담의 원한으로 집현전을 채웠고, 정초 대감의 죽음으로 경회루를 저주하였습니다. 그리고 성삼문 나리를 산 채로 매장시켜 아미산을 더럽히려 하였습니다. 이 전각들과 누각들은 하나같이 주상전하께서 심혈을 기울여 세운 것들입니다."

　"그렇다면 저들은 주상전하께서 건물 속에 감추어둔 도를 아는 자들이렷다?"

　"그렇습니다. 천원지방, 오행, 태극설 등의 도를 누구보다 잘 알고 있는 현학들입니다."

"말을 돌리지 마라. 도대체 이 일을 저지른 자들이 누구란 말이더냐?"

"소인도 알 수 없습니다. 다만 이 모든 참극 뒤에는 항상 최만리 대감이 있었습니다."

정별감의 낯빛이 사색이 되었다.

"그럴 리가 없다. 이 나라 최고의 현학이요 주상전하께서 손수 발탁하신 집현전의 초대 학사이시다. 주상전하의 적자라 할 그가 어찌 그런 몹쓸 일의 배후에 있다 하느냐?"

"그가 가장 두려워하는 것은 새 글자를 만드는 것이었습니다. 목숨처럼 믿고 있는 중화의 혼을 흐리는 일이라면 그 누구라도 막아야 했을 것입니다. 그것이 설령 주상전하라 하더라도 말입니다."

이제 모든 것이 끝났다. 날이 밝으면 어떻게든 되겠지. 하지만 그때까지는 잠시라도 잠을 좀 자두고 싶었다. 갑작스럽게 피곤이 몰려와 눈꺼풀이 내려앉기 시작했다. 채윤은 자리에서 일어나 정중하게 큰 절을 올렸다. 이제 날이 밝으면 영영 다시 못 볼 사람이다.

"불초 소인, 그동안 돌보아주신 은혜 백 배 감사드립니다."

몸을 일으키자마자 채윤은 방을 물러나 숙직각으로 향했다.

파란 물감이 풀리듯 동쪽 하늘이 밝고 있었다. 숙직각으로 돌아온 채윤은 밤새 한잠도 이루지 못했다. 어둠 속에서 눈물을 흘리며 한 남자의 얼굴을 떠올렸다. 혼자만의 고독한 전쟁을 치르는 한 남자의 얼굴.

주상은 이 융성의 시대에 전쟁을 하고 있었다. 치열한 백척간두 끝에 서서 치르는 그 전쟁을 아무도 모를 것이다. 어느 누구의 도움도 없이 혼자서 사방에 깔린 적들을 막아내야 했다.

처음으로 궁성에 당도했던 때가 생각났다. 적과 자신이 구분되지 않는 전쟁터. 어디에서 칼날이 날아들지 모르고 어느 용마루 아래서 화살이 날아들지 모르는 전쟁터. 자신의 마음속에서 자신을 해칠 칼날이 푸르게 번득이고 있음을 채윤은 알았다.

주상은 그 외롭고 위태로운 전쟁을 계속 치러냈다. 대국의 위협과 시대의 강퍅함과 문신, 경학파 학사들의 조직적인 반발과 전국 방방곡곡의 향교와 성균관의 반대와 편전의 용상 앞에 쌓이는 언관들의 상소와…… 주상은 혼자 몸으로 그 모든 것들과 맞섰다.

다행히 주상 곁에는 그를 지키려는 신하들이 있었다. 그들은 철퇴에 머리가 으깨져 죽었고, 심장에 칼을 맞고 죽었으며, 시신이 우물간에 버려지고, 대들보에 매달렸다. 혈족이라 할 며느리조차 처참한 능욕을 뒤집어쓰고 궁궐을 쫓겨나야 했다.

궁궐 어디에나 그 전쟁의 피가 뿌려지지 않은 곳이 없었다. 그들은 왜 그렇게 하릴없는 죽음을 택했던가? 그들이 죽어간 이유는 주상을 위해서였다. 그러나 그들이 지키고자 했던 것은 주상이 아니라 주상의 뜻이었다. 그것은 이 시대의 뜻이기도 했다.

시대는 살아 숨쉬었다. 시대는 생각하고 성장하며 완숙해졌다. 사람이 시대를 만들어가는 것이기도 하지만 시대가 사람의 희생을 요구하기도 한다. 시대가 성장하는 데는 그 시대의 명을 좇는 자들의 희생이 필요했다. 거대한 시대의 전쟁에 맨몸으로 나선 자들이 그들이었다.

많은 시간이 흘러 시대가 성장하고 발전하여 융성의 시대가 올지라도 사람들은 그들의 이름을 기억하지 못할 것이다. 그러나 시대의 부름을 피하지 않고 맞선 그들은 자신들의 피와 살이 융성의 시대를 만드는 한줌 거름이 됨을 기꺼워할 것이었다.

채윤은 뜨끔뜨끔 핏발이 오른 따가운 눈을 비볐다. 날이 밝아오고 있다.

〈고군통서〉는 중국 놈들의 손으로 넘어가버렸다. 무력감과 죄책감에 괴로워하며 버석한 뺨을 쓸어내릴 때였다.

푸르스름한 새벽빛이 물드는 문짝 너머로 인기척이 느껴졌다. 채윤은 무엇에 쏘인 듯 벌떡 일어나 육모방망이를 빼들었다. 조용한 발소리로 보아 한두 명이 아니었다. 발소리는 놀랍도록 잘 훈련된 자들이었다.

갑자기 문살이 부서지며 시커먼 사내들이 우르르 달려들었다. 채윤은 방망이 한번 휘둘러보지도 못하고 사내들의 완력에 제압되고 말았다. 사내들은 채윤을 무지막지하게 패고, 차고, 짓밟고, 짓뭉갰다. 순식간에 온몸의 진이 빠져나가 바닥에 거꾸로 처박히고 말았다. 완강한 손이 두 팔을 뒤로 비틀었다. 질긴 오랏줄이 숨도 못 쉴 정도로 온몸을 묶었다. 육모방망이가 종아리를 후려쳤다. 채윤은 그 자리에서 무릎이 꺾어지며 꿇어 엎어졌다.

"끌고 가라!"

매끄럽고 긴 수염을 기른 사내는 금부대장 김돈술이었다. 어슴푸레한 미명 속에서 방 안을 꽉 채운 예닐곱 명의 사내들은 모두 의금부 사령의 복장을 하고 있었다.

검은 천이 눈앞을 가렸다. 무거운 나무문이 열리는 소리가 나고 서늘한 한기가 발밑에서부터 올라왔다. 눈앞을 가리고 있던 헝겊이 풀어졌다.

의금부의 문초실이었다. 사나운 발길질이 등짝을 쏟아졌다. 채윤은 지옥의 벼랑 같은 가파른 돌계단을 굴러내렸다. 비릿한 피 냄새와 음산한 공기가 온몸을 휘감았다. 바닥을 네모난 돌로 반듯하게 간 것은 피가 배어들지 못하게 하기 위해서일 것이다. 벽 쪽으로 비스듬하게 경사지고 벽을 따라 골이 있는 것은 피를 씻어내기 위함이었다.

채윤은 이 돌바닥에 얼마나 많은 피가 튀었고 씻겨져 갔을까 생각했다.

그 피들 중 죄 없는 피 또한 얼마나 많을 것인가. 그리고 자신 또한 이곳에서 얼마나 많은 피를 흘려야 할 것인가.

겨우 정신을 차리자 얼굴이 온통 털로 덮인 사내가 내려다보고 있었다. 문초가 시작되었다. 인두와 집게와 몽둥이와 쇠고랑과 주먹과 발길질이 순서 없이 달려들었다. 질문은 몇 가지가 전부였다.

"네놈은 어찌하여 야밤에 주상전하의 침전으로 침입하였던 것이냐?"

"네놈이 역심을 품고 주상전하를 해하려 했던 것이 아니냐?"

"중국의 사신관에는 어인 일로 달려간 것이냐?"

"주상전하께서 독대하시던 중국 사신을 해치기 위함이 아니더냐?"

그들이 원하는 대답은 진실이 아니었다. 진실을 말한다 해도 그들은 달가워하지 않을 것이었다. 숨이 턱턱 막히는 주먹질 속에서 대답을 할 수조차 없었다. 찝찔하고 비릿한 액체가 입속으로 흘러들었다. 채윤은 정신을 놓치지 않으려 애쓸 뿐이었다.

'날이 밝으면 중국 사신이 대전으로 몰려올 것이었다. 그렇게 되면 주상전하께서 당하실 고초는 또 얼마나 클까? 그리고 정인지 대감, 삼문 어른, 순지 아재……'

채윤은 희미한 정신으로 그 얼굴들을 떠올렸다.

5

사신들이 탄 가마 행렬은 거침없이 광화문을 열어젖혔다. 서른 명이 넘는 가마꾼들이 일곱 대의 가마를 움직였다. 그 뒤를 스물댓 명의 호위병들이 따랐다. 붉고 누른 깃발이 아침 햇살에 반짝이며 나부꼈다. 네 명의 기수가 가마를 이끌고 들어와 광화문을 지나 연제교를 건넜다. 근정전의 돌마당 네 귀퉁이에 깃발을 세웠다.

주상은 뜰 앞 축대 위에 서서 사신단을 맞았다. 뜰에는 품계석을 따라 삼정승을 비롯한 문무관들이 도열해 있었다. 대제학을 비롯한 직제학과 부제학, 집현전의 상급학사인 성삼문, 이개, 강희안이 앞자리에 섰다.

"천자의 명을 받은 대명의 사은사는 지난밤 사신관을 침략한 가당찮은 도발의 본원을 묻는다."

짜랑짜랑한 사신의 목소리가 거만하게 울려 퍼졌다. 중국인 역관의 낭랑한 목소리가 들렸다. 주상은 굳게 다문 입술에 더욱 힘을 주었다.

"지난밤 한 조선인이 대명의 사신관 문 앞에서 절명하였다. 대명과 조선의 국익에 관여된 모종의 비밀스런 서책을 습득하여 사신관에 전하려

했으나 추격한 괴한의 활을 맞은 것이다. 대국의 권위와 천자의 존엄을 해치는 서책이 궁 안에 있는 것도 이해 못할 일이거늘 이를 고변코자 한 자를 사신관까지 쫓아와 죽이는 법이 어찌 가당키나 한가?"

사신의 거친 중국어와 역관의 조선말이 섞여서 근정전의 뜰을 울렸다. 늘어선 신하들이 참담한 표정으로 고개를 숙였다. 거칠게 지껄여대는 사신의 주둥아리를 고까운 표정으로 노려보던 삼문은 맞은편에 허리를 숙인 최만리를 바라보았다. 노회한 늙은이는 회심의 미소를 짓고 있었다. 삼문은 당장이라도 달려가 비열한 늙은이를 쓰러뜨리고 싶었다. 사신의 목소리는 계속 이어졌다.

"이에 천자를 대신하여 대명의 사신관은 묵과하지 못할 사태의 근원을 캐고자 하니 조선왕 전하는 이를 가납하시오."

청이었지만 한편 강경한 통보였다. 주상은 말없이 호조판서에게 눈짓을 했다. 그는 우람한 체구를 숙이며 입을 열었다.

"지난밤 의금부에서 출동하여 사신관에서 사람을 죽인 놈을 잡아들여 문초하고 있소이다. 그러니 사신께서는 심려를 거두어도 될 것이오."

역관이 주상의 눈치를 살피며 통역하였다. 그러나 분이 풀릴 것을 기대하였던 사신은 더욱 험상궂게 얼굴을 일그러뜨리며 목소리를 높였다.

"대명의 사신이 조선의 왕을 찾은 것은 한낱 천한 자의 죽음과 그 천한 자를 죽인 또 다른 천한 자의 죄를 물으려 함이 아니라 방자한 서책의 근원을 밝히려 함이오."

허리를 숙인 문무관들의 얼굴에 핏기가 가셨다. 삼문과 정인지가 마른 입을 적시느라 침을 삼켰다. 최만리는 여유가 엿보이는 옅은 미소를 지었다.

사신이 뒤를 돌아보며 눈짓을 했다. 뒤쪽 수행원 중 하나가 앞으로 나서며 들고 있던 서책을 받쳐 들었다. 주상의 가지런한 눈썹이 꿈틀거렸다. 서책의 표지는 낡고 바랬지만 그 위에 쓰인 반듯한 서체는 분명히 말하고 있었다.

《고군통서》.

수많은 선비들이 목숨을 걸었고 지난밤 채윤이 몸을 던져 지키고자 했던 그 서책이었다.

"이 악의에 찬 서책을 누가 저술하였는지를 캐내어 죄를 물어야 할 것이다. 아울러 이 서책을 연경의 천자께 올려 대명과 천자를 폄훼한 죄를 물을 것이다."

문무관들이 좌우를 돌아보며 웅성거렸다. 저주받은 서책이 천자의 손에까지 들어간다면, 천자가 이 일을 기화로 진노하기라도 한다면, 조선 땅 전체에 감당치 못할 재앙이 몰아칠 것이었다.

"《고군통서》의 일이라면 이십 년 전의 일로 조선의 조정에서도 큰 풍파를 몰고 왔던 사태였소이다. 당시 전국의 필사본을 샅샅이 찾아 분서하고 다시는 그와 같은 무도한 서책이 젊은 사대부들의 서안위에 오르는 일이 없도록 했소. 그리고 그 서책의 저술자를 발본색원하여 거열함으로써 교만한 악종의 최후가 어떤 것인지를 만천하에 알렸소이다. 그러한데 어찌 지금에 와서 입에 담기도 민망한 책의 저술자를 다시 찾으려 하오?"

웅성거리는 소리 중에 나선 목소리는 정인지였다. 사신은 혼신의 주장을 하찮은 듯 흘리고 정인지를 꾸짖듯 눈살을 찌푸렸다.

"조선 조정이 책들을 불사른 것은 대명을 달래려는 눈가림일 뿐이었다. 이십 년이 지난 지금까지 불타지 않은 서책이 나도는 것만 보아도 알수 있지 않은가? 이번에야말로 그 저술자를 찾아 그 죗값을 물어야 할 것이다.”

당당한 목소리로 사신이 말했다. 정인지가 다시 나섰다.

“이십 년 전의 일이오. 지금에 와서 어찌 그 저술자를 찾을 수 있겠소?”

“지난밤 사신관에 전달된 이 서책은 〈고군통서〉의 원본이다. 원본은 그 지은 자의 서체를 감추고 있지. 그 서법을 찾아낼 필법관이 여기에 있다.”

사신이 뒤를 돌아보자 피골이 상접한 듯 야윈 사내가 앞으로 나섰다. 그는 서책을 들어올려 익숙한 손놀림으로 표지부터 살펴나가기 시작했다.

“외람되고 교만한 자는 반드시 죗값을 치르게 될 것이오. 그렇지 않으이까? 전하!”

사신의 태도는 공손함을 가장하고 있었으나 그 눈빛은 주상을 몰아붙이고 있었다. 주상은 마른 입술을 연신 쓰다듬었다. 한참 후 필법관이 무어라고 속삭였다. 넓은 근정전의 뜰이 적막으로 들어찼다. 침묵을 깨며 사신이 입을 열었다.

“이자는 필법에 달관했을 뿐 아니라 수많은 문필가들의 필법을 체득하고 있소.”

사신이 음흉한 미소를 흘렸다. 주상은 그 가증스런 얼굴에 침을 뱉어주고 싶었다.

“특히!” 잠시 말을 끊은 사신이 좌중을 돌아본 뒤 말을 이었다. “이 필법관은 월남과 왜, 버마와 남지나의 여러 변방국의 외교문서에 쓰인 각국 왕실의 육필까지 모두 익혔사옵니다. 물론 조선 또한 마찬가지지요.”

교활한 웃음이 사신의 입가에 묻어났다. 주상은 그 눈빛에서 모든 것을 읽었다. 이자는 모든 것을 알고 있다. 이 서책의 저술자가 자신이라는 것을…… 놈은 노련한 사냥꾼처럼 서두르지 않고 천천히 사냥감을 몰았다.

주상의 얼굴에 쓴 웃음이 배어났다. 누군가가 이 궁중 안의 모든 일을 저들에게 고변하고 있다. 그렇지 않고서는 궁중 안에서 일어나는 이 내밀한 일들을 이놈이 어찌 알 수 있겠는가? 놈이 이 나라의 편전까지 밀고 들어와 문무관 앞에서 이리도 당당한 데는 이유가 있다. 그렇다면 놈의 올가미를 빠져나가기란 쉬운 일이 아니다.

사신이 뒤를 돌아보며 고갯짓을 했다. 뜰 안 가득 허리를 굽히고 늘어선 문무관들이 숨을 죽였다. 말라깽이 필법관이 앞으로 나서며 입을 열었다.

"서법으로 보아 이 필사본은 원본임이 확실하옵니다. 다른 서책을 보고 베낀 글이라면 한 번에 사백 자 가량의 글을 쓰게 되옵니다. 그러나 이 서책은 그렇게 한 번에 쓴 글이 아니라 적어도 대여섯 번에 걸쳐 나누어 쓴 글입니다. 원본을 빨리 필사하고 돌려주어야 하는 필사자라면 그렇게 여러 번에 나누어 쓸 시간이 없었을 것입니다. 그러니 이 글은 오랜 나날 동안 생각을 정리하고 여러 차례에 걸쳐 나누어 쓴 원본 저술이 분명합니다."

주상의 눈빛에 떠오른 불안감을 훔쳐보며 사신은 흡족한 미소를 지었다. 필법관은 말을 이었다.

"글자와 붓의 흐름으로 볼 때 저술자는 온화하면서도 냉정한 심성을 지녔사옵니다. 그리고 어려서부터 필법을 배운 명문의 자제임이 분명합니다. 무엇보다 송설체를 표방하고 있음으로 보아 왕가의 인물이 분명합니다."

주상의 눈이 커졌다. 모여 있던 문무대신들이 웅성대기 시작했다. 주상은 냉정한 눈으로 필법관을 노려보며 물었다.

"이십 년 전의 왕가의 인물이라면 누구를 말함이더냐?"

주상의 얼음장 같은 물음에 필법관은 찔끔 놀라 우물쭈물했다.

"그…… 그것은…… 확신하지 못하나 이 서체와 필법이 눈에 익은 바……"

"눈에 익었다 함은 네가 그 저술자를 알고 있다는 말이냐?"

"정확히 그 필사자를 기억할 수는 없으나 조선 표전문 중에 이 필법과 서체를 본 듯하여……"

주상의 눈빛이 흔들리고 있었다. 세자 시절 시문에 뛰어나 명나라 사은사들에게 보낼 표전문을 두어 번 쓴 적이 있었다. 아무리 필법과 서체를 대하며 평생을 살았다 하나 이십여 년 전 표전문의 필법을 어찌 기억한단 말인가? 주상은 용상 팔걸이에 놓인 주먹을 부르쥐었다.

이자의 말이 진실이든 거짓이든 그것은 문제가 아니었다. 이자가 필법에 대해 전혀 모르는 자라 해도 지금 닥친 문제를 해결하는 데는 도움이 되지 않는다. 문제는 이들이 완벽한 계획을 가지고 자신을 몰고 있다는 점이다. 아무리 대국이라 하나 일국의 군왕을 이리도 무엄하게 몰아칠 수 있는가? 그것도 되지 않은 협박과 가증스런 간계로 말이다.

그러나 그렇다 하더라도 당장은 빠져나갈 구멍이 없다.

"그렇다면 필법관이 보았다는 표전문의 서체와 그 저자를 명백히 확인하는 것이 순서일 터……"

주상은 감정을 누르며 애써 담담하게 말했다.

"그러하옵니다. 이 서책을 연경으로 가지고 가 그곳 장서고를 뒤져 이십 년 전의 표전문을 찾아 대조하면 일치되는 서체를 찾을 수 있을 것입니다."

필법관을 대신해 사신이 점잖은 말투로 말했다. 축대 아래서 허리를 숙이고 있던 삼문의 가슴이 덜컥 내려앉았다. 주상과 사신의 대화는 외줄타기처럼 아슬아슬했다.

위기를 벗어나기 위해 던진 말은 곧 다시 더 큰 올가미가 되어 되돌아왔다. 필법관이 확신하지 못하는 표전문을 직접 확인하라는 주상의 말에 사신은 〈고군통서〉를 연경으로 가지고 가서 확인하겠다고 대응했다. 그 것은 곧 연경의 황제에게 〈고군통서〉를 보이고 문제 삼겠다는 으름장이 었다.

싸움의 결과는 이미 결정되어 있었다. 저들은 이미 모든 것을 알고 주 상을 몰고 있었고 주상은 혼자 힘으로 저들의 공격을 막아내고 있었다. 그 싸움에는 아무도 끼어들 수가 없었다. 삼문의 부르쥔 손바닥에 미끈한 땀이 배었다. 도열한 문무대신들 모두 전전긍긍이었다.

이제 이 나라는 어떻게 되는 것인가? 일개 서생도 아닌 군왕이 대국의 위엄을 거슬렀으니 황제의 분노가 오죽할 것인가? 조선 국왕이 중국 황 제의 뜻을 거스르고 어찌 나라의 안위를 도모할 수 있으랴? 여기저기서 허탈한 헛기침과 끙끙대는 신음소리가 흘러나왔다.

"그럴 필요 없소이다!"

물을 끼얹은 듯한 침묵을 깨는 낭랑한 소리가 있었다. 허리를 숙였던 문무관들이 일제히 고개를 들어 축대 위를 바라보았다. 주상의 붉은 용포 뒤에 낯익은 듯 낯선 자가 서 있었다. 그는 좌중을 둘러보며 말을 이었다.

"하루하루의 업무에 바쁘신 필법관께서 요설스런 서책을 연경까지 가 지고 가 이십 년 전의 표전문을 찾아 황제의 장서고를 뒤질 일이 무에 있 소?"

사내는 낭랑한 음성으로 담담하게 말을 이었다. 사신들도, 문무관들도 어안이 벙벙했다. 다만 주상의 굵은 눈썹만이 꿈틀거릴 뿐이었다. 사내는 주위의 눈길에는 아랑곳없이 말을 이었다.

"심심풀이 파적 삼아 그 고얀 서책을 끄적거렸던 것이 이십 년 전이건 만 아직도 그 서책이 조정과 대국의 사신들까지 어지럽게 만드니 이쯤해서 내 소행임을 밝혀야 할 듯하외다."

"네…… 네놈은 누구냐?"

당황한 사신이 말을 더듬으며 물었다. 사내는 너털웃음으로 말을 이었다.

"나는 세자저하 시절부터 주상전하를 모셔온 호위감 무휼이오. 병인년 옥사가 있은 후 충신이 모함으로 죽고, 대국의 횡포에 이 나라의 정기가 짓밟히는 것이 한스러워 끄적거렸을 뿐이오."

주상은 부르쥔 손을 떨었다. 무휼은 허리에 차고 있던 환도를 끌러 두 손으로 받쳐 들고 엎드렸다.

"무휼아! 네가 나설 일이 아니다."

주상의 목소리는 떨리고 있었다. 무휼은 받쳐 든 칼을 두 손으로 쳐들어 주상에게 바쳤다.

"전하! 소인 세상에 나서 가진 것 없이 떠돌았으나 전하의 발밑을 지키며 평생을 바쳤음이 축복이었사옵니다. 더 오래, 더 가까이에서 전하를 모시지 못하는 불충을 용서하소서."

주상은 무휼의 환도를 받아들었다. 무휼이 자리에서 일어서는 것을 사신은 얼이 빠진 눈으로 바라보았다. 예상치 못한 상황에 어안이 벙벙하기는 문무관들 또한 마찬가지였다.

"이것이 나의 글씨임을 믿기 힘들거든 보시오."

무휼이 사관의 서안에 놓인 모필에 먹을 적셔 가지런한 필법으로 끄적였다. 혼신을 다한 필법이었다.

마침내 무휼이 먹이 마르지 않은 종이를 들고 필법관의 얼굴 앞에 들이밀었다. 그것은 〈고군통서〉의 글씨와 완벽하게 같은 서체였다. 어안이 벙벙해진 필법관은 말을 잇지 못했다. 무휼이 그의 귓가에 입을 대고 속삭였다.

"하긴 네놈이 알 리가 없지. 필법의 필자도 모르는 무지렁이 놈이 아니더냐? 하하하! 하하하!"

무휼의 웃음소리가 근정전의 뜰에 울려퍼졌다. 이 넓고 넓은 궁궐에서 단 한 번도 소리 내어 웃어보지 못한 인생이었다. 주상이 용상을 박차고 벌떡 일어나 소리쳤다.

"안 된다. 무휼아!"

주상의 목소리가 떨리고 있었다. 무휼이 말없이 주상의 눈을 바라보았다. 평생을 지켜온 분이었다.

"전하! 소인의 죄를 용서하소서. 한때의 성정을 참지 못하고 전하와 종사의 안위를 백척간두에 빠뜨릴 못된 짓을 저질렀사옵니다. 소인 이제 지난 이십 년의 죄를 씻으려 하니 종사와 백성의 안위를 지켜주소서."

주상의 두 눈에서 뜨거운 눈물이 흘러내렸다.

'무휼아! 무휼아!'

겉으로는 묵묵히 그 선한 눈을 바라볼 뿐이었으나 마음속은 무휼의 이름을 목 놓아 부르고 있었다. 그 아픔을 무휼은 알고 있었다. 담담하게 사신을 쳐다보며 무휼은 말했다.

"자! 이제 사신관으로 갑시다. 연경 가는 먼 길이 힘에 부칠 테니 잠시라도 쉬어야겠소."

무휼은 사신의 앞으로 다가섰다. 어리둥절한 사신이 고갯짓을 하자 뜰 아래 경비병들이 우르르 창을 겨누었다. 무휼은 천천히 발걸음을 내딛어 계단을 내려섰다. 경비병들이 무휼의 양팔을 비틀어 쥐었다.

영제교를 건너던 무휼이 문득 걸음을 멈추고 고개를 돌렸다. 멀리 축대 위에서 주상의 서글픈 눈빛이 자신을 쫓아오고 있었다. 무휼은 그 서늘한 눈빛을 바라보았다. 눈빛과 눈빛이, 사랑과 사랑이, 오래오래 가을이 깊어가는 근정전 뜰의 허공에서 아프게 얽혔다.

꽉 잡은 팔을 비틀어 꺾는 우악스런 손길에 무휼은 고개를 돌려 영제교를 건넜다. 그 뒷모습을 주상은 어른거리는 시선으로 오래오래 바라보았다.

6
주상은 최만리를 잡아들여 죄상을 국문하도록 하고
문초장에서 최만리의 죄상이 만천하에 드러난다.

주상은 신하들을 물렸다. 아무도 없는 편전에는 공허한 적막이 감돌았다.

주상은 옅은 햇살이 떨어지는 대전 앞 돌기둥에 손을 짚었다. 한쪽 팔이 떨어져나간 듯 아팠다. 가죽을 벗기운 것처럼 스산했다. 무휼은 손이었고 발이었고 무기였다. 방패였고 파수꾼이었고 성이었다.

하지만 무휼은 이제 이곳에 없다. 마지막까지 그는 목숨을 던져 군왕을 지켰다. 주상은 따뜻하게 달아오른 돌기둥을 주먹으로 치며 원통해했다.

사정전으로 통하는 중문이 열리고 절거렁절거렁 쇳소리를 내며 금부대장이 다가왔다.

"물러가라! 혼자 있고 싶다."

주상이 나지막이 말했다. 머뭇거리던 금부대장이 돌마당에 무릎을 꿇고 머리를 숙였다.

"전하! 화급을 다투는 일이옵니다. 지금 당장 들으소서."

주상은 지친 표정이었다. 견디기 힘든 나날들이었다. 손발처럼 아끼던 장영실, 박연이 내쳐지고 사랑하던 학사들이 밤마다 죽어나가고 세자빈이 사가로 쫓겨났다. 거기다 무휼까지 궁을 떠났다. 이제 더 이상 잃을 것이 무엇이란 말인가? 그 참담한 표정을 살피는 금부대장의 목소리가 떨렸다.

"지난밤 강녕전에 침범했던 역적의 무리를 밤새 문초한바 자백을 받아내었사옵니다."

주상의 두 눈에 불이 켜진 듯 번득였다. 안으로만 안으로만 삭여왔던 분노가 지글지글 타올랐다.

"소상히 말하라! 내 역적의 무리들을 쓸어버릴 것이다."

"전하께서 처단하신 세 놈 외에 칼을 맞고 절명치 않은 또 한 놈이 있었사옵니다. 놈을 의금부로 압송하여 추달한바 모든 것을 자백하였사옵니다. 지난밤 강녕전에 난입한 자들은 궐내 금군의 졸개들이었사옵니다. 모두 여덟 명이 강녕전을 침탈하였고 겸사복 한 놈도 끼어 있었사옵니다."

"배후가 드러났느냐?"

"그러하옵니다."

"그 간악한 놈이 어떤 놈이냐?"

그 시선은 복수심으로 들끓고 있었으며 삭이지 못한 분노가 눈물이 되어 고였다. 그 복수심은 칼을 들고 침전에 난입한 자들에 대한 복수심이 아니었고, 그 분노는 자신을 해하려 음모한 자들에 대한 분노가 아니었다.

그것은 불의한 모략 앞에 죽어간 선비들에 대한 연민이었으며 자신을 지키기 위해 목숨을 내놓은 의로운 자들을 지키지 못한 자신에 대한 분노였다. 말을 잇지 못하는 금부대장에게 주상은 다시 떨리는 목소리로 물었다.

"그 악랄한 놈들이 내 의로운 학사들의 죽음에도 연관되었을 터……어서 말하라! 그놈이 누구인지!"

주상의 고함소리에 금부대장의 눈빛이 흔들렸다.

"아뢰옵기 망극하오나……" 주상의 눈빛이 금부도사를 재촉했다.

"지난밤 압송한 죄인의 자백으로는…… 이 모든 간악한 모략을 저지르고 주상전하를 위해하려는 모해를 한 수령이…… 집현전…… 대제학…… 최만리 대감이옵니다."

주상의 두 눈이 튀어나올 듯 커졌다. 그 표정은 세상의 모든 감정을 담고 있었다. 놀라움과 두려움과 불안과 배신감과 분노와 참담함이 버무려진 표정이었다.

"그럴 리가…… 그럴 리가 없다. 만리는 그럴 자가 아니다."

주상은 혼잣말처럼 중얼거렸다. 보위에 오르며 처음으로 뽑은 집현전 학사. 어린 세자의 시강관을 지낸 세자의 스승. 집현전을 처음 세울 때부터 지난 이십 년을 한결같이 지켜온 현학.

비록 괴팍하고 다급한 성정 때문에 일을 그르친 적이 없지 않으나 그의 인물됨을 믿어왔다. 격한 성정 때문에 많은 학사들이나 문신들과 마찰이 있을 때도 주상은 그의 학식과 인물됨을 두둔했다. 그런 그가 자신의 무릎아래에 품은 학사들을 주살하고 임금에게까지 칼을 들이대다니……

"그럴 리가 없다. 만리는 학자일 뿐 살인자가 아니다. 그것을 내가 안다."

금부대장이 머리를 돌바닥에 찧었다.

"현장에서 잡힌 자객의 입이 토설한 사실이옵니다. 이미 범행의 동기와 정황 또한 파악하였사옵니다. 죄과가 드러난 바에야 그가 조선 최고의 현학이라 하나 어찌 그냥 넘어갈 수 있사오리까? 소인더러 역적의 수괴 최만리를 포박하여 문초하라 하소서."

주상은 고통스럽게 고개를 가로저었다. "최만리…… 최만리……" 허탈한 목소리로 최만리의 이름을 되풀이해 부르던 주상은 마침내 하교를 내렸다.

"그리하라."

"당장 시행하겠나이다!"

금부대장이 머리를 조아리고 벌떡 일어섰다. 멀어져가는 금부대장의 절그렁거리는 칼 소리가 주상의 가슴을 사정없이 긁어댔다.

최만리는 집현전 집무방에서 금부대장을 맞았다. 나졸들이 오라를 묶으려 하자 그는 잔잔한 시선으로 금부대장을 바라보았다. 금부대장은 나졸에게 비키라는 손짓을 했다. 그는 언제나처럼 담담한 시선으로 정면을 바로 보며 천천히 걸었다.

의금부로 당도한 그는 심문에 넘겨졌다. 집현전 수장이니 의금부라 해도 그 권위를 깡그리 무시하기는 어려웠다. 침침한 지하의 문초실 대신 의금부 뒤뜰에 형틀이 놓여졌다. 형틀 옆에 곤장을 들고 선 형리도, 형틀 옆에 놓인 주리장대도 겉보기에 불과했다. 어느 누가 이십 년 집현전 최고학사의 볼기를 칠 것이며 주리를 틀 것인가?

최만리는 마치 집현전 책상에 걸터앉듯 담담한 자세로 형틀 위에 앉았다. 천하의 현학이자 살인자, 이 나라 최고의 학사이자 용서받지 못할 죄인. 두 가지의 상반된 신분이 그로 하여금 쓰디쓴 미소를 삼키게 했다. 그러나 사건을 발본해야 할 금부대장에게는 죄상을 캐내야 할 죄인일 뿐이었다.

"최만리는 말하라! 네 어찌 무고한 학사들을 갖가지 참람한 방법으로 차례로 죽였으며 낭인을 시켜 주상전하의 침전을 범침했느냐?"

카랑카랑한 금부대장의 목소리가 뜰을 울렸다. 밀랍처럼 굳어 있던 최만리가 입을 열었다.

"금부대장이 이미 내가 아는 것보다 더 많은 것을 알고 있을 것이니 아는 것을 말하시오."

금부대장은 고개를 끄덕였다. 역시 집현전 대제학답다. 보통 사람이라면 문턱을 넘는 것만으로도 오줌을 지린다는 금부의 안뜰이 아닌가? 그런데도 당황하지도 겁을 먹지도 않고 낭랑한 목소리로 오히려 금부대장에게 아는 것을 말하라니……

금부대장은 늙은이의 노회한 눈매를 살폈다. 정신을 바짝 차려야 한다. 그렇지 않으면 언제 교활한 늙은이가 미끄덩거리는 메기처럼 빠져나갈지 모르는 일이다.

"죄인은 대제학으로 그 학문은 깊은 심연에 다다랐고 그 명성은 만인의 우러름을 받기에 충분했다. 이에 주상전하께서도 죄인의 재주를 어여삐 여기사 세자의 시강관으로 삼고 집현전의 수석학사로 삼으셨다. 그러한가?"

최만리는 고개를 끄덕였다.

"그러하오." 금부대장은 다시 서안의 문서철을 보며 말을 이어나갔다.

"그러나 사장과 경학에 치우친 죄인의 학문은 여타의 격물과 잡학을 관용치 않았다. 이는 집현전의 학사라면 모두가 아는 사실이다. 그렇게 잡학과 난학을 배척한 것이 이십 년이었다. 그러한가?"

최만리가 다시 고개를 끄덕였다.

"그러하외다. 지난 이십 년 동안 잔재주와 쓸데없는 기계가 학문의 성역을 침범했으니 집현전의 수장으로 사문난적을 어찌 두고만 볼 수 있겠소?"

금부대장의 얼굴에 미소가 스쳤다. 늙은 영감의 성정을 건드리는 데 성공한 것일까? 다음 말을 유도하려는 순간 최만리가 말을 이었다.

"그렇소. 나는 집현전의 수장이오. 이 나라 학문의 견고한 성을 지켜야 할 의무가 있는 사람이오. 학문 아닌 것을 학문이라 하고 학사 아닌 장인들과 공인들이 학사연 하고 인간의 깨달음을 주지 못하는 한낱 요사스런 기물들을 격물입네 호언하는 것을 볼 수 없었소."

"그래서? 그래서 자신의 휘하에 있는 학사들을 죽였나?"

금부대장이 윽박질렀다. 노회한 학자는 다시 입을 다물고 예의 밀랍 같은 굳은 표정으로 돌아왔다.

"성정이 급하구만, 젊은이. 하지만 상관없지. 젊음이란 늘 그렇게 성마르고 서두르게 마련이니……"

노인이 타이르듯 말했다. 아차! 싶었지만 때가 늦었음을 금부대장은 깨달았다. 금부대장의 낭패감을 확인한 노인이 다시 입을 열었다.

"먼저 내가 할 일은 지엄한 궁궐을 온갖 요사스런 물건으로 어지럽히는 자를 축출하는 것이었네."

"대호군 장영실을 말함이오?"

"그렇다네. 그 뒤를 이어 대명의 음률을 버리고 초라한 향악으로 궁중 음악을 바꾸어버린 박연을 봉상시에서 쫓아내었지."

노인의 말투는 어느새 금부대장을 조용조용 가르치듯 했다. 금부대장은 그때서야 자신이 노인의 성정을 건드리고 그의 자백을 유도하고 있는 것이 아니라 자신이 농락당하고 있음을 깨달았다.

"그것으로도 모자라 죄인은 세자빈에게 모욕스런 누명을 씌워 쫓아냈소. 그 이유가 무엇이오?"

"세자빈의 일은 나 또한 가슴 아프네. 어린 시절 가르쳤던 세자저하의 배필이니 세자빈의 위해는 곧 저하에 대한 위해가 아니겠는가? 하지만 사사로운 정을 앞세우기에 상황은 너무나 급박했네."

"그것이 무슨 상황이오?"

"전하께서는 오래전부터 비밀리에 문자를 창제하고 계셨다네. 소리를 그대로 받아 적는 새로운 문자 말일세."

"그것이 세자빈을 사가로 출궁시키는 일과 무슨 상관이오?"

"주상전하의 새 문자 창안에 세자빈 또한 참여하고 있었네. 그중에서도 세자빈은 주상전하께서 가장 가까이 두고 믿는 연구자였지. 그 사실을 알고야 어찌 그 일을 막지 않을 것인가?"

"새로운 문자라 해야 고작 스물여덟 자인데 그토록 많은 한자에 비하면 세발의 피일 터인데 그것을 어찌 그리 두려워했소?"

"무지한 자로군…… 새로운 글자는 불과 스물여덟 자에 불과하지만 그것은 세상을 바꿀 엄청난 힘을 지녔네. 그 문자가 반포되면 이 나라는 완전히 새로운 나라가 된단 말일세. 상것들도 노비들도 모두가 글을 읽고 쓰는 세상을 생각해보게. 시전의 상것들이 학문을 한답시고 거들먹거릴 것이고 농사짓는 노비가 상전과 사리를 따지게 될 것일세. 아래쪽과 위쪽, 양반과 상놈, 임금과 신하의 위계는 뒤죽박죽이 되고 천지는 아비규환의 비명천지가 될 것일세. 모든 공문서에는 이상한 말이 나다닐 것이고, 관가에는 제 이익을 찾으려는 자들이 목소리를 높이게 될 것일세. 평생을 천착한 경학의 대가들은 요사스런 학풍에 밀려날 것이고 사대부들은 과거시험을 치르기 위해 새 글자를 배워야 할 것이야. 대국의 말을 버리고 오랑캐의 말을 만들어 쓰는 조선을 대국이 두고만 보겠는가? 온 나라가 전란의 위기에 풍전등화처럼 위태로운데 학문한다는 자가 어찌 그냥 두고만 볼 것인가?"

금부대장의 얼굴이 납색으로 굳어졌다. 이제 그는 열정적인 최만리의 설득에 완전히 빠져들고 있었다. 자신이 최만리였더라도 당연히 그럴 수

밖에 없었을 것이라고 생각할 정도였다.

"죄인은 내친김에 집현전을 어지럽히는 학사들을 한꺼번에 일소하겠다는 생각을 했소. 일을 추진할 자를 물색하던 중 평소부터 따르던 자들에게 일을 맡긴 것이오. 우연찮게도 놈들은 궁궐 안을 자유롭게 드나들수 있는 금군으로 있었고 무예에 능한 날랜 자들이었소."

최만리가 대답 대신 끄응 하는 소리를 냈다. 그의 눈은 모든 것을 체념한 듯 광채를 잃고 있었다.

"그 말을 무엇으로 증명할 것인가?"

최만리는 독기 어린 눈으로 금부대장을 노려보았다. 금부대장은 늙고 교활한 자가 어떻게 대응해올 것인가를 미리 알고 있었다.

별각의 문이 열리고 두 사내가 맨발로 추적추적 걸어나왔다. 상투는 풀어져 머리가 흘러내렸고 얼굴은 찢기고 터진 입술은 퉁퉁 부어 있었다. 제대로 몸을 가누지도 못하는 사내들을 나졸들이 바닥에 꿇어앉혔다.

"네놈이 두 눈이 있거든 형틀의 죄인을 똑바로 보라!"

금부대장의 호령에 사내가 흘러내린 머리카락 너머로 형틀에 앉은 노인을 바라보았다.

"집현전 대제학 최만리 대감이십니다요."

"그를 어찌 아느냐?"

"대제학께서 소인더러 날랜 금군병사 몇을 구워삶아 큰일을 맡기겠다 하셨습니다요."

"그 일이 무엇이냐?"

"학문의 전당을 망치는 요사스런 젊은 학사 놈들을 일소하고 집현전을 지키는 것이 그 하나요. 이 나라의 흥망을 좌우할 중요한 서책을 찾아 바치는 것이 그 두 번째라 하셨습니다. 소인 놈들은 평소부터 하늘처럼 존경하던 이 나라 최고의 현학이신 최만리 대감의 분부 받자와 나라를 구하고 학문을 지킨다는 일념으로 맡기신 임무를 다하였을 뿐입니다요."

"그래서 네놈들이 역심을 품고 주상전하의 침전까지 침입했더냐?"

"대제학께서는 그 서책을 찾지 못하면 당장 나라가 망할 것이라고 하셨습니다. 나라를 구하기 위해서는 침전이 아니라 대전이라도 찾아가야 했습니다."

사내가 거의 울먹이는 목소리로 소리쳤다. 최만리는 담담하게 사내의 말을 들으며 긴 한숨을 내쉬었다. 금부대장은 옆에 꿇어엎드린 사내의 고개를 들었다.

"네놈 또한 죄인의 죄상을 알고 있으렷다!"

눈두덩이 퉁퉁 부어오른 사내가 오라를 뒤로 묶인 채 허리를 숙였다.

"소인은 집현전 학사들의 죽음을 수사하였던 겸사복 강채윤입니다. 소인의 수사한 바로는 이자의 고변이 사실과 다르지 아니하옵니다. 최만리 대감은 죽은 학사들을 하나같이 눈의 티처럼 여겼습니다. 〈고군통서〉의 저술자가 주상전하라는 사실을 아는 대제학은 그 서책을 확보하는 것이 새 글의 반포를 막을 유일한 방도라고 생각했을 것입니다."

최만리는 옅은 미소를 띠었다. 채윤의 추측은 틀리지 않았다. 젊은 말단 겸사복이었지만 그는 노회한 최만리의 속으로 들어갔다 나온 것처럼 속마음을 정확히 말했다. 거부할 수도 부인할 수도 없는 완벽한 추리였다.

금부대장이 고갯짓을 했다. 나졸에게 끌려 옥사로 향하는 죄인들이 움직일 때마다 비릿한 피 냄새가 코에 거슬렸다. 금부대장이 결심한 듯 두 눈에 힘을 주었다.

"두 죄인이 입을 모아 최만리의 역심을 증언하였다. 대역의 죄인을 당장 옥에 쳐 넣어라!"

최만리의 귀밑 뺨에 오톨도톨한 소름이 돋아났다. 두려워서였을까? 그렇다. 그러나 죽음이 두려운 건 아니었다.

아무도 모르는 또 다른 두려움에 노인은 혼자 몸을 떨었다.

7

옥 안에서 장독으로 죽어가는 죄인을 본 채윤은
여전히 사건에서 의혹을 떨치지 못한다.

너구리 구멍만 한 창으로 식은 가을빛이 옥사 안으로 비쳐들었다. 죄인들의 곪은 상처에서 흘러나오는 쾌쾌한 고름 냄새가 코를 찔렀다.

두 나졸의 억센 손길이 축축한 옥 안으로 채윤을 내팽개쳤다.

"칼을 씌우지 않은 것을 다행으로 알아라 이놈!"

나졸 하나가 팔을 비틀던 손을 탁탁 털었다.

감아둔 헝겊을 갈지 못한 가슴의 상처가 덧나고 있었다. 연이은 주리질로 두 다리는 감각을 잃었으며 온몸에는 멍 위에 다시 멍이 들었다. 의금부의 옥사에서 제 발로 걸어나온 자가 없다는 시전바닥의 소문은 거짓이 아니었다. 혈기 넘치는 젊은 몸으로도 혹독한 고문과 형벌은 견디기 힘들었다.

채윤은 욱신거리는 온몸을 겨우 가누며 축축한 흙벽에 간신히 등을 기댔다. 생각하면 모든 것이 꿈만 같았다. 평생 겪지 못할 참담하고 억센 일들을 며칠 사이에 모두 겪었다. 어디인지도 모르고 거대한 소용돌이 속에서 허우적거리다 도달한 곳이 이 어둡고 축축한 옥사였다.

이제부터 나는 어떻게 되는 것일까? 목숨이 경각에 달린 지금에야 목숨이 걱정되기 시작했다. 채윤은 긴 한숨을 내쉬며 자신도 알지 못하는 자신의 운명을 짐작해보았다. 작은 창 틈을 비집고 들어오는 손바닥만 한 햇살이 길게 비쳐들어 해가 넘어가고 있음을 말해주었다.

햇살이 비쳐들자 어두컴컴하던 건너편 옥방이 희미하게 밝아졌다. 채윤은 옥살 너머 귀기 어린 눈초리를 느끼며 흠칫 놀랐다. 끽끽거리는 웃음소리가 음산하게 들렸다.

그 얼굴을 똑똑히 기억하고 있었다. 침전에서 자신에게 칼을 들이댔던 그자였다. 지난밤 서로에게 칼을 들이댔지만 어차피 한 배를 탄 몸이었다. 물론 그런 놈과 저승친구가 되고 싶지는 않았지만……

"허허…… 네놈이 지난밤 그렇게 독살스럽게 설치지만 않았어도 뜨끈한 고기 국물이라도 나눠주었을 텐데…… 히히히."

사내가 후루룩거리며 게걸스레 퍼 넣던 국밥 그릇을 바닥에 내려놓으며 말했다. 채윤은 놈의 교활한 얼굴에서 눈을 떼지 않으며 어금니를 갈았다.

"어린 놈이 분수를 모르고 설치더니 결국 황천길로 들어섰구나."

사내가 기름기 묻은 입술을 훔치며 쩝쩝 입맛을 다셨다.

"어차피 가야 할 황천길, 잘됐다. 네놈을 저승길 친구 삼아야겠다."

채윤이 담담하게 말했다. 놈이 헝클어진 머리카락을 뒤로 젖히며 키득키득 웃었다.

"무모하기만 한 줄 알았더니 미련하기까지 하구나. 이놈아! 황천길은 혼자 가는 것이다. 왠지 아느냐? 살아서 외로운 인생이 죽어 외로움을 떨칠 수 있다더냐? 하하하!"

사내의 기분 나쁜 웃음소리가 옥사 안을 울렸다. 채윤은 토벽 구석에

등을 기대고 눈을 감았다.

얼마나 시간이 흐른 것일까? 음산하고 귀에 거슬리는 섬뜩한 소리가 들려왔다. 그 소리는 마치 구천의 귀신들과 야차들의 울음소리처럼 살벌했다.

희미한 어둠 속에서 맞은편 옥사의 사내가 버르적거리고 있었다. 풀어진 상투에서 흘러내린 긴 머리에 피딱지가 엉겨 붙어 있었다. 사내는 두 손으로 가슴을 쥐어짜며 바닥을 헤맸다. 엉겨 붙은 수염 사이로 누런 이를 드러내며 껙껙대는 소리와 씩씩대는 소리를 동시에 내뱉었다.

채윤은 창살을 잡고 다급하게 소리쳤다.

"거기 아무도 없소? 사람 살려! 사람 살려요!"

멀리 다급한 발소리가 들리기 시작했다. 옥졸 서너 명이 우르르 달려와 옥문을 열고 달려들어갔다. 발작을 일으키듯 몸을 뒤채던 사내는 맥이 풀린 사지를 부들부들 떨었다. 옥사장이 뒤이어 달려왔다. 사내는 완전히 사지를 땅바닥에 널브러뜨렸다.

"죽은 것 같습니다요. 물고를 너무 심하게 당해 몸이 견디질 못한 것 같습니다요."

사내의 목에 손을 대고 맥을 짚던 나졸이 말했다. 옥사장이 무성한 턱밑 수염을 쓱 매만지며 쓴 입맛을 다셨다.

"어차피 죽을 놈이었는데 오히려 잘 돼졌다. 시체를 끌고 나가라!"

나졸들이 짚으로 엮은 마대로 사내를 둘둘 말아 옥사 밖으로 나갔다.

한동안의 소란이 지나간 옥사는 다시 적막했다. 사내가 실려나간 건너편 옥사는 텅 비어 있었다. 바닥에 깐 짚은 사내의 몸부림에 엉망으로 헝클어졌다. 짚풀 더미 속에서 두 마리의 쥐가 꼼지락거리며 무언가를 부지런히 먹고 있었다.

죽은 자가 남긴 음식찌꺼기가 살아 있는 쥐들의 먹이가 되고 있었다. 그렇게 죽음과 삶은 가까이에 있었다. 사내가 앉았던 자리를 쥐들이 차지한 것처럼……

채윤은 창살에서 물러나 털썩 흙벽에 기대며 주저앉았다. 발치에까지 찾아온 죽음의 발소리가 들리는 듯했다.

찌걱 하며 옥사의 문이 열리고 조심스런 발소리가 다가왔다. 저승사자인가? 아무렇게나 되라지…… 채윤은 기진맥진한 몸을 겨우 토벽에 기대고 쿡쿡 찌르는 상처의 고통을 참았다.

발걸음 소리는 옥방 앞에서 멈추었다. 반듯한 삼문의 얼굴이 침침한 어둠 속에 떠올랐다. 채윤은 후다닥 토벽에 기댔던 상체를 수습했다. 삼문은 피딱지가 말라붙은 채윤의 얼굴을 참담한 눈빛으로 바라보았다.

"성한 구석이 도대체 없구나."

삼문이 피가 배어난 상처를 조심스럽게 들여다보았다. 찢어지는 쓰라림에 채윤은 인상을 찌푸렸다.

"괜찮습니다. 젊은 몸뚱어리니 별 탈이야 있겠습니까?"

터진 입술 사이로 뭉개진 발음이 흘러나왔다. 삼문은 참담했다. 이 어린 겸사복은 거열이 아니면 참수를 당할 것이다. 침전을 침범한 것은 씻을 길 없는 죄. 영특한 녀석이 그것을 모를 리 없다.

"너를 빼내려고 온갖 수를 쓰고 있다. 부제학께서도 학사들도 힘을 쓰고 있으니 걱정 말거라."

국법이 지엄하니 목숨을 구할 수 있다는 어떤 확신도 없었다. 다만 삼문은 그렇게라도 스스로 위안을 얻고 싶었다.

"걱정 마소서. 소인은 아무래도 상관없습니다."

"이제 다 끝났다. 〈고군통서〉는 중국 놈들에게 넘어갔지만 무휼의 기지는 주상전하와 온 나라를 살렸다. 간악한 대역의 수괴는 만천하에 드러났다."

하지만 채윤의 표정은 맑지 않았다. 삼문은 그 앳된 얼굴에 드리워진 어두운 그림자가 자신의 탓인 듯하여 눈길을 피했다.

"걱정하지 마라. 어떻게든…… 무슨 일이 있든 너를 살려내고야 말겠다."

삼문은 자신에게 하는 다짐처럼 힘주어 말했다.

"소인이 두려운 것은 백척간두에 몰린 소인의 목숨 때문이 아닙니다."

"그러면 무엇 때문이냐? 혹 배가 고픈 것이냐?"

"모든 사건이 해결되고 죄인이 옥으로 갔다지만 그것을 확신할 수 없기 때문입니다."

삼문은 멍한 얼굴이 되었다. 예상치 못한 질문이었다.

"네가 그토록 애타게 추적한 대제학이 역심의 수괴로 밝혀졌다. 지시를 받았다는 하수인의 증언까지 있으니 이제 그 일을 잊어라."

그러나 채윤의 머릿속에는 여전히 풀리지 않은 의문들이 맴돌고 있었다.

"최만리 대감 같은 분이 어찌 그런 변을 행하였을꼬……"

채윤이 중얼거렸다. 녀석은 아직도 사건의 소용돌이에서 헤어나지 못하고 있다. 삼문은 쓴 입맛을 다셨다.

"이상하지 않습니까? 최만리 대감처럼 모든 것을 다 가진 분이 어찌 수하의 피라미 학사들을 죽이려 하였을까요?"

"몰라서 묻느냐? 그 노인네는 〈고군통서〉를 손에 넣기 위해서 수단과 방법을 가리지 않았다."

삼문의 목소리에는 짜증이 섞여 있었다. 성치 않은 몸으로 옥방에 와서까지도 사건의 꼬투리를 떨치지 못하는 녀석이 안쓰러워서였다.

"최만리 대감이 어찌하여 〈고군통서〉를 손에 넣으려 했습니까?"

"새 글을 반포하시는 주상전하와 거래를 하려 한 것이겠지."

"단지 그렇다면 어찌하여 지난밤 주상전하의 침전에서 〈고군통서〉를 탈취한 놈이 집현전으로 가지 않고 사신관으로 향했단 말씀입니까?"

"집현전으로 가면 최만리 대감의 지시임이 밝혀지지 않겠느냐?"

"그런 놈이 어찌 의금부의 문초에서는 그렇게 쉽게 최만리 대감의 이름을 흘렸습니까?"

확실히 어린 겸사복이 감당하기에는 잔혹하고 큰 사건이었다. 화살을 맞고 고신과 주리돌림까지 당했으니 극도로 정신이 피폐해진 것이다. 삼문은 창살 너머 채윤의 상처를 어루만지며 말했다.

"지나간 일은 잊어버리고 쉬거라. 따뜻한 국밥이라도 한 그릇 들일 테니 후루룩 들이켜고 푹 자거라. 그러면 정신이 좀 맑아질 게다."

채윤은 그러마고 고개를 끄덕였다. 삼문은 그 자리에 계속 있는 것이 어린 녀석을 점점 더 괴롭히는 것 같아 일어섰다. 스적이며 멀어져가는 도포 소리를 들으며 채윤은 다시 흙벽에 몸을 내맡겼다.

잠시 후 옥졸 하나가 김이 나는 사발 한 그릇을 들고 다가왔다.

"들이켜 두어라! 성삼문 수찬께서 들이신 음식이다."

구수한 국물 냄새가 옥방 안을 가득 채웠다. 아침부터 밥 한 톨 입에 넣지 못했으니 미친 듯 허기가 동했다. 채윤은 옥졸이 내미는 숟가락을 받아들자마자 후루룩거리며 국밥을 입안으로 퍼 넣었다.

뜨끈한 국물과 구수한 밥알의 따스함이 삼문의 사람됨처럼 뜨뜻했다. 구수한 맛은 가리온이 특별히 고른 고기로 낸 국물 맛일 것이다. 언제나 너털웃음 잘 웃던 사람 좋은 반인의 얼굴이 그리워졌다.

어느새 사발은 바닥을 드러냈다. 허기를 면하자 으슬으슬하던 몸은 한결 풀리고 가벼워졌다. 한 그릇의 국물이 사람을 이렇게 풍요롭게 할 수 있음이 새삼스러웠다.

구석에서 바스락거리는 소리에 채윤은 흠칫 고개를 돌렸다. 소리 나는 곳에는 초대하지 않은 손님들이 와 있었다. 너댓 마리의 쥐들이 토벽에 뚫린 구멍으로 빼꼼히 내다보고 있었다. 겁 없는 녀석들은 어느새 구멍을 나와 바닥의 짚풀을 스적거리며 다가오고 있었다.

"야차 같은 것들…… 그것도 먹을 것이라고 고기국물 냄새를 맡은 것이로군……"

채윤은 중얼거리며 후닥닥 발을 굴렀다. 야금야금 눈치를 살피며 다가오던 쥐들이 콩 튀듯 흙벽 구멍 속으로 사라졌다.

8

문초를 받는 자리에서 채윤은 새로운 진실을 밝히고
금부대장과 모여든 사람들을 경악하게 한다.

채윤에 대한 문초가 있은 곳은 의금부의 대청마루였다. 부제학 정인지
와 학사들이 사방팔방으로 구명을 위해 뛰었지만 어쩔 수 없었다. 주상의
침전을 침입한 죄는 어떤 이유로도 용납될 수 없었다.

초죽음이 된 채윤이 의금부 대청 아래로 끌려온 것은 해가 넘어갈 무렵
이었다. 채윤은 변변한 치료도 받지 못한 채 다시 형틀에 앉았다. 두 다리
사이에 주리틀이 끼어졌다.

문초장에는 죄인을 추달하는 추달관과 죄를 증언할 자들이 늘어서 있
었다. 부제학 정인지를 비롯한 직제학 심종수, 수찬 성삼문과 이순지, 그
리고 가리온도 있었다.

"네놈의 죄는 백일하에 드러났다. 한치의 거짓이라도 있으면 죽음을
면치 못할 것이다."

대답 따위는 상관없다는 듯 금부대장이 호통을 쳤다.

"너는 어찌하여 참람하게도 주상전하의 정침을 침범하였느냐?"

"〈고군통서〉의 행방을 좇던 중 그곳에 서책이 있음을 알고 저도 모르

게 달려갔던 것입니다."

"그곳에 서책이 있다는 것은 어찌 알았느냐?"

"지난 엿새 동안 그 서책의 행방을 찾아 궁궐 안을 헤맸습니다. 서책의 행방은 학사들의 죽음과 관련이 있었고 범인을 잡기 위해서도 꼭 알아야 했습니다."

"네놈 또한 간악한 역도의 무리로 사전에 최만리의 언질을 받고 침전으로 향한 것이 아니더냐?"

금부대장이 윽박질렀다. 채윤의 얼굴이 납빛으로 창백해졌다.

"그, 그러하옵니다."

사람들이 경악했다. 삼문은 턱이 툭 떨어졌고 가리온은 두 눈이 튀어나올 듯 커졌다. 성정 급한 순지가 소매를 걷어붙였다. '저, 저…… 미련한 놈을 보았나. 어찌 대역의 죄를 스스로 짊어지려 하는가?'라며 혀를 쯧쯧 찼다. 예상치 못한 대답에 당황하기는 금부대장 또한 마찬가지였다.

"죄인 최만리가 〈고군통서〉를 탈취하고 주상전하의 안위를 위협할 역도의 무리를 도우라 하더냐?"

모두가 숨을 죽였다. 채윤은 담담한 표정으로 입을 열었다.

"아닙니다. 대제학께서 지난밤 침전에 간악한 자들이 침입할 터이니 미리 막으라 하셨습니다."

다시 한 번 의금부 안뜰이 놀라움으로 웅성거렸다. 그것은 의금부의 사건 결론을 완전히 뒤집는 말이었다. 대역의 죄인이 되어 옥에 갇힌 대제학 최만리가 역도들의 모의를 미리 알고 막은 충신이 되는 것이었다.

"네 이놈! 어찌 한 입으로 두 말을 하느냐? 오전에는 최만리가 죽은 학사들을 하나같이 눈의 티처럼 여겼으며 격물을 중히 하시는 주상전하의 큰 뜻에도 반기를 품고 있던 중 전하께서 새 글을 창제하심을 알고 이를 막으려 온갖 수단과 방법을 마다하지 않았다 하지 않았느냐?"

"그렇습니다. 하나 소인은 단 한 번도 대제학이 학사들을 죽였다고 말한 적도 없으며 수하를 시켜 주상전하의 침전에서 〈고군통서〉를 탈취하라 했다고도 한 적이 없습니다."

"그렇다 해도 네가 어찌 의금부의 주리를 위에서 한 입으로 두 말을 씨불이느냐? 네놈의 한마디가 어떤 결과를 가져올 줄 알기나 하느냐?"

"알고 있습니다. 알기 때문에 이렇듯 모순되는 고변을 드리는 것입니다."

모여든 사람들은 어안이 벙벙했다. 도대체 어린 겸사복의 말 한마디에 놀아나는 의금부라니…… 있을 수가 없는 일이었다. 금부대장이 난감한 표정으로 목소리를 가다듬었다.

"무엇을 안다는 말이냐?"

"학사들의 변고와 침전을 침입한 무뢰배들의 일은 이곳에 잡혀온 죄인들의 세치 혀끝에 달려 있으니 드리는 말씀입니다."

"무슨 말이냐?"

금부대장이 정색을 했다. 채윤은 마른 혀로 피딱지가 말라붙은 입술을 적셨다.

"금부대장께서는 침전에서 잡힌 자객과 소인의 말을 근거로 최만리 대감을 하옥했습니다. 그자가 옥에서 죽었으니 이제 소인이 유일한 증인이 아닙니까? 그러면 소인의 말씀대로 최만리 대감이 결백한 것입니까?"

금부대장이 언짢은 표정을 지었다.

"무엄한 소리를 나불대지 마라. 최만리는 네놈들의 고변뿐 아니라 추달관에게 제 입으로 범행을 자인했다."

"최만리 대감은 범행을 부인하지 않았을 뿐 자인하지도 않았습니다.

그런데 어찌 죄인으로 단정하십니까?"

"저놈이 역심을 품더니 이젠 역도의 수괴를 싸고도는구나. 주리를 틀어라"

형옥이 주릿대를 젖히자 채윤의 입에서 마른 나무가 삐걱이는 듯한 신음소리가 새어나왔다. 삼문과 가리온이 어금니를 물고 눈살을 찌푸렸다.

"저 철없는 녀석이 왜 헛소리를 지껄여 매를 자초하는고…… 허허참……"

심종수가 안타깝게 중얼거렸다.

"네놈이 역도를 옹호하는 까닭을 말하라. 무슨 꿍꿍이로 사건의 진실을 조작하려는 것이냐?"

겨우 주리질의 고통이 잦아들자 금부대장이 다시 물었다. 채윤은 아직까지 뼛속 깊은 곳에 새겨진 고통을 잊으려는 듯 고개를 절레절레 흔들었다.

"소인은 대제학을 옹호하는 것이 아니라 사실을 말하고 있습니다."

"무엇이 사실이냐?"

"최만리 대감은 학사들 중 한 명도 죽이지 않았습니다."

모여든 사람들의 두 눈이 휘둥그레졌다. 삼문은 차가운 눈빛으로 다음 말을 기다렸다. 채윤은 터져서 따가운 입술을 겨우 열어 말을 이었다.

"최만리 대감이 경학의 도를 지킨다는 명분으로 경세실용학파를 무참히 숙청한 것은 사실입니다. 거기에다 세자빈까지 궁궐에서 축출하였습니다. 그러나 학사들을 죽이지는 않았습니다."

"어떻게 그것을 증명할 것이냐?"

"주상전하께서 새 글자를 궁리하심을 알아차린 최만리 대감은 어떻게든 그것을 막고자 했습니다. 우선은 전하의 음운 연구를 더 이상 하지 못하게 하는 것이 급선무였죠. 바로 검서관들을 소집하여 비서고의 모든 운

서와 문자에 대한 서책의 분서행을 서둘렀습니다. 물론 그 분서목록 중에
는 밀서금역의 〈고군통서〉 또한 포함되어 있었겠지요. 대제학은 명문가
출신의 윤필을 통해 〈고군통서〉를 수거하고자 하였습니다. 그러나 윤필
은 작약시계의 계원으로 장성수에게서 불태우지 않은 책을 받아 돌아왔
습니다."

"그날 밤 분명 분서행이 있었는데 어찌 책을 태우지 않았다는 것이
냐?"

"장성수가 죽은 다음날 아침 소인이 직접 분서로 안으로 들어가 확인
한 바 책을 태웠다면 분서로 안에 있어야 할 잿더미가 없었습니다."

"최만리는 윤필에게 〈고군통서〉를 수거해오라 말한 적이 없다고 했다.
그것은 무슨 까닭이냐?"

"소인이 대제학께 여쭈었을 때 서책을 수습하라 한 적이 없다 하심은
장성수를 죽였다는 윤필의 혐의를 벗겨주려 한 것입니다. 또한 소인이 집
현전 학사들의 문신을 조사하고자 했을 때 거부한 것 또한 그들을 살인귀
의 손에서 보호하려는 것이었습니다."

"그렇다면 허담을 죽인 것이 분명한 중국 사신관의 호위감을 두둔하고
방면한 이유는 무엇이냐? 이 또한 사대모화로 저들과 미리 내통한 증거
가 아니더냐?"

듣고 있던 이순지가 나서며 물었다.

"대제학께서 사대모화주의자인 것은 사실입니다. 명나라 호위감에게
무슨 일이 생기면 양국의 관계에 문제가 생길 것을 염려하셨기 때문입니
다."

"아무런 근거도 증거도 없는 허황한 억측일 뿐이다. 그렇게 허황한 말
을 어찌 믿으라는 것이냐?"

"소인 또한 모든 죄상이 드러났으니 더 이상 생각하지 않으려 했습니다. 그러나 옥중에서 분명히 본 사실을 받아들이지 않을 수 없었습니다."

"옥중에서 무엇을 보았느냐?"

"최만리 대감의 지시를 받았다는 그 죄인이 죽는 모습입니다."

"그 놈은 대역의 죄인으로 추달과 문초 과정에서 주리질과 곤장에 곤죽이 되었다. 금부의 옥사에서 장독을 이기지 못하고 죽어 나가는 자가 어디 한둘이더냐? 죽을 만한 죄를 지었기에 죽는 것이다."

금부대장이 차갑게 말했다.

"그러나 소인이 본 것은 단순한 죽음이 아니라 살인이었습니다."

금부대장의 눈이 휘둥그레졌다. 뜰 안에는 무거운 불안감이 감돌았다.

"저놈이 아주 실성을 한 모양이구나. 형옥은 무엇을 하느냐? 저놈의 주리를 틀어라!"

금부대장의 목소리가 뜰 안을 쩌렁쩌렁 울렸다. 형옥이 사정없이 주릿대를 젖혔다. 아랫도리가 빠개지듯 고통이 뼛속으로 스며들어 온몸을 스멀스멀 기어다녔다. 채윤은 불어터진 눈으로 가물가물한 주변을 돌아보았다. 저만치 형옥들의 뒤에 섰던 늙은 옥졸 하나가 문득 앞으로 나섰다. 옥졸의 손에는 이 빠진 툭사발이 들려 있었다.

"저 옥졸 어른이 들고 계신 툭사발이 소인 대신 말해줄 것입니다. 저 툭사발은 장독으로 죽은 죄인의 점심 끼니를 담은 그릇입니다. 죄인은 저 툭사발의 국밥을 먹은 후 죽었습니다. 만일 저 툭사발에 독물의 흔적이 있다면 분명 그것은 살인입니다."

"죄인의 죽음이 장독 때문이 아니라 독물 때문이라고 어찌 확신하느냐?"

"금방 죽을 만큼 장독이 퍼진 피폐한 자가 거의 남김없이 밥그릇을 비우지는 않았을 것입니다. 겨우 몇 알 남은 밥풀떼기와 고기국물 냄새를 맡고 달려든 옥사의 쥐새끼들이 죄인이 남긴 음식을 먹고 곧 죽었습니다. 그러니 저 툭사발을 세세히 살피시옵소서."

말이 끝나기도 전에 가리온이 툭사발 앞으로 다가가 한쪽 무릎을 꿇었다. 그리고 침쌈지의 은침을 꺼내 툭사발의 표면을 긁었다. 잠시 은침의 표면을 살피던 가리온의 얼굴이 놀라움으로 변했다.

"겸사복의 말이 틀리지 않습니다. 툭사발의 표면에 비상의 흔적이 있습니다. 자세한 것은 시신을 검안해야 하겠으나 이 그릇에 독극물의 흔적이 있는 것은 사실입니다."

"그렇다면 누가 죄인의 밥그릇에 독을 넣었다는 말이냐?"

"죄인의 입에서 더 이상 진실이 나오지 못하게 하려는 자입니다. 죄인은 최만리 대감이 모든 것을 시켰다고 진술했습니다. 그의 입에서 다른 말이 나오는 것이 두려울 자가 누구겠습니까?"

"그놈은 무슨 까닭으로 최만리의 이름을 입에 올렸다는 말이냐?"

"그자는 미끼였습니다. 현장에서 일부러 잡혀서 대제학께 모든 죄를 덮어씌우는 역할이지요. 그 대가로 엄청난 재물과 관직을 약속받았을 것입니다. 시전의 왈패로 떠돌던 자를 금군의 병사로 넣은 자가 누구인지를 살펴보면 알 것입니다. 그러나 비밀이 입 밖으로 새어나오는 것은 재물로도, 권력으로도 막지 못하는 법입니다. 유일한 방법은 그 입에 흙을 채워 넣는 길밖에 없겠지요. 그자의 죽음은 최만리 대감이 죄인이 아니라는 가장 명백한 증거가 아니올런지요?"

"참으로 알 수 없다. 이것은 범죄 속의 범죄요, 살인자의 그림자 속에 숨은 살인자가 아니냐? 도대체 누가 학사들을 죽이고 전하의 침전까지 침입하도록 주사하였다는 것이냐?"

금부대장이 화난 표정으로 윽박질렀다. 채윤은 담담하게 모여든 사람들을 쳐다보았다.

"역도의 수괴는 바로 이 자리에 있습니다."

모두가 어안이 벙벙한 표정으로 채윤의 입술만을 주시했다. 채윤의 피딱지 마른 입술이 움직였다. "누구든 이렇게 엄청난 일을 꾸몄다면 자신의 모사가 완벽하게 마무리되는 것을 확인하고 싶어할 것입니다. 그렇지 않습니까? 직제학 어른?"

채윤이 뒤로 묶인 상체를 숙여 심종수를 바라보았다. 느닷없는 질문에 심종수가 흠칫 놀랐다.

"네놈의 꿍꿍이속을 모른다만 되지 않은 억측으로 사건의 핵심을 흐트리지 말라. 증인과 증거가 나왔고 죄인의 자백이 있었은즉 죄를 가리지 못할 것이다."

심종수의 목소리는 카랑카랑하게 울렸다. 채윤은 옅은 미소를 띠며 고개를 끄덕였다.

"소인 또한 일이 이렇게 되리라고는 상상조차 못했습니다. 소인이 감옥에 가지 않았거나 직제학의 욕심이 조금만 덜했어도 진실은 영원히 어둠 속에 묻혔을 것입니다."

영문을 모르는 금부대장가 얼떨떨해졌다. 더 이상 채윤을 추궁할 수도 윽박지를 수도 없었다. 추달과 문초는 이제 심종수와 채윤의 사이에서 벌어졌다.

"그래, 그렇다면 네놈은 누가 학사들을 죽이고 주상전하까지 해치려 하였다는 것이냐?"

채윤과 심종수의 두 시선이 팽팽하게 부딪쳤다.

"직제학이십니다." 금부대장의 표정이 납빛으로 변했다. 채윤은 틈을 주지 않았다. "직제학께서 학사들을 죽이고 주상전하를 모살하려 했고 〈고군통서〉를 중국 사신관으로 넘기지 않았습니까?"

"계속 하거라."

심종수가 느긋한 표정으로 말했다. 금부대장은 둘 사이의 팽팽한 언쟁을 넋 놓은 채 쳐다보았다.

"직제학께서는 오래전부터 대제학의 수하로 있었습니다. 대제학께서도 직제학을 신임하셨고 법통을 이을 후계자로 생각하셨지요. 그것만으로 끝났더라면 좋았을 것입니다. 그러나 직제학께서는 늘 그렇듯 욕심이 과하시죠. 권력과 부와 명예에 대한 기갈 말입니다."

벌겋게 달아올랐던 심종수의 얼굴이 하얗게 바랬다. 채윤은 심종수의 안색을 살피며 말을 이었다.

"직제학께서는 대제학의 학풍을 신봉했지만 그 우유부단한 태도에 불만이었습니다. 실용학파를 끼고 도는 주상전하에 대해서도 반감을 가졌을 것입니다. 그런 생각은 대제학을 비롯한 경학파의 공통적인 정서였으니까요. 상황의 심각성을 깨달은 대제학 어른은 실용학파에 대한 맹렬한 선전포고를 하셨습니다. 그리하여 장영실, 박연 대감이 축출당하고 세자빈이 쫓겨나고 신숙주 어른은 왜국으로 피하게 되었습니다."

"그것은 일련의 조사에서 모두 드러난 사실이 아니냐?"

"문제는 직제학 어른의 생각이 그 너머에 있었다는 것이죠. 권력에 대한 탐욕, 부에 대한 집착, 그리고 주상전하에 대한 역심까지…… 더러운 욕망들은 어느 날 문득 생겨난 것이 아니라 오래전부터 속에서 부글부글 끓고 있었습니다. 계획했던 일을 실행에 옮길 완벽한 기회가 다가온 것입니다."

"어떤 기회를 말함이더냐?"

"새 글자 창안을 고집하시는 주상전하의 뜻을 〈고군통서〉를 매개로 꺾으려 한 것입니다. 직제학 또한 〈고군통서〉의 저술자가 전하임을 알고 계셨습니다. 명나라 사신들과 빈번히 교류한 사대파 학사였으니 〈고군통서〉를 확보하여 저들에게 넘기려 하였던 것이지요."

"주상전하와 거래라니? 네놈 아가리가 무엄하구나."

"그러나 금서밀역의 〈고군통서〉는 이미 사라진 뒤였습니다. 누군가가 한 발 앞서 서책을 빼돌렸던 것입니다. 직제학 어른은 내친김에 끝까지 가자는 결심을 하셨지요. 그 책만 손에 넣으면 모든 권력이 손 안에 들어오니까요. 정황 또한 직제학 어른의 편이었습니다. 모든 변고의 책임이 돌아갈 사람은 대제학 어른이었으니까요. 격한 성정과 반대파에 대한 편벽한 증오심은 대제학 어른께 모든 죄를 덮어씌울 충분한 정황이 되었죠. 직제학 어른 또한 주역과 도학의 이론에 밝으니 비서고에서 사라진 〈고군통서〉가 어떤 경로로 보존된다는 것 또한 잘 아셨겠지요."

"그렇다면 대제학 어른의 명으로 분서터로 갔다는 윤필의 말이 거짓이란 말이냐?"

"아닙니다. 윤필은 분명 대제학 어른의 명을 받고 분서터로 향했을 것입니다."

"그런데도 나를 의심하는 것이냐?"

"하지만 대제학 어른께서는 그런 명을 한 적이 없습니다. 왜냐하면 그것은 직제학 어른께서 대제학 어른을 빙자하여 대신 전한 명이었으니까요."

"윤필은 죽었고 대제학의 자백이 있었다. 그런데도 무엇을 근거로 억측을 계속하느냐?"

"장성수가 죽던 날 집현전 근무 명부를 확인하였습니다. 대제학 어른께서는 술시에 퇴궐하셨더군요. 공교롭게도 직제학 어른께서는 그날 숙직 근무를 하셨구요."

모여든 사람들은 모두가 멍한 얼굴이었다. 금부대장이 눈을 부릅뜨며 소리쳤다.

"문초 중 네가 진술한 수사의 다른 내용은 어찌 할 테냐? 너는 허담을 죽인 자가 명나라 사신관의 호위사령이라 했거늘……"

"그 사실은 이순지 어른께서 증명해주실 것이옵니다."

"그뿐만이 아니다. 너는 윤필이 죽던 날 대전 호위감 무휼이 주자소 쪽으로 가는 것을 보았다고 하지 않았느냐?"

"그러하옵니다. 호위감은 분명 윤필이 죽던 날 주자소에 있었습니다. 그러나 호위감이 주자소로 간 것은 윤필을 죽이기 위해서가 아니라 살인자로부터 보호하기 위해서였습니다. 실제로 그는 윤필이 죽기 직전까지 주자소에 머물며 윤필을 지켰습니다. 그것은 무휼의 거처에서 발견된 횃불의 심지가 타들어간 것으로 알 수 있습니다. 살인은 대전을 오래 비울 수 없었던 그가 떠난 직후에 일어났습니다."

"너는 또한 그가 정초 대감을 죽인 침법을 익혔다고 했다."

"소인 또한 그 점에서 호위감을 줄기차게 의심했습니다. 그러나 윤정후 검사복을 통해 조사한바, 시전을 떠돌던 반촌 출신의 왈짜들 중 비전의 침술을 알고 있는 자가 있었을 것입니다."

"그가 누구냐?"

"옥중에서 죽은 그자의 출신성분을 조사하면 반촌 출신의 왈짜임이 드러날 것입니다."

"시전판의 왈짜가 어찌 지고한 주상전하와 왕실의 안위를 지키는 금군이 되었다는 말이냐?"

"그 점은 직제학 어른께 여쭤심이 빠를 듯합니다."

심종수의 얼굴이 일그러졌다. 채윤은 담담히 말을 이었다.

"직제학께서는 궁 안으로 끌어들인 자객들을 시켜 〈고군통서〉를 지닌 학사들을 죽였지만 학사들은 언제나 한발 빨랐죠. 그리고 결국 그것은 집현전의 숨겨진 학사였던 궁인 소이의 손을 거쳐 주상전하께까지 전해졌습니다. 서책을 탈취한 자객이 사신관으로 향한 것은 사전에 명의 사신과도 깊은 내통이 있었다는 증거입니다. 그것은 명의 힘을 이용하여 주상전하를 권좌에서 밀어내려는 역심이었습니다. 명나라 또한 북변을 개척하고 역사를 다시 쓰고 음률을 정비하는가 하면 화포를 개량하고 지도까지 만드는 전하에 대해 곱지 않은 눈길을 보내고 있던 터였습니다. 그러니 직제학 어른의 제안에 솔깃할 수밖에 없었겠지요. 〈고군통서〉만 손에 넣으면 전하를 구석으로 몰고 천자에게 전하여 보좌에서 밀어낼 수도 있다고 생각했습니다. 그렇게 되면 직제학 어른에게는 엄청난 반대급부가 돌아올 것입니다. 모든 죄를 대제학 어른께 넘기면 대제학 어른은 자연히 숙청될 것이고 경세학파의 수장인 부제학 어른은 주상전하께서 권좌를 물러나시면 자연 힘을 잃을 것이 분명합니다. 그러면 누가 직제학 어른의 앞길을 가로막을 수 있겠습니까?"

넋이 나간 듯 멍한 심종수가 기가 막히다는 듯 호탕한 웃음을 터뜨렸다.

"그 거침없는 상상과 그럴듯한 추론은 분명 천한 네 출신에서 나온 것이라. 그래서 잡인들이 궁 안에 배회하도록 내버려두어서는 안 되는 것이다. 장영실, 박연, 장성수! 이런 근본 없고 상스러운 것들이 궁 안을 활보하니 무고한 학사들이 죽어나가고 귀신이 들끓는 것이 아니던가? 금부대장은 무얼 하고 있는가? 저 발칙한 놈의 아가리를 닫게 하지 못할까?"

심종수가 카랑카랑한 목소리를 높였다. 금부대장은 안절부절못하고 둘러선 사람들을 번갈아 보았다.

"직제학 어른의 말을 듣지 못하느냐? 당장 저놈의 아가리를 닫게 하라!"

금부대장의 목소리가 떨어지기가 무섭게 형옥들이 손바닥에 침을 뱉었다. 그때 서걱이는 목소리가 들려왔다.

"멈추어라! 더 이상 무고한 겸사복의 몸을 상하게 해서는 안 될 것이다."

사람들의 눈이 소리 나는 쪽으로 쏠렸다. 올 많은 수염을 날리는 짙은 눈썹의 성삼문이었다. 금부대장의 얼굴에 언짢은 기색이 역력하게 떠올랐다.

"문제 많은 집현전의 학사가 어찌 문초장까지 와서 감 놔라 배 놔라 하는 것이오?"

소맷자락을 버스럭거리던 성삼문이 구겨진 종이 한 장을 내밀었다.

"이것은 죽은 죄인의 품속에서 발견한 어음이오. 석 달 후 백미 이백 석과 비단 오십 필, 소 스무 마리와 말 열 마리를 내주겠다는 엄청난 약정 내용이 적혀 있소."

"이 어음이 어디서 난 것이오?"

"저 겸사복을 면담하기 위해 옥사 앞에 다다랐을 때 옥졸 몇이 웅성거리더니 안으로 달려들어갔소. 그리고 시체 한 구를 거적때기에 감아 들고 나오는 것이었소. 순간 짚이는 것이 있어 시체를 확인하고 소지품을 살폈는바 놈의 의복 깊숙한 곳에 어음이 숨겨져 있었소. 세상의 누구도 믿지 못했던 놈은 이 어음을 속곳 깊은 곳에 별도의 호주머니를 바느질하여 숨겨두고 있었소."

"그런데 그 어음이 어찌되었단 말이오?"

"한낱 금군 병졸인 놈의 몸에서 저렇듯 엄청난 재물을 보증하는 어음이 발견된 것이 예사로운 일이 아니질 않소? 어음의 아래쪽에 적힌 수결을 보시오. 시전 최고상인 윤길주의 것이 분명하오."

"그것을 어찌 확신할 수 있소? 간단한 획과 필치로 이루어진 수결이란 모사하려면 얼마든지 할 수 있지 않소? 게다가 이 어음이 엄청난 변고와 관련되었다면 설사 이 수결이 윤길주 자신의 것이라 해도 그것을 쉽게 인정할 것 같소?"

"걱정하지 마시오. 그 점은 이미 명백히 밝혀졌소."

삼문이 중문 밖으로 눈짓을 했다. 삐걱이며 문이 젖혀지자 돌이 깔린 뜰 안으로 드르륵 하는 소리가 나며 누군가가 들어섰다. 비서각 장서관 윤후명은 날랜 솜씨로 맹렬하게 바퀴를 굴려 금부대장 앞으로 다가갔다.

"성수찬의 말은 거짓이 없소이다. 내수사[44]에서 보관하고 있는 윤길주의 다른 어음들을 살펴본바 필체나 필획의 움직임, 형세 또한 분명 윤길주의 것이외다."

"이 어음이 윤길주의 것이라는 사실과 내가 살인을 교사했다는 사실에 어떤 연관이 있다는 건가?"

애써 여유로운 웃음을 흘리는 심종수를 성삼문은 야멸치게 흘겼다.

"직제학께서 시전상인 윤길주 도가의 후견인이 아닙니까? 집현전의 운용비와 서책 구입, 명나라 사은사 행렬을 구실로 윤길주에게 상납을 받아 챙긴 것도 오랜 관행이 아닙니까? 그 일을 아신 대제학께서 직제학을 호출하여 호통을 치신 일이 한두 번이 아님을 집현전 학사라면 누구나 알

---

44 조선시대 궁중에서 쓰는 미곡, 포목, 잡화, 노비를 관장하던 관청. 정5품 전수에서 종9품 전화까지 모든 관직은 내시들이 맡았다.

고 있는데 어찌 모른다 하십니까?"

성삼문의 낭랑한 추궁에 심종수의 얼굴이 사색이 되었다. 그는 한편으로 웃으며 또 한편으로는 찡그리며 두 손을 내저어 사래를 쳤다.

"이건 음모다. 이놈들이 작당을 하고 집현전에서 나를 몰아내려는 음모다. 금부대장! 이 천한 놈들이 작당을 하고 나를 올가미로 옥죄고 있는 것이 보이지 않는가? 당장 이놈들을 모두 잡아들이지 않고 무엇하느냐?"

금부대장이 붉으락푸르락하는 심종수에게서 눈을 떼며 소리쳤다.

"이자를 옥에다 넣고 당장 윤길주란 놈을 잡아들여라. 그리고 반인 가리온은 지금 바로 죽은 죄수의 검안을 시행하여 결과를 보고하라."

금부대장의 말이 끝나기가 무섭게 대령하고 있던 형옥들이 바쁘게 움직였다. 심종수는 두 명의 형옥에게 팔을 꺾였으며 채윤 또한 형틀에서 풀어져 옥으로 향했다. 걸음조차 제대로 걷지 못하는 채윤을 안쓰럽게 바라보며 순지가 소리쳤다.

"겸사복이 죄 없음이 백일하에 드러났소. 그런데 어찌 몸도 성치 않은 아이를 옥에 가둔단 말이오?"

"어찌 죄인이 죄 없다 하시오? 이유가 어찌되었든 침전을 무단으로 침범한 것은 용서받을 수 없는 죄라는 걸 모르시오?"

냉랭하게 대답한 금부대장이 획 돌아서 방으로 들어갔다. 쾅 소리를 내며 신경질적으로 닫히는 미닫이문이 모여든 사람들의 가슴속에 천근만근의 무게로 떨어졌다.

최만리는 그 밤으로 풀려났다. 의금부를 나선 최만리는 사가로 향하는 가마꾼에게 집현전으로 가자고 말했다. 조용히 유령처럼 집현전으로 숨어든 최만리는 일체의 학사들을 물리쳤다.

방 안에는 따스한 등잔불이 홀로 깜박이고 있었다. 최만리는 타오르는 심지를 한없이 바라보았다.

증광문과에 급제한 이듬해 박사로 몸을 담은 집현전이다. 잠시 강원도 목사로 나갔던 것을 빼면 평생을 이 전각에서 보낸 것이다.

그 세월은 얼마나 복되고 행복했던가? 시정을 살피고 고제를 연구하며 경학과 도학의 이념을 떠받치는 기둥이 되기를 마다하지 않았다. 문과중시를 통과하고 응교, 직제학, 부제학에 이르기까지 오로지 경학의 도리를 좇았다.

그것은 오로지 이 나라가 도학의 주춧돌 위에 우뚝 서기를 간절히 원했기 때문이었다. 한낱 잡스런 무리들이 주상의 현묘함을 어지럽힐 때, 수천 년의 고제를 허물려 들 때, 목숨을 내어놓고서라도 지켜야 할 법도를 등한히 할 때도 몸을 사리지 않았다. 일신의 영달과 부귀영화가 깊고 영원한 도학의 무궁함 앞에서 무엇이겠는가?

최만리는 홀로 떨쳐나서는 것을 두려워하지 않았고 남의 이목도 두려워하지 않았다. 심지어 주상의 진노 또한 두려워하지 않았다. 그가 두려워한 것은 오로지 사장과 도학의 안위였다.

흥천사(興天寺) 사리각을 중수하려 할 때 반대 상소를 올렸고, 경찬회(慶讚會)를 혁파하라는 상소를 올렸다. 그것은 허황한 내세의 영화를 기약하는 불교의 세력을 온몸으로 막은 것이었다. 첨사원을 설치하려 할 때 반대 상소를 올린 것 또한 젊은 학사들에 경도된 세자가 좀 더 장성한 후에 양위하라는 충정 때문이었다.

그렇게 평생 올린 상소만 열네 차례. 열네 번 모가지가 달아날 수도 있었을 것이나 주상은 그때마다 그 뜻을 저버리지 않으시었다. 젊은 시절에는 친구 같았으나 이제 함께 늙어가는 신하로서 최만리는 그 깊은 성심에 눈물이 고일 뿐이었다. 그리고 이 밤 늙은 신하는 마지막 상소를 올려야 할 것이었다. 평생을 보낸 이 집현전 방에서 문과시험에 합격했던 날 주상이 내린 낡은 몽당붓으로……

최만리는 조용히 서안 앞에 정좌했다. 의금부의 문초장과 옥사에 시달린 몸은 이미 말을 듣지 않았다. 아귀가 맞지 않는 나무문처럼 온몸의 뼈마디들이 삐걱거렸다. 그러나 늙은 몸 어찌 더 이상 편하기를 바라겠는가? 최만리는 오랜 손때가 묻고 털이 빠져나간 몽당붓을 들었다.

"신등(臣等)이 엎드려 언문의 제작을 살피옵건데, 지극히 신묘(神妙)하와 사리를 밝히고 지혜를 나타냄이 천고에 뛰어나나, 신등의 구구(區區)한 관견(管見)으로는 오히려 의심스러운 바가 있사옴으로, 감히 근심되는 바를 나타내어 조목(條目)을 드는 바입니다. 엎드려 생각하옵는 바, 거룩한 재결(裁決)을 바라는 바입니다……"

몽당붓은 거침이 없었다. 관복 겨드랑이로 땀이 차오르지만 최만리는 붓질을 멈추지 않았다. 붓끝에서 최만리의 조종을 위한 마지막 충의와 나라를 위한 격한 충정이 흘러나왔다. 그것은 새로운 글을 반포하는 데 대한 절절한 논박이었다. 그 논거는 이러했다.

첫째, 지성으로 섬기면서 따라온 대국을 문물을 버리고 언문을 창제하심은 이상한 일이옵니다. 소리를 합하여 글자를 만드는 것은, 옛것에 어긋나며 근거가 없는 일이옵니다. 혹시 언문이 중국으로 흘러 들어가서 이를 그르다고 말하는 이가 있으면, 중국 문화를 섬김에 있어 어찌 부끄럽지 않겠사옵니까?

둘째, 중국 이외의 문자를 가지고 있는 나라는 몽끌, 서하, 여진, 일본, 서번 등이 있으나 이들은 모두 오랑캐가 아니옵니까? 새로 언문을 지어 중국을 버리고 스스로 오랑캐가 되고자 하는 것은, 마치 귀한 향나무의 향기를 버리고, 쇠똥구리의 쇠똥을 취하는 것과 같사옵니다.

셋째, 이두가 거칠고 촌스러우나 한자에 뿌리가 있으니, 이두를 배우려면 한자를 알아야 하옵니다. 만일 언문을 제작한다면 모두 언문에 공을 들일 것이니 성현의 학문은 소홀하게 될 것이옵니다. 뒷사람들이 스물여덟자 언문만으로도 입신하기에 족하다면 무엇 때문에 고심하여 성리의 학문을 닦겠나이까?

넷째, 언문으로 송사의 원통함을 구한다 하나 중국에서 언문일치가 행해지고 있지만 소송에서 원통한 사건이 지극히 많사옵니다. 소송과 형벌의 공평함은 문자에 있는 것이 아니라, 관리들의 잘잘못에 있으니 언문으로써 옥사를 공평하게 하려는 것은 옳지 않사옵니다.

다섯째, 언문은 풍속을 바꾸는 큰일이므로 반드시 재상과 신하들과 논의함이 옳사옵니다. 그런데 이를 행하지 않고서 하급 관리들을 시켜 갑자기 익히게 하고 급히 반포하려 함은 후세의 공의에 어긋나옵니다. 국가에 부득이한 일이 아닌데도 언문을 만드는 데 급급함은 옥체의 쇠약을 부채질하니 옳은 바를 모르겠사옵니다. 또한 언문은 당장 급하고 부득이한 일이 아닌데도 청주 초수리에 가셔서 급하게 하시어 쇠약해지시니 더욱 그 옳음을 알지 못하겠나이다.

여섯째 동궁(세자)은 덕을 쌓았다 할지라도 계속 학문에 온 마음을 쏟아야 하옵니다. 언문이 유익하다 해도 많은 학문의 보잘것없는 한 가지일 뿐이니 만에 하나도 치도에 이익됨이 없사옵니다.

신등이 모두 보잘것없는 재주로 조정에 봉직하고 있으니 마음에 품은

바가 있으면 감히 침묵할 수 없어서 삼가 온 정성을 다하여 재고해주시기
를 청하옵니다.

그것은 뼈를 간 먹을 찍어 피로 쓴 상소였다. 저려오는 삭신을 간신히
버티며 최만리가 상소의 마지막 구절을 끝냈을 때는 문밖이 희붐하게 밝
아오고 있었다.

이 밝아오는 날이 집현전에서 맞는 마지막 아침이 되리라고 최만리는
생각했다. 그리고 밤을 밝혀 쓴 상소문을 정결하게 두루마리 통에 넣고
침전이 있는 동쪽을 향해 네 번 절했다.

9

채윤은 침전과 흠경각의 신비한 비밀들을 알게 된다.
주상은 채윤과 소이에게 마지막 하교를 내린다.

화장한 여인은 복사꽃처럼 화사하게 웃고 있었다.

여인의 하얀 이가 가지런히 빛났다. 궁궐의 후원은 적요했고 인왕산 쪽에서 뻐꾸기 우는 소리가 들려왔다. 채윤은 자꾸만 달아나는 여인을 쫓으며 애가 탔다.

여인은 채윤이 닿으려 하는 그 끝의 무엇인가였다. 수많은 수수께끼와 미로에 둘러싸인 그 무엇.

그곳이 어디인지 그것이 무엇인지 알 수 없었다. 하지만 어딘가에서 무언가가 알 수 없는 힘으로 채윤에게 손짓하고 있다. 닿으려 하면 저만치 사라져버리는 여인의 뒷모습처럼.

어느새 여인은 사람들이 북적대는 난전으로 나섰다. 수많은 사람들 속에서 여인의 복숭아색 뺨은 유난히 붉었다. 채윤은 몽환 속에서 여인을 뒤쫓았다. 사람들이 천천히 오가며 채윤을 흘겨보았다. 하지만 채윤은 여인의 강렬한 시선과 고혹을 떨쳐버릴 수 없었다.

여인을 난전을 벗어나 바람 이는 들로, 격랑의 계곡으로 이끌었다. 마침내 여인에게 한 걸음, 두 걸음 다가서자 사향과 박하 향기가 코끝을 적셨다.

어디선가 본 듯한 얼굴. 어디에서 본 여인일까? 하기야 어디서 왔건, 무슨 일을 하는 여인이건 상관이 없었다. 그 여인을 품에 넣을 수만 있다면……

마침내 돌아서 멈춘 여인을 채윤은 온 힘을 다하여 안았다. 화사한 햇살 아래 여인의 가는 귀밑머리가 뺨을 간지럽혔다. 몸을 저리게 만드는 복숭아 향기가 밀려왔다.

놓지 않겠다. 이 품속에서 너를 다시는 놓지 않겠다. 채윤은 여인을 안은 팔에 힘을 주었다. 따뜻한 바람이 불어왔다. 아늑한 행복감에 온몸을 맡겼다.

온몸은 땀에 젖었고 꿈결에서도 온몸에 불이 붙은 듯 화득거렸다. 마음은 눈을 뜨고 싶지만 현실에서는 그것조차 쉽지 않았다. 채윤은 끙끙 앓는 신음소리를 내며 번쩍 눈을 떴다.

분명 눈을 떴지만 여인의 잔상은 깜깜한 어둠 속에 화사하게 떠올라 있었다. 채윤은 조금이라도 더 깊이 그녀의 얼굴을 새기기 위해 어둠을 응시했다.

무엇인가? 이것은 꿈속의 꿈, 허상 속의 허상. 영원히 잡힐 듯 잡히지 않을 것 같은 신기루. 천천히 여인의 잔상이 모래시계처럼 스러져갔다.

"정신이 드느냐?"

어둠 속에서 온화한 목소리가 들렸다. 주상이었다. 무어라 말을 하고 싶었지만 바싹 마른입에서 말이 떨어지지가 않았다. 이것조차 꿈속의 일이 아닌지 채윤은 혼돈스러웠다.

"안심하라. 이곳은 침전이니 네가 꿈을 꾸는 것이 아니다."

부드러운 목소리가 불안과 고통에 할퀸 상처를 따뜻하게 보듬었다.

"소인은 의금부의 옥사에 있었사온데 어찌하여 이곳에 있사옵니까?"

어둠 속의 아름다운 얼굴이 대신 대답했다.

"겸사복이 침전을 범한 것은 전하의 부름을 받자온 것이니 죄를 묻지 못할 것이라는 주상전하의 하교가 있었습니다. 그리고 정신을 잃고 옥사에 쓰러진 겸사복을 데려와 침전으로 눕히셨지요."

채윤이 아픈 몸을 일으키려 했다.

"좀 더 쉬어두어라. 날이 밝으려면 시간이 남아 있다."

채윤은 다시 기진맥진한 몸을 누이었다. 희미한 촛불 아래 주상의 미소가 흔들렸다. 이 나라의 군왕은 이 적요한 침전에서 밤마다 자신을 둘러싼 사방의 적들과 홀로 전쟁을 벌였다.

그 전쟁에 나설 때 주상은 군왕이 아니라 용포를 벗은 맨몸이었다. 이제 외로운 전쟁은 끝난 것일까? 그럴지도 모른다. 반대자는 적발되었고, 처단될 것이니……

하지만 주상의 싸움은 끝나지 않을 것이었다. 주상이 맞선 적은 최만리나 심종수나 강퍅함에 찌든 문신들이 아니었다.

주상은 자신의 앞에 있는 거대한 시대와 정면으로 싸우고 있었다. 불온한 시대, 어둠의 시대, 혼돈의 시대를 물리치고 빛과 융성의 시대를 만들어가야 했다.

"풀리지 않은 의문이 있사옵니다."

몇 번이나 까무러칠 물고를 당한 어린 겸사복이 겨우 눈을 뜨면서 꺼낸 첫마디는 아직도 남은 의문이었다.

"변고는 모두 끝났다. 또 무슨 의문이 남았느냐?"

채윤은 품속에서 땀에 절은 종이 한 장을 꺼내 펼쳤다. 군데군데 피와 땀에 흠뻑 젖은 종이에 정갈하고 반듯한 글자가 보였다.

  根, 之, 木, 風, 亦, 源, 之, 水, 旱, 亦, 渴.

"이 글자들이 무슨 뜻이옵니까?"

주상은 눈을 감았다. 윤필이 죽어가면서까지 지켰던 글자의 비밀을 한 자 한 자 새기듯 읊었다.

"불휘 기픈 남간 바라매 아니 뮐새 곶 됴코 여름 하나니, 새미 기픈 므른 가마래 아니 그츨새 내히 이러 바랄에 가나니……"

뜨거운 것이 목구멍을 밀고 올라왔다. 윤필이 목숨을 버려 지킨 것은 뿌리 깊은 나무였다. 장성수, 윤필, 허담, 정초, 장영실, 박연, 정인지, 신숙주, 성삼문……

목숨을 버려 뿌리 깊은 나무를 지켰던 작약시계의 계원 하나하나가 스스로 뿌리 깊은 나무들이었다.

주상은 반짝이는 눈으로 자신을 바라보는 또 한 그루의 뿌리 깊은 나무를 바라보았다. 채윤은 그 마음을 아는지 모르는지 다시 호기심 가득한 눈으로 물었다.

"주상전하와 소이 항아가 숨어 있는 두 명의 학사임을 알았으나 지수귀문도의 두 음소는 끝내 찾을 수 없사옵니다."

"스물여덟 자의 글자로 세상의 말을 모두 쓸 수 있으나 쓰지 못할 말이 있으니 바로 말없음이다. 말없음에는 두 가지가 있을 것이니 말하고자 하나 말하지 못함과 말할 수 있으나 말하지 않음이다. 말하지 않고 뜻을 전한다면 수많은 말보다 나을 것이니 그것이 으뜸 되는 음소가 아니겠느냐?"

뒷머리가 찌릿해졌다. 깨달음은 곧 새로운 의문을 불러 일으켰다.

"학사들은 모두가 주상전하의 뜻을 감추어둔 장소에서 변고를 당했사옵니다. 그런데 저들이 어찌하여 이곳 침전을 쳐들어온 것이옵니까?"

주상은 그렇게 묻는 청년을 물끄러미 바라보았다. 사건의 전모가 드러난 후에도 마지막 하나의 의문까지도 풀고 말려는 것이 기특해서였을까?

"이 침전에 숨겨둔 나의 뜻을 너는 모르느냐?"

채윤은 호기심으로 두 눈을 끔벅거렸다.

"침전을 개방하라."

문 밖에서 바쁘게 움직이는 내관들의 발소리가 마루를 울렸다. 어리둥절한 채윤의 눈앞에서 신묘한 일이 벌어지고 있었다. 사방을 가로막고 있던 문들이 번쩍 들리며 침전의 각 방이 엄청나게 넓어진 것이었다.

"보아라. 이 침전에 무슨 형상이 숨어 있느냐?"

눈앞에 펼쳐진 현실을 채윤은 믿을 수 없었다.

"이, 이것은 마, 방, 진……"

채윤은 자신도 모르게 중얼거렸다. 그것은 완벽한 마방진이었다.

커다란 침전 공간은 정확히 아홉 개의 작은 방으로 이루어져 있었다. 그리고 각각의 방은 들어올릴 수 있는 들문으로 나뉘어 있었다. 지난밤 놈들과 대적하느라 '수많은 방'으로만 생각했던 침전은 완벽한 마방진의 형태였던 것이다.

"저들이 학사들의 피로 궐 안을 더럽혔지만 그 안에 숨긴 나의 뜻을 더럽히지는 못할 것이다."

"또 한 가지의 궁금증이 있사옵니다."

"무엇이냐?"

"침전에서 멀지 않은 천추전 뒤에 사는 귀신에 대한 것이옵니다. 바루

종이 울릴 때면 깨어나 궁궐을 돌아다니며 사람을 해친다는 귀신을 소인의 두 눈으로 똑똑히 보았나이다. 그런데 어찌하여 전하께서는 무사하신 것이옵니까?"

정초 대감이 죽던 날 밤 숨어든 흠경각의 귀신들의 곡절을 아직도 알 수 없었다. 주상은 얼마간의 두려움과 얼마간의 호기심이 뒤섞인 채윤을 장난스럽게 바라보셨다.

"귀신의 곡절이 궁금하면 따르라."

주상은 자리를 털고 일어나셨다. 채윤은 후닥닥 일어나 저고리 고름을 동여매고 매무새를 갖추었다. 훤하게 터진 넓은 침전을 건너는 주상의 뒤를 따라 채윤은 아직 뻐근한 다리를 움직였다.

소이의 부축이 있어 오히려 행복이었다.

침전 서쪽 문이 스르르 열리자 흠경각으로 통하는 회랑이 이어졌다.

아직은 미명이다. 하나 이 막막한 어둠 속에도 작은 빛의 입자가 섞여 있을 것이었다.

침전을 나서면 넓은 대청마루와 시원하게 펼쳐진 월대가 있었다. 그 대청에서 주상은 얼마나 많은 책을 읽었으며 얼마나 깊고 골똘한 사색에 빠져들었던가?

경성전으로 통하는 복도를 걸었다. 그곳에서 주상은 종친들과 신하들을 만나고 대화하고 꾸짖고 달래었다. 궁녀들을 불러다 정음을 가르친 곳은 경성전과 연생전이었다.

미명 전의 침전을 젊은 신하와 걷는 일은 주상 또한 처음이었다. 일국의 군왕 된 자에게는 바늘 틈만 한 고독도 허락되지 않았다. 내전에서 사사로이 사람을 만날 때조차 홀로일 수 없었다. 사관과 내관이 없으면 혼자 신하를 만나지 않는 것이 궁중 법도였다. 모든 종사의 업무를 공개하여 만세에 부끄럽지 않게 한다 하나 왕에게는 가혹한 고문이었다.

다만 미명 전의 이 새벽이 유일하게 허락된 혼자만의 시간이었다.

주상은 새큰한 새벽 공기를 들이쉬며 흠경각으로 향했다.

"흠경[45]이란 무엇인가? 하늘의 운행과 시를 살펴 백성의 농사를 도모하게 하는 것이다. 그것이 군왕 된 자의 으뜸가는 과업이 아니겠느냐?"

회랑을 거닐며 주상은 나직이 읊조렸다.

"그렇듯 숭고하고 정숙한 곳에 어찌 사악한 귀기가 서렸는지 모르겠사옵니다."

"인간이 사는 세상에 어찌 귀신이 있겠느냐? 사악한 자의 간계가 귀신보다 더욱 악랄하고 극악한 자의 모사가 야차보다 무서울 뿐이다."

"그런데 어찌하여 귀신이 혼자 온갖 괴이한 소리를 내며 사악한 짓을 저지릅니까?"

"혼자 움직이는 것이 귀신이라면 물레방아 또한 귀신이더냐? 사악한 소리를 낸다 함은 겁에 질린 자가 바람소리를 귀신의 숨소리와 착각함과 다르지 아니할 것이다. 그러니 세상에 귀신이 있다면 오로지 고단한 궁리와 정진으로 이룬 격물일 것이다."

"그러면 흠경각의 귀신 또한 공인들이 만든 의기옵니까?"

그렇게 물었을 때 세 사람의 발걸음은 흠경각 안으로 들어섰다. 졸졸졸 물이 흐르는 소리와 추들이 오가는 소리가 적막과 어둠을 썰듯이 들려왔다.

"그렇다. 대호군 장영실과 이천이 밤낮을 가리지 않고 만든 비기들이

---

45 흠경각은 하늘을 공경하고 순응하여 백성에게 농시를 내린다(欽若昊天敬授人時)는 서경(書經)의 요전(堯典)에서 이름하였다.

다. 그토록 많은 의로운 장인들이 오래 꿈꾸던 옥루를 비롯한 온갖 천문 의기가 이곳에 있다."

"옥루란 무엇이옵니까?"

"대호군 장영실이 혼천의와 일정성시를 어울려 밤이나 낮이나 시간을 볼 수 있도록 한 의기다. 풀 먹인 종이로 높이 일곱 자의 산을 만들고 그 산 안에 기륜(물레바퀴)을 설피하고 옥루의 물로 바퀴를 돌리는 것이다. 여러 개의 물통으로 물을 흘려 시간을 재는 물시계라 할 것이다."

주상은 새벽마다 그 비기 앞에서 신묘한 천문을 읽어 백성들에게 제시간을 찾아주었다.

"그러면 벌떡 일어서 움직이는 것들이 귀신이 아니란 말씀이옵니까?"

"그렇다. 일정한 양으로 흐르는 물이 통 안에 차면 아래쪽 작은 통으로 흘러내려 시계 바퀴를 움직인다. 인시가 되면 물의 무게 때문에 큰 추가 떨어지고 그 충격으로 각 시간을 뜻하는 인형들이 움직인다."

"물의 힘으로 움직이는 인형이라니 그런 신묘하고 정밀한 의기가 있사옵니까?"

"그것이 격물의 힘이다. 격물은 인간이 하지 못하는 일을 귀신처럼 신통하게 하니 곧 귀신이 아니겠느냐? 이제 날이 새면 이 나라는 하나의 시대를 건너 새로운 시대로 들어갈 것이다."

"새로운 시대는 어떤 시대이옵니까?"

"날이 밝는 대로 정음 스물여덟 자를 반포할 것이다. 백성을 가르치는 바른 소리다. 그것으로 이 나라는 중국이 아닌 스스로의 혼을 가지게 될 것이다. 백성들은 배우고자 하면 어떤 일이든 배울 수 있을 것이요 익히 고자 하면 무엇이든 익힐 수 있을 것이다. 이 땅의 백성들은 이 땅의 강역에서, 이 땅의 글로 이 땅의 혼을 마음껏 노래할 것이다."

주상은 다시 채윤을 보며 말을 이었다.

"내가 나의 일을 하듯 윤은 네 할 일이 있다."

"목숨을 다하여 받들겠나이다."

"날이 밝기 전에 소이와 함께 궐을 떠나라."

채윤은 화들짝 놀라 고개를 쳐들었다. 청천벽력이었다. 그런 채윤을 아랑곳하지 않고 주상은 말을 이었다.

"너희들을 내 곁에 두고 싶은 마음 간절하다. 하지만 궐 안에는 늘 독사 같은 무리들이 독을 품은 이빨을 감추고 있다. 나의 욕심으로 너희들을 다칠까 염려될 뿐이다."

"아니 되옵니다, 전하. 소인 미련하고 아둔하나 이 궐 가장 외딴 구석이라도 내어주신다면 독사의 무리에게서 전하를 지키고 싶사옵니다."

"나의 몸을 지키는 것은 금군 몇이면 족하다. 그러니 너는 나의 몸이 아니라 나의 뜻을 지켜라."

"전하의 곁에서 전하의 안위를 지키는 것보다 소중한 일이 어디에 있사오리까?"

주상은 옆에 두었던 비단 보자기를 풀었다. 두 권의 서책이 드러났다.

"훈민정음의 제자 원리와 용례를 세세히 적은 글이다. 또 한 권은 〈고군통서〉의 원본이다."

"이 귀한 책을 어찌 소인에게 주십니까?"

"이 서책이 궁 안에 남아 있다면 또 얼마나 큰 변고의 화근이 될 것이며 얼마나 많은 의로운 자들이 해를 당해야 할 것이냐?"

순간 채윤의 팔뚝에 소름이 돋았다. 주상이 하고자 하는 말을 이미 알고 있었기 때문이었다. 주상은 채윤의 흔들리는 눈빛을 들여다보며 나지막이 말을 이었다.

"너는 소이와 함께 이 서책을 잘 간수하여 날이 새기 전에 이 궁궐에서 멀리 떠나라."

"소인 목숨이 다하는 날까지 이 서책을 지킬 것이옵니다. 하오나 소이 항아는 전하의 곁에 있음이 마땅하옵니다."

"사람의 몸은 그 마음 머무는 곳에 머물러야 하는 것이다. 마음 머무는 곳과 몸이 머무는 곳이 다른 것만큼 서글픈 일이 없을지니……"

주상은 소이의 슬픈 눈을 바라보며 말을 이었다.

"나는 이 궁인의 명석함과 아리따움을 오래 아꼈거니 그 마음이 어디에 머무는지를 안다. 군왕이라는 자가 한 백성의 마음 거하는 곳에 몸을 거하게 하지 못하고서야 어찌 온 백성의 평안을 도모하겠느냐? 그러니 소이와 함께 떠나라. 학사들이 목숨을 바쳐 지킨 이 혼을 후세에 후세까지 길이 전하라."

조금씩 조금씩 채윤의 두 눈이 젖어오고 있었다.

"이 시대의 백성들조차 모르는 의로운 현자들의 의로운 싸움을 후세 사람들이 어찌 알겠사옵니까?"

"후세 사람들이 나를 알아주지 않음을 염려하지 않는다. 지금의 백성들이 나의 뜻을 알아주지 않음 또한 서러워하지 않는다. 다만 내가 할 일은 지금 나에게 맡겨진 백성들을 염려하는 것일 뿐……"

낭랑한 그 음성에 채윤도 소이도 두 눈이 젖었다.

멀리 동쪽 하늘이 희붐하게 밝아오고 있었다.

(끝)

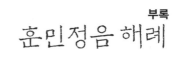

부록
훈민정음 해례

國之語音, 異乎中國, 與文字不相流通. 故愚民有所欲言, 而終不得伸其情者, 多矣.
予爲此憫然, 新制二十八字, 欲使人人易習, 便於日用耳.

우리나라 말이 중국과 달라서 한자와 서로 통하지 못한다. 그러므로 어리석은 백성들이
말하고 싶은 바가 있어도 마침내 그 뜻을 펴지 못하는 이가 많다. 내 이를 딱하게 여겨 새
로 스물여덟 글자를 만드노니 사람마다 쉽게 익혀 나날의 쓰기에 편리하도록 함에 있느
니라.

天地之道, 一陰陽五行而已. 坤復之間爲太極, 而動靜之後爲陰陽.
凡有生類在天地之間者, 捨陰陽而何之. 故人之聲音, 皆有陰陽之理, 顧人不察耳.
今正音之作, 初非智營而力索, 但因其聲音而極其理而已.
理旣不二, 則何得不與天地鬼神同其用也.

하늘과 땅의 이치는 한 음양과 오행일 따름이니, 곤과 복의 사이가 태극이 되고, 움직임
과 고요함의 뒤가 음양이 된다. 무릇 하늘과 땅 사이에서 삶을 누리고 있는 우리들이 음
양을 버리고 어찌 살겠는가?
그러므로 사람의 소리가 다 음양의 이치가 있으나 돌아보건대 사람이 살피지 않았을 뿐
이다.
이제 정음의 만듦은 처음부터 슬기로써 이룩하고 힘으로써 찾음이 아니라,
다만 그 소리를 따라 이치를 다할 따름이니, 이치가 이미 둘이 아니거늘,
어찌 하늘과 땅과 귀신으로 더불어 그 쓰임을 같이 하지 않겠는가.

正音二十八字, 各象其形而制之. 初聲凡十七字. 牙音ㄱ, 象舌根閉喉之形. 舌音ㄴ, 象舌
附上月之形. 脣音ㅁ, 象口形. 齒音ㅅ, 象齒形. 喉音ㅇ, 象喉形.
ㅋ比ㄱ, 聲出稍厲. 故加劃. ㄴ而ㄷ, ㄷ而ㅌ, ㅁ而ㅂ, ㅂ而ㅍ, ㅅ而ㅈ, ㅈ而ㅊ, ㅇ而ㅎ, ㅎ
而ㆆ. 其因聲加劃之義皆同. 而唯ㆁ爲異.
半舌音ㄹ, 半齒音ㅿ, 亦象舌齒之形而異其體. 無加之義焉.

정음 스물여덟 자는 각각 그 꼴을 본 따서 지음이니, 첫 소리가 무릇 열일곱 자이다. 어금닛소리 ㄱ은 혀뿌리가 목구멍을 닫는 꼴을 본뜬 것이고, 혓소리 ㄴ은 혀가 윗잇몸에 붙는 꼴을 본뜬 것이고, 입술소리 ㅁ은 입의 꼴을 본뜬 것이고, 잇소리 ㅅ은 이의 꼴을 본뜬 것이고, 목구멍소리 ㅇ은 목구멍의 꼴을 본뜬 것이다.

ㅋ은 ㄱ에 견주어 소리 남이 조금 세므로 획을 더한 것이고, ㄴ에서 ㄷ으로, ㄷ에서 ㅌ으로 함과, ㅁ에서 ㅂ으로 ㅂ에서 ㅍ으로 함과, ㅅ에서 ㅈ으로 ㅈ에서 ㅊ으로 함과, ㅇ에서 ㆆ으로 ㆆ에서 ㅎ으로 함도, 그 소리를 따라 획을 더한 뜻이 같되,

오직 'ㆁ'은 다르며, 반혓소리 ㄹ과, 반잇소리 'ㅿ'는 또한 혀와 이의 꼴을 본뜨되, 그 본을 달리하여 획을 더하는 뜻이 없다.

夫人之有聲, 本於五行. 故合諸四時而不悖, 叶之五音而不戾. 喉邃而潤, 水也. 聲虛而通, 如水之虛明而流通也. 於時爲冬, 於音爲羽. 牙錯而長, 木也. 聲似喉而實, 如木之生於水而有形也.

於時爲春, 於音爲角. 舌銳而動, 火也. 聲轉而颺, 如火之轉展而揚易也. 於時爲夏, 於音爲徵

齒剛而斷, 金也. 聲屑而滯, 如金之屑瑣 而鍛成也. 於時爲秋, 於音爲商. 脣方而合. 土也. 聲含而廣, 如土之含蓄萬物而廣大也. 於時爲季夏, 於音爲宮. 然水乃生物之源, 火乃成物之用, 故五行之中, 水火爲大.

喉乃出聲之門, 舌乃辨聲之管, 故五音之中, 喉舌爲主也.

대저 사람의 소리 있음이 오행에 근본함이다.

그러므로 사시절(四時)에 어울리어 거슬리지 않으며, 다섯 소리(宮商角徵羽)에 맞아서 어기지 않는다.

목구멍이 깊숙하고 미끄러움은 물이다. 소리가 비고 통함이 물의 맑고 흐름과 같으니, 철로는 겨울(冬)이 되고, 소리로는 우(羽)가 된다. 어금니가 어긋나고 긺은 나무이다. 소리는 목구멍소리와 같되, 여문 것(實)이 나무가 물에 나서 꼴이 있음과 같으니, 철로는 봄(春)이 되고, 소리로는 각(角)이 된다.

혀가 빠르고 움직임은 불이다. 소리가 구르고 날램은 마치 불의 이글거리며 활활 타오

르는 것과 같은 것으로, 철로는 여름이 되고, 소리로는 치(徵)가 된다. 이가 단단하고 굽음은 쇠다.

소리가 부스러지고 걸림이(엉김이) 쇠의 부스러기가 부스러지지만 단련되어 이루어지는 것과 같은 것으로 철로는 가을(秋)이 되고, 소리로는 상(商)이 된다.

입술이 모나고 붙음은 흙이다. 소리의 머금고 넓음이 흙이 만물을 머금어 넓고 큼 같으니, 철로는 늦여름(季夏)이 되고, 소리로는 궁(宮)이 된다. 그러나 물은 사물을 나게 하는 근원이고, 불은 물건을 이루는데 쓰임이다(작용한다).

그러므로 오행 가운데 물과 불이 큰 것이다. 목구멍은 소리를 내는 문이고, 혀는 소리를 구별하는 판이니, 그러므로 다섯 소리 가운데 목구멍소리와 혓소리가 주장이 된다.

喉居後而牙次之, 北東之位也. 舌齒又次之, 南西之位也. 脣居末, 土無定位而寄旺四季之義也. 是則初聲之中, 自有陰陽五行方位之數也.

又以聲音淸濁. 而言之, ㄱㄷㅂㅅ一. 爲全淸, ㅋㅌㅍㅊㅎ, 爲次淸. ㄲㄸㅃㅉㅆ一. 爲全濁.

ㆁㄴㅁㅇㄹㅿ, 爲不淸不濁. ㄴㅁㅇ, 其聲最不厲. 故次序雖在於後, 而象形制字則爲之始.

ㅅㅈ雖皆爲全淸, 而ㅅ比ㅈ. 聲不厲. 故亦爲制字之始. 唯牙之ㆁ.

雖舌根閉喉聲氣出鼻, 而其聲如ㅇ相似, 故韻書疑與喻多相混用.

今亦取象於喉, 而不爲牙音制字之始.

蓋喉屬水而牙屬木. 雖在牙而與ㅇ相似, 猶木之萌芽生於水而柔軟, 尙多水氣也.

ㄱ木之成質, ㅋ木之盛長, ㄲ木之老壯, 故至此乃皆取象於牙也. 全淸並書則爲全濁, 以其全淸之聲凝則爲全濁也.

唯喉音次淸爲全濁者. 蓋以一聲深. 不如之凝

ㆆ比一聲淺. 故凝而爲全濁也.

ㅇ連書脣音之下, 則爲脣輕音者. 以輕音脣乍合而喉聲多也.

목구멍이 뒤에 있고 어금니가 다음에 있으니 북녘과 동녘 자리이고, 혀와 이가 그다음에 있으니 남녘과 서녘 자리이고, 입술은 끝에 있으니 흙이 정한 자리 없이 네 철의 끝에 붙어 왕성하는 뜻이다.

이는 곧 첫소리 가운데 스스로 음양오행 방위의 수가 있음이다.

또 소리의 맑고 흐림으로써 말하건대, ㄱㄷㅂㅈㅅㅎ은 온맑음소리(全淸)가 되고, ㅋㅌㅍㅊㅎ은 버금맑음소리(次淸)가 되고, ㄲㄸㅃㅉㅆ은 온흐림소리(全濁)가 되고, ㄴㅁㅇㄹ △은 맑지도 흐리지도 않은 소리(不淸不濁)가 된다.

ㄴㅁㅇ은 그 소리가 가장 세지 않음으로 차례는 비록 뒤에 있으나, 꼴을 본 떠서 글자를 지음에는 처음을 삼고, ㅅㅈ은 비록 다 온맑은소리가 되나 ㅅ이 ㅈ에 견주어 소리가 세지 않으므로 또한 글자 짓는 처음을 삼고, 오직 어금닛소리의 'ㆁ'은 비록 혀뿌리가 목구멍을 닫되 소리 기운이 코로 나와 그 소리가 ㅇ과 더불어 비슷하므로 운서에서도 의(疑)와 유(喩)가 서로 많이 혼용되는 것이다.

이제 또한 목구멍을 본떠서 만들었으나 어금닛 소리 글자 지음의 처음을 삼지 아니한 것이니, 대개 목구멍은 물에 속하고 어금니는 나무에 속한 까닭이며, 'ㅇ'이 비록 어금니에 있으나 ㅇ으로 더불어 서로 비슷함이 마치 나무의 움(싹)이 물에서 나서 부드러워 아직 물기가 많음과 같다.

ㄱ은 나무의 바탕이 생긴 것이고, ㅋ은 나무가 성히 자란 것이고, ㄲ은 나무가 늙고 단단한 것이니, 그러므로 이들에 이르러는 모두 어금니에서 모양을 본뜬 것이다.

온맑음소리를 ㄱ아(나란히) 쓰면 온흐림소리가 되어 그 온맑음소리가 엉기면 온흐림이 되기 때문이다. ㅎ은 ㅎ보다 소리가 얕음으로 엉기어서 온흐림이 되기 때문이다.

ㅇ을 입술소리 아래에 이어 쓰면 곧 입술가벼운소리가 되는 것은 가벼운 소리는 입술이 조금 닫히고 목구멍소리가 많기 때문이다.

中聲凡十一字.

·舌縮而聲深, 天開於子也. 形之圓, 象乎天也. ㅡ舌小縮而聲不深不淺. 地闢於丑也. 形之平, 象乎地也. ㅣ舌不縮而聲淺. 人生於寅也. 形之立, 象乎人也. 此下八聲, 一闔一闢.

ㅗ與·同而口蹙. 其形則·與ㅡ合而成. 取天地初交之義也. ㅏ與·同而口張. 其形則ㅣ與· 合而成. 取天地之用發於事物待人而成也. ㅜ與ㅡ同而口蹙. 其形則ㅡ與·合而成, 亦取天地初交之義也.

ㅓ與ㅡ同而口張. 其形則·與ㅣ合而成, 亦取天地之用發於事物待人而成也. ㅛ與ㅗ同而起於丨. ㅑ與ㅏ同而起於丨. ㅠ與ㅜ同而起於丨. ㅕ與ㅓ同而起於丨.

ㅗㅏㅜㅓ始於天地. 爲初出也. ㅛㅑㅠㅕ起於丨而兼乎人. 爲再出也.

ㅗㅏㅜㅓ之一其圓者. 取其初生之義也. ㅛㅑㅠㅕ之二其圓者. 取其再生之義也.

ㅗㅏㅛㅑ之圓居上與外者, 以其出於天而爲陽也. ㅜㅓㅠㅕ之圓居下與內者, 以其出於地而爲陰也.

·之貫於八聲者. 猶陽之統陰而周流萬物也.

ㅛㅑㅠㅕ之皆兼乎人者. 以人爲萬物之靈而能參兩儀. 取象於天地人而三才之道備矣.

가운뎃소리는 무릇 열한 자이니, ·는 혀가 움츠러들고 소리가 깊으니, 하늘이 자(子)시에 열린 것이다. 꼴의 둥글음은 하늘을 본뜬 것이다.

ㅡ는 혀가 조금 움츠러지고 소리가 깊지도 않고 얕지도 않으니, 땅이 축(丑)시에 열림이다. 꼴의 평평함은 땅을 본뜬 것이다.

ㅣ는 혀가 움츠러들지 않고 소리가 얕으니 사람이 인(寅)시에 남이다. 꼴의 섬은 사람을 본뜬 것이다.

이 아래 여덟 소리(모음)는 하나는 닫히고 하나는 열리니, ㅗ는 ·로 더불어 같되 입이 오므라지는 것이다. 그 꼴은 ·와 ㅡ가 어울리어 됨이니, 하늘과 땅이 처음 사귐을 뜻함이다.

ㅏ는 ·와 더불어 같되 입이 벌어지는 것이며, 그 꼴은 ㅣ와 ·가 어울리어 됨이니 하늘과 땅의 쓰임이 일과 사물에 나타나 사람을 기다려 이루어짐을 뜻함이다.

ㅜ는 ㅡ로 더불어 같되 입이 오므라드는 것이다. 그 꼴은 ㅡ와 ·가 어울리어 됨이니, 또한 하늘과 땅의 처음 사귐을 뜻한다.

ㅓ는 ㅡ로 더불어 같되 입이 벌어지는 것이며, 그 꼴은 ·와 ㅣ가 어울리어 됨이니, 또한 하늘과 땅의 쓰임이 일과 사물에 나타나 사람을 기다려 이루어짐을 뜻한다.

ㅛ는 ㅗ와 더불어 같되 ㅣ에서 일어나고 ㅑ는 ㅏ와 더불어 같되 ㅣ에서 일어나고, ㅠ는 ㅜ와 더불어 같되 ㅣ에서 일어나고 ㅕ는 ㅓ와 더불어 같되 ㅣ에서 일어나는 것이다.

ㅗㅏㅜㅓ는 하늘과 땅에서 비롯함이니 처음 나옴이 되고,

ㅛㅑㅠㅕ는 ㅣ에서 일어나서 사람을 겸함이니, 거듭 남이 되는 것이다.

ㅗㅏㅜㅓ의 그 둥글음을 하나로 한 것은 그 처음 남을 뜻함이고,

ㅛㅑㅠㅕ의그 둥글음을 둘로 한 것은 그 거듭 남을 뜻함이다.

ㅗㅏㅛㅑ의 둥글음이 위와 밖에 있음은 그 하늘에서 나와 양이 되기 때문이고, ㅜㅓㅠㅕ의 둥글음이 아래와 안에 있음은 그 땅에서 나와 음이 되기 때문이다.

·가 여덟 소리에 일관하고 있음은 양이 음을 거느려 온갖 사물에 두루 흐름과 같음이다.

ㅛㅑㅠㅕ가 다 사람을 겸한 것은 사람이 온갖 사물의 영장이 되어 능히 음양에 참여하기 때문이니

하늘과 땅과 사람을 본떠서 삼재의 이치를 갖춘 것이다.

然三才爲萬物之先. 而天又爲三才之始. 猶·ㅡㅣ三字爲八聲之首. 而·爲三字之冠也.

ㅗ初生於天. 天一生水之位也. ㅏ次之. 天三生木之位也. ㅜ初生於地. 地二生火之位也.

ㅓ次之. 地四生金之位也.

ㅛ再生於天. 天七成火之數也. ㅑ次之. 天九成金之數也. ㅠ再生於地. 地六成水之數也.

ㅕ次之. 地八成木之數也.

水火未離乎氣. 陰陽交合之初. 故闔. 木金陰陽之定質. 故闢.

·天五土之位也. ㅡ地十成土之數也. ㅣ獨無位數者. 盖以人則無極之眞. 二五之精. 妙合而凝. 固未可以定位成數論也.

是則中聲之中. 亦自有陰陽五行方位之數也.

以初聲對中聲而言之. 陰陽. 天道也. 剛柔. 地道也.

中聲者. 一深一淺一闔一闢. 是則陰陽分而五行之氣具焉. 天之用也.

그러나 삼재(天地人)는 온갖 사물의 앞이 되되, 하늘이 또 삼재의 처음이 되나니

·ㅡㅣ 석자가 여덟 소리의 머리가 되며·가 또 석자의 머리가 됨과 같다.

ㅗ가 처음으로 하늘에서 나니, 하늘이 첫째로 물을 내는 자리이다. ㅏ가 다음되니 하늘이 셋째로 나무를 내는 자리이며,

ㅜ가 처음으로 땅에서 나니, 땅이 둘째로 불을 내는 자리이다. ㅓ가 다음이 되니, 땅이 넷째로 쇠를 내는 자리이다.

ㅛ가 다시 하늘에서 나니, 하늘이 일곱째로 불을 이루는 수이다. ㅑ가 다음이 되니, 하늘이 아홉째로 쇠를 이루는 수며,

ㅠ가 다시 하늘에서 나니, 땅이 여섯째로 물을 이루는 수이다. ㅕ가 다음이 되니, 땅이 여 덟째로 나무를 이루는 수이다.

물과 불이 아직 기운이 나누이지 못함은, 음과 양이 사귀어 어울린 처음이므로 닫히고, 나무와 쇠는 음과 양의 진해진 바탕이므로 열리는 것이다.

•는 하늘이 다섯째로 흙을 버는 자리이고, ㅡ는 땅이 열째로 흙을 이루는 수이며,
ㅣ는 홀로 자리와 수가 없음은 대개 사람은 무극의 진리와 음양오행의 정기가 묘하게 어울리어 엉긴 것이며 진실로 한정된 자리와 이루는 수로써 의논하지 못할 것이기 때문 이다.

이는 곧 가운뎃소리 중에 또한 스스로 음양오행 방위의 수가 있음이다.

첫소리를 가운뎃소리에 대비하여 말한다면, 음과 양은 하늘의 이치이고, 단단함과 부드 러움은 땅의 이치이다.

가운뎃소리는 하나가 깊으면 하나가 얕으며, 하나가 닫히면 하나가 열리는데, 이는 곧 음과 양이 나뉘고 오행의 기운이 갖추어진 하늘의 쓰임이다.

初聲者, 或虛或實或颺 或滯或重若輕, 是則剛柔著而五行之質成焉, 地之功也.

中聲以深淺闔闢唱之於前, 初成以五音淸濁和之於後, 而爲初亦爲終. 亦可見萬物初生於 地, 復歸於地也.

以初中終合成之字言之, 亦有動靜互根陰陽交變之義焉. 動者, 天也. 靜者, 地也. 兼乎動 靜者, 人也.

盖五行在天則神之運也, 在地則質之成也, 在人則仁禮信義智神之運也, 肝心脾肺腎質之 成也. 初聲有發動之義, 天之事也. 終聲有止定之義, 地之事也. 中聲承初之生, 接終之成, 人之事也.

盖字韻之, 要在於中聲, 初終合而成音. 亦猶天地生成萬物, 而其財成輔相則必賴乎人也.

終聲之復用初聲者, 以其動而陽者乾也. 靜而陰者亦乾也. 乾實分陰陽而無不君宰也.

一元之氣, 周流不窮, 四時之運, 循環無端, 故貞而復元, 冬而復春.

初聲之復爲終, 終聲之復爲初, 亦此義也.

吁. 正音作而天地萬物之理咸備, 其神矣哉, 是殆天啓聖心而假手焉者乎. 訣曰.

첫소리는 혹은 비고 혹은 차며, 혹은 드날리고 혹은 걸리며, 혹은 무겁고 혹은 가벼움은

이는 곧 단단함과 부드러움이 나타나서 오행의 바탕을 이룸이니, 땅의 공이다.

가운뎃소리는 깊고 얕고 닫히고 열림으로써 앞에서 부르고, 첫소리는 다섯 소리의 맑고 흐림으로써 뒤에서 화답하여 처음도 되고 끝도 되니 또한 온갖 사물이 처음에 땅에서 나와 다시 땅으로 돌아감을 볼 수 있다.

첫소리, 가운뎃소리, 끝소리가 어울리어 글자가 된 것을 말하면, 또한 움직임과 고요함이 서로 뿌리되며, 음과 양이 사귀어 바뀌는 뜻이 있나니, 움직임은 하늘이고, 고요함은 땅이고, 움직임과 고요함을 겸한 것은 사람이다.

대개 오행이 하늘에 있어서는 신의 운행이고, 땅에 있어서는 바탕의 이룸이고, 사람에 있어서는 어짊과 예도와 믿음과 의와 슬기가 신의 운행이며, 간장과 심장과 비장과 폐장과 신장은 바탕의 이룸이다.

첫소리는 발하고 움직이는 뜻이 있으니, 하늘의 일이고, 끝소리는 그치고 머무르는 뜻이 있으니, 땅의 일이고, 가운데 소리는 첫 소리의 남을 이으며, 끝소리의 이룸을 이어줌으로 사람의 일이다.

대개 자운의 중심은 가운뎃소리에 있어서 첫소리와 끝소리가 어울려 소리를 이루는 것이 또한 하늘과 땅이 온갖 사물을 낳아 이루되 그 재물을 이룩하는 것을 반드시 사람에게 힘입음과 같음이다.

끝소리에 다시 첫소리를 쓰는 것은 그 움직이고 양인 것도 건이고, 고요하고 음인 것도 또한 건이니, 건은 진실로 음과 양이 나뉘지만 다스리지 아니함이 없는 것이다. 한 원의 기운이 두루 흘러 다하지 아니하고 네 철의 운행이 돌고 돌아 끝이 없으므로 진에서 다시 원으로 되며, 겨울에서 다시 봄으로 되는 것이니, 첫소리가 다시 끝이 됨과 끝소리가 다시 처음이 됨이 또한 이 뜻이다.

아아, 정음이 지어짐에 하늘과 땅과 온갖 사물의 이치가 모두 갖추어지니, 그 신령스럽기도 하다.

이 아마 하늘이 임금님의 마음을 여시어 솜씨를 빌린 것임일 것이다. 갖추려 이르건대,

天地之化本一氣 천지의 기운은 본디 한 기운이며
陰陽伍行相始終 음양오행이 서로 처음과 끝이 되었다.
物於兩間有形聲 두 사이에 있는 사물이 다 꼴과 소리 있으되

元本無二理數通 본디 근본은 두 이치 없으니 이수가 통한다.

正音制字尙其象 정음의 글자 자음은 그 모양을 본떠서

因聲之厲每加劃 세게 나는 소리를 따라 매양 획을 더하였다.

音出牙舌脣齒喉 소리는 어금니, 혀, 입술, 이, 목구멍에서 나오니

是爲初聲字十七 이것이 첫소리로 열일곱 글자로다.

牙取舌根閉喉形 어금닛소리는 혀뿌리가 목구멍을 닫는 꼴을 본뜨며,

唯業似欲取義別 ㆁ(業)만은 ㅇ(欲)와 비슷하나 뜻을 취함이 다르며

舌迺象舌附上月 혓소리는 혀끝이 윗잇몸에 붙음이고,

脣則實是取口形 입술소리는 진실로 입의 꼴을 본뜸이며,

齒喉直取齒喉象 잇소리와 목구멍소리도 이와 목구멍을 본 떴으니

知斯伍義聲自明 이 다섯 자의 이치를 알면 소리는 절로 깨우치게 된다.

又有半舌半齒音 또한 반혓소리 ㄹ자와 반잇소리 ㅿ가 있으니

取象同而體則異 본뜸은 한 가지나 모양은 다르다.

那彌戌欲聲不厲 ㄴ(那) ㅁ(彌) ㅅ(戌) ㅇ(欲)은 센 소리가 아니므로

次序雖後象形始 차례로는 뒤로되 상형으로는 처음이다.

配諸四時與沖氣 네 철과 기운이 두루 맞아 짝이 되어,

伍行伍音無不協 오행과 오음이 안 어울림이 없다.

維喉爲水冬與羽 목구멍소리는 물(水)이며 겨울(冬)이며 우(羽)가 되며,

牙迺春木其音角 어금닛소리는 봄(春)이며 나무(木)이며 그 음이 각(角)이다.

徵音夏火是舌聲 치음은 여름(夏)이며 불(火)이며 혓소리(舌)이며,

齒則商秋又是金 잇소리는 상(商)이며 가을(秋)이며 또한 쇠(金)이다.

脣於位數本無定 입술소리는 위치나 수에서나 본디부터 정함이 없어도,

土而季夏爲宮音 흙(土)이 되고 늦여름(季夏)의 궁(宮) 소리로 된다.

聲音又自有淸濁 소리는 본디부터 맑고 흐림이 있으니,

要於初發細推尋 반드시 처음 날 때 자세히 살필 것이다.

全淸聲是君斗瞥 온맑음소리로는 ㄱ(君) ㄷ(斗) ㅂ(瞥)이며,

卽戌相亦全淸聲 ㅈ(卽) ㅅ(戌) ㆆ(挹) 또한 온맑음소리이다.

若快呑漂侵虛 ㅋ(快) ㅌ(呑) ㅍ(漂) ㅊ(侵) ㅎ(虛) 같은 것은,

伍音各一爲次淸 다섯 소리가 각각 버금맑음소리이다.

全濁之聲虯覃步 온흐림소리는 ㄲ(虯) ㄸ(覃) ㅃ(步)과

又有慈邪亦有洪 ㅉ(慈) ㅆ(邪)과 또 ㆅ(洪)이 있다.

全淸並書爲全濁 온맑음소리를 나란히 쓰면 온흐림소리가 되는데,

有洪自虛是不同 다만 ㆅ(洪)이 ㆆ(虛)에서 된 것만 같지 않다.

業那彌欲及閭穰 ㆁ(業) ㄴ(那) ㅁ(彌) ㅇ(欲)과 ㄹ(閭) ㅿ(穰)은

其聲不淸又不濁 그 소리가 맑지도 않고 흐리지도 않다.

欲之連書脣輕 ㅇ(欲)을 이어 쓰면 입술가벼운소리가 되니,

喉聲多而脣乍合 목구멍소리가 많고 입술은 조금 붙는다.

中聲十一亦取象 가운뎃소리 열하나 또한 꼴을 본떴으니,

精義未可容易觀 자세한 뜻은 쉽게 보이지 않을 것이다.

呑擬於天聲最深 ·(呑)는 하늘을 본떠 소리 가장 깊으니,

所以圓形如彈丸 그러므로 둥근 꼴이 탄알 모양 같으니,

卽聲不深又不淺 ㅡ(卽) 소리는 깊지도 또 얕지도 않으니,

其形之平象乎地 그 평평한 모양은 땅을 본뜸이고,

侵象人立所聲淺 ㅣ(侵)는 사람 선 꼴로서 그 소리는 얕으니,

三才之道斯爲備 삼재의 이치는 이에 갖추어졌다.

洪出於天尙爲闔 ㅗ(洪)는 하늘에서 나서 아직 닫힌 것이니,

象取天圓合地平 하늘이 둥글고 땅이 평평함을 아울러 본뜨고,

覃亦出天爲已闢 ㅏ(覃)는 또한 하늘에서 나서 이미 열린 것이니,

發於事物就人成 일과 사물에 나타나 사람에서 이룸이다.

用初生義一其圓 처음 나는 뜻으로써 둥글음이 하나이나,

出天爲陽在上外 하늘에서 나와 양이 되어 위와 밖에 있으며,

欲穰兼人爲再出 ㅛ(欲)와 ㅑ(穰)는 사람을 겸해 다시 남이 되나니,

二圓爲形見其義 둥근 꼴을 둘로 하여 그 뜻을 보인 것이다.

君業戌彆出於地 ㅜ(君)와 ㅓ(業)와 ㅠ(戌)와 ㅕ(彆)는 땅에서 나옴이니,

據例自知何須評 예로 미루어 알 것이라 다시 무엇을 이루리.

呑之爲字貫八聲 ·(呑)자가 여덟 소리를 일관하고 있는 것은

維天之用徧流行 하늘의 쓰임이 두루 흘러 다님이고,

四聲兼人亦有由 네 소리가 사람을 겸함 또한 까닭이 있으니,

人參天地爲最靈 하늘 땅에 참여하여 사람이 가장 신령함이다.

且就三聲究至理 세 가지 소리에 나아가 깊은 이치를 또 살피면,

自有剛柔與陰陽 스스로 단단함과 부드러움 음과 양이 있으니

中是天用陰陽分 가운뎃소리는 하늘의 쓰임으로 음과 양이 나뉘고

初地功剛柔彰 첫소리는 땅의 공으로 단단하고 부드럽다.

中聲唱之初聲和 가운뎃소리가 부르면 첫소리가 화답함은

天先乎地理自然 땅보다 하늘이 앞선 자연의 이치이다.

和者爲初亦爲終 화답함은 처음이 되며 끝도 되나니,

物生復歸皆於坤 사물이 났다 돌아감이 모두 땅에 있다.

陰變爲陽陽變陰 음이 바뀌어 양이 되고 양이 바뀌어 음이 되니,

一動一靜互爲根 움직이고 고요함이 서로 뿌리가 된다.

初聲復有發生義 첫소리는 다시 발하는 뜻이 있으니

爲陽之動主於天 움직임의 양이 되어 하늘에 주장하고,

終聲比地陰之靜 끝소리는 땅에 견주어 고요함의 음이 되니,

字音於此止定焉 글자의 소리는 여기서 그칠 자리를 잡는다.

韻成要在中聲用 소리를 이루는 중요함은 가운뎃소리의 쓰임에 있으니,

人能輔相天地宜 사람이 능히 하늘과 땅을 그고 돕는다.

陽之爲用通於陰 양의 쓰임 됨이 음에도 통하여서,

至而伸則反而歸 이르러 펴면 다시 돌아오게 되니,

初終雖云分兩儀 처음과 끝소리가 음양으로 나뉜다 하지만,

終用初聲義可知 끝소리에 첫소리를 쓰는 뜻을 알 것이다.

正音之字只卄八 정음의 글자 수가 스물여덟뿐이로되,

探賾錯綜窮深幾 어려운 이치를 찾아 깊은 것을 뚫었으며,

指遠言近牖民易 뜻은 멀되 말은 가까워 백성을 인도하기 좋을 것이니,

天授何曾智巧爲 하늘의 주심이란 재주로만 어찌 되겠는가?

뿌리 깊은 나무 2

1판 1쇄 발행 2015년 9월 1일
1판 6쇄 발행 2022년 2월 14일

지은이 · 이정명
펴낸이 · 주연선

(주)은행나무

04035 서울특별시 마포구 양화로11길 54
전화 · 02)3143-0651~3 | 팩스 · 02)3143-0654
신고번호 · 제 1997-000168호(1997. 12. 12)
www.ehbook.co.kr
ehbook@ehbook.co.kr

ISBN 978-89-5660-927-0 04810
ISBN 978-89-5660-928-7 (세트)